NOS VOIES DE RÉSILIENCE

Flora Clodic-Tanguy

NOS VOIES DE RÉSILIENCE

Traverser les effondrements

Massot Éditions

ISBN papier : 9782380353167
ISBN numérique : 9782380353150

« Le vent se lève !… Il faut tenter de vivre. »
Paul Valéry

Au menu

Prologue

Écrire, c'est tenter de savoir ce qu'on écrirait si on écrivait – on ne le sait qu'après – avant, c'est la question la plus dangereuse que l'on puisse se poser. Mais c'est la plus courante aussi. L'écrit, ça arrive comme le vent, c'est nu, c'est de l'encre, c'est l'écrit et ça passe comme rien d'autre ne passe dans la vie, sauf elle, la vie.

Marguerite Duras, *Écrire*

Le livre qui sort de ma plume et de mes tripes n'est pas du tout celui que j'imaginais écrire quand je me suis lancée dans cette aventure. Il paraît que parfois ça fait ça, un livre : ça nous saisit…

J'imaginais écrire des portraits d'adultes surdoués me racontant ce qui les rendait heureux, leurs bizarreries, leurs troubles, leurs difficultés face à un monde qu'ils jugent souvent absurde. J'ai finalement pondu une galerie de portraits sensibles d'atypiques de tous poils qui affrontent les effondrements et cherchent des moyens, pour eux et pour les autres, d'être plus résilients.

J'imaginais que je me dévoilerais peut-être un peu, par la force des choses, au détour d'une phrase ou d'une autre. Au fil des années, je suis devenue un de mes personnages.

Je n'envisageais pas non plus que l'écriture même serait comme une ultime épreuve pour clôturer une transformation profonde de mon existence, en humble écho aux délabrements que subit la société française en pleine épidémie de Covid-19.

Une rapide analyse archéologique me permet de comprendre que les deux mots qui sous-tendent mon travail aujourd'hui étaient déjà là : « effondrements » et « résiliences ». Deux mots qui ont connu un grand succès médiatique ces dernières années, le plus souvent en leur défaveur !

Les effondrements, d'abord. Popularisé en France par Pablo Servigne et Raphaël Stevens dans leur ouvrage *Comment tout peut s'effondrer*[1], ce « mot-obus » comme ils l'appellent, doit être accordé au pluriel. Pas question ici d'un grand soir, d'un événement unique qui marquerait une chute brutale, ou en tout cas, pas seulement ! Il s'agit plutôt d'une multitude de petites et de grandes transformations, de déclins et de basculements interdépendants et enchevêtrés, à toutes les échelles et dans toutes les sphères du vivant.

Ces effondrements bouleversent les individus, qui les vivent, les dissèquent, les voient venir. Ils mettent en place des stratégies, conscientes et inconscientes, individuelles et collectives, pour les traverser comme ils le peuvent et y survivre le plus dignement possible, parfois même sans (trop) perdre la joie.

Ils mettent en œuvre un processus essentiel, toujours en cours, jamais achevé : la résilience. Galvaudé, vidé de son sens, récupéré par la démagogie gouvernementale aussi bien que par le capitalisme débridé, le mot « résilience » recèle pourtant un véritable trésor. C'est le psychiatre Boris Cyrulnik qui lui a donné en France le sens psychologique qu'on lui connaît

1. Pablo Servigne, Raphaël Stevens, *Comment tout peut s'effondrer*, Seuil, 2015.

désormais : la capacité à reprendre son développement après un choc ou un traumatisme.

Qu'on soit d'accord avec toutes ses analyses m'importe peu. Le génie de Cyrulnik, c'est de proposer une perspective et de sortir des déterminismes. Ce n'est pas parce que « le pire » est arrivé ou risque d'arriver que tout est foutu pour nous. Il existe des ressources, à l'intérieur et à l'extérieur de nous, que nous pouvons découvrir, développer, mobiliser, pour tricoter notre résilience. Dans ce tricot, l'on saute parfois quelques mailles. Ces manques nous constituent, mais n'empêchent pas pour autant le tricot de prendre forme et d'exister.

J'aimerais proposer à mon échelle d'être humaine une approche personnelle de la résilience face aux effondrements à travers mon propre tricotage, d'abord, mais aussi et surtout à travers ce que d'autres vivent et offrent, sur des sujets qui me paraissent cruciaux pour aujourd'hui et demain.

Bien loin des joutes verbales de sachants ou d'une simplification neuneu, la résilience dont je parle n'est pas une simple adaptation, résignation ou acceptation de ce qui est. Elle peut aussi se faire résistante, désobéissante, radicale. Plurielle. Pour ne pas être une pâle ou une pire copie du monde d'avant, le « monde d'après » en a bien besoin !

Au Bonheur des Z
Nouvelles Normes ?
Éprouver l'effondrement INTÉRIEUR !
Affronter l'effondrement CIVILISATIONNEL !
Tricoter & détricoter le livre
Au Cœur...
...le sentiment d'urgence

I
Métamorphoses

Le vent me portera

Infinité de destins
On en pose un et qu'est-ce qu'on en retient ?
Le vent l'emportera

Noir Désir, « Le vent nous portera »

La route qui m'amène devant vous a été un peu plus longue que prévu. Je pourrais sans doute commencer mon retour vers le futur bien plus tôt, tant les racines sont lointaines, mais commençons déjà par l'année 2015…

7 janvier. Je travaille comme journaliste plateau pour l'émission de télévision « C dans l'air ». Je vis les attentats de *Charlie Hebdo* et les prises d'otages qui les suivent comme un électrochoc. J'ai mal au vivre-ensemble. J'ai peur, je suis triste, je suis en colère. Le jour du double assaut de Dammartin et de l'Hyper Casher, c'est à mon tour de composer le plateau et de préparer l'émission pour son animatrice, Caroline Roux. Après lui avoir donné des détails sordides à l'oreillette entre deux reportages diffusés en direct, je sors de là livide, sidérée, horrifiée[2].

2. Je raconte cette scène en détail dans un TEDx : Flora Clodic-Tanguy, *Choisir Éros sans nier Thanatos*, TEDx Liège, novembre 2018.

Je décide de ne pas rester à « C dans l'air » à la fin de mon contrat. Je suis trop empathique, trop sensible, trop heurtée pour faire ce boulot sans qu'il m'abîme trop. Je saisis une opportunité de m'engager auprès d'une association qui valorise les récits alternatifs sur le changement climatique : Place To B.

Pendant ces mois qui s'égrènent, je suis insatisfaite de tout. De l'inertie globale face aux dérèglements en cours et à toutes les formes de violence, terrorisme en tête. De la mollesse ambiante, alors que la maison brûle. De mon couple, qui s'effiloche chaque jour un peu plus. De moi-même.

13 novembre. Attentats du Bataclan. Nouvel électrochoc. Horreur. Morts. Mal au vivre-ensemble. Peur, tristesse, colère.

En plein état d'urgence, Place To B réussit malgré tout à recevoir pour quinze jours plus de six cents personnes venues du monde entier couvrir la conférence de Paris sur le climat (COP21) dans l'auberge de jeunesse que nous avons privatisée et transformée en quartier général de la société civile et médiatique. Ce marathon climatique me fait l'effet d'une machine à laver qui tourne en permanence, sans rinçage ni vidange.

Mon insatisfaction – personnelle, professionnelle, sociétale – grandit et dévore mon existence morne et tranquille. Mon couple n'y résiste pas. Je termine la COP21 par un grand saut sans filet : je n'ai plus d'amoureux, plus d'appartement, plus de boulot.

La rupture balaie six ans de vie commune. J'ai l'impression d'avoir tout à (re)découvrir de celle que je suis. De devoir réinventer mon avenir en le lavant à grande eau. Je pars en quête de compréhension, de cohérence, de lumière[3].

3. Lire l'excellent ouvrage de la philosophe Claire Marin : *Rupture(s), comment les ruptures nous transforment*, Livre de Poche, 2020.

Je veux remettre davantage de sens dans mon travail. *Exit* les patrons, les liens de subordination, même masqués ou implicites. Je plonge dans la liberté, précarisée et vertigineuse, des travailleurs indépendants. J'écris quelques articles. J'accompagne dans leur communication des porteurs de projet qui défendent des causes sociétales et environnementales.

Au-delà de la lutte climatique, je retrouve du temps pour m'investir dans plusieurs initiatives qui veulent redonner un peu de pouvoir politique aux citoyens.

L'expérimentation de Nuit Debout enthousiasme les jeunes et les moins jeunes, en mode réappropriation de la démocratie et de l'espace public. #MAVOIX veut informer et former des citoyens pour qu'ils deviennent nos futurs députés. Le « HackLab » d'Europe Écologie-Les Verts (EELV) réunit quant à lui des militants écolos pour hacker le parti de l'intérieur avec des membres de la société civile[4].

Je rencontre aussi les 100 Barbares, une communauté d'innovateurs de tous bords. Ils inventent de nouvelles voies, chacun dans leur secteur, pour affronter les défis sociétaux, notamment grâce aux outils numériques. Je participe à un « week-end barbare », où une vingtaine de personnes se retrouvent dans un magnifique gîte bourguignon pour faire avancer leurs projets. Je confirme ce que je pressens : je n'ai pas encore trouvé la bonne place et ça risque de prendre un paquet de temps…

Je me sens comme un portrait de Pablo Picasso : abstraite et déconstruite. Je cherche une porte de sortie ou une porte d'entrée. J'ai besoin de comprendre ce qui m'arrive. La remise

4. On peut dire qu'ils ont plutôt bien réussi leur coup ! Les trois principaux membres de ce HackLab sont depuis devenus secrétaire national (Julien Bayou), secrétaire nationale adjointe (Sandra Régol) et députée européenne (Marie Toussaint).

en question totale. La nécessité absolue de congruence et d'alignement. La difficulté parfois insoutenable à tolérer l'injustice et l'impuissance. À vivre heureuse dans un monde qui déraille. À ne pas exprimer de manière abrupte les trous dans la raquette qui me sautent aux yeux.

J'ai peur, je suis triste, je suis en colère. Je m'accroche pourtant à une conviction : « Et tout ira bien. Le vent me portera. »

L'appel du large

De même que nous lavons notre corps, nous devrions laver notre destin, changer de vie comme nous changeons de linge.

Fernando Pessoa, *Le Livre de l'intranquillité.*

Le projet *Au Bonheur des Zèbres* naît de ce contexte foisonnant et chaotique. Après une énième lecture[5], je suis une envie et une intuition : faire des portraits de personnalités atypiques, qui me confient leurs expériences et leurs ressentis dans des billets de blog. Je choisis un angle d'attaque, un fil rouge à tirer : les liens entre « le haut potentiel » (HP) ou ce qu'on appelle parfois « la douance » et le bonheur. L'idée du livre germe rapidement mais je ne me l'autorise pas encore. Et si je faisais seulement un livre de plus sur la douance ? Et si je me dévoilais trop ?

Je ne choisis pas mon sujet par hasard. Identifiée « précoce » ou « surdouée » il y a plus de vingt ans, je n'ai jamais cessé d'oublier et de me rappeler que mon cerveau ne fonctionnait pas tout à fait comme celui de la plupart des gens. Et cette période de rupture – de deuil, même –, me renvoie très fort mon

5. Monique de Kermadec, *L'Adulte surdoué à la conquête du bonheur*, Albin Michel, 2016.

impression de décalage, mes ressentis exacerbés, ces douleurs incommensurables, inséparables d'émerveillements émus.

« Zèbres », c'est l'autre nom qu'une psychologue française, Jeanne Siaud-Facchin, donne à ces personnalités aux rayures uniques comme nos empreintes digitales[6]. L'équidé noir et blanc vit en troupeau, de manière grégaire. On peut filer longtemps la métaphore, le parallèle entre cet animal qui se camoufle dans la savane et l'humain « à haut potentiel », qui tente, trop souvent en vain, de s'adapter à une société malade. L'image du zèbre a sans doute des défauts. Elle permet néanmoins à certains de s'identifier, de s'apaiser, sans véhiculer de notion de supériorité, en insistant plutôt sur des différences de fonctionnement.

Après quelques explorations préliminaires[7], je commence une enquête journalistique et sociologique, d'abord centrée sur le rapport de notre société à la norme et à l'intelligence, alimentée par de nombreuses interviews, de spécialistes du sujet mais aussi de personnalités atypiques. La littérature grand public sur le sujet me laisse sur ma faim, à quelques exceptions près. Je trouve les approches théoriques et cliniques peu nuancées, désincarnées. Je découvre les querelles de chapelles d'un champ en plein boom. Entre les parents inquiets et les adultes malheureux, le haut potentiel, c'est un juteux marché…

Le concept de haut potentiel intellectuel et ses nombreuses définitions me paraissent insuffisants et très réducteurs, même s'ils offrent de précieuses clés de compréhension de soi. Le besoin de catégoriser les individus me paraît exprimer quelque chose de fondamental de notre société hyper normative, mais

6. Cf. notamment le très célèbre : Jeanne Siaud-Facchin, *Trop intelligent pour être heureux*, Albin Michel, 2008, écoulé à plus de 500 000 exemplaires.
7. Notamment le billet fondateur d'*Au Bonheur des Zèbres* : « La musique est un cri qui vient de l'intérieur. »

après cette première partie d'enquête, je ne suis plus sûre du tout d'avoir envie de me fourrer dans ces draps-là !

Je veux creuser autre chose. Écologie, éducation, travail, démocratie : je plonge dans les multiples champs de bataille de ceux dont je veux raconter le parcours atypique, et nombre d'entre eux deviennent des amis. Nos discussions sont d'une grande richesse. La pluie et le beau temps, ça n'est pas vraiment notre truc ! Nous allons tout de suite à l'essentiel. Ça me soulage tellement d'avoir l'impression d'être comprise à demi-mot et de me sentir moins seule.

J'approfondis les difficultés qui accompagnent parfois le haut potentiel : troubles psychiatriques, de l'apprentissage, de l'attention et du spectre autistique, etc. Certains de mes interviewés découvrent leur autisme alors que nous discutons depuis plusieurs mois. D'autres le soupçonnent sans éprouver le besoin de faire de démarche médicale.

J'en suis convaincue : le haut potentiel « colore[8] » ces troubles très divers, mais n'en est pas la cause, du moins pas la seule. Il peut, en fonction des périodes, les minorer ou les majorer, comme beaucoup d'autres facteurs, de l'éducation à l'histoire familiale et personnelle, en passant par l'environnement… Surtout, on ne peut pas mettre dans le même sac toutes ces « doubles exceptionnalités » (de l'anglais *twice exceptional*, doublement exceptionnel) : avoir un haut potentiel et un trouble de l'attention, un HP et des troubles du spectre autistique etc.

Je fais sans cesse des aller-retour entre les histoires des autres et la mienne. Je recommence à mieux me comprendre. J'enlève ma peau devenue flétrie et trop étroite, pour muer. J'accepte

8. Catherine Cuche, Sophie Brasseur, *Le Haut Potentiel en questions*, Mardaga, 2017.

malgré moi cet entre-deux un peu bâtard où je ne peux ni me protéger ni me planquer.

Libre comme l'air, en quête d'éloignement d'une relation toxique dont je ne veux plus, je pars vivre à Lisbonne pour une durée indéterminée. J'arpente les sept collines de la capitale portugaise. Je la trouve si belle. Je l'étreins comme j'enlacerais un amant fiévreux. Chaque seconde qui s'écoule ici a une autre saveur. Coupée de mes repères quotidiens et de mes petites habitudes parisiennes, je dévore le monde qui m'entoure.

Je découvre les joies du soleil quotidien. Je prends mon temps, je ralentis, je flâne. Je réapprends à ne rien faire. RIEN. Je lave mon destin.

La nuit je mens

D'estrade en estrade
J'ai fait danser tant de malentendus
Des kilomètres de vie en rose

Alain Bashung, « La nuit je mens »

Les semaines passent. Je fais de plus en plus de sauts de puce à Paris pour saisir de nouvelles opportunités professionnelles. Une contradiction finit par devenir une dissonance cognitive : je ne peux pas me prétendre écolo et faire autant d'allers-retours en avion… Après seulement quelques mois de *dolce vita*, retour donc à la case Paris pour retrouver ma famille, mes amis et entamer de nouvelles aventures de boulot.

Grâce à ce pas de côté lisboète, je saisis mieux les intrications personnelles d'*Au Bonheur des Zèbres*. Derrière un tel élan vital, il y a une grave crise existentielle, qui n'en est pas à son coup d'essai. Ma réflexion a aussi d'autres racines très profondes : viscérales, familiales.

Quelques semaines après mon retour, une nuit aux urgences m'éclaire l'une de ces sources d'une lumière crue et aveuglante. Mon père est tombé chez lui. Je traverse tout Paris pour venir le relever. Je suis inquiète. Signes d'AVC. Ce ne sont pas les premiers… Pompiers, attente, hôpital. S'ensuit une longue nuit glauque, sur les bancs sales et rudes de Bichat.

Au petit matin, on me renvoie chez moi. L'hôpital le garde quelques jours. J'apprends qu'il avait bu ce soir-là. Malgré les interdictions du médecin, malgré les risques pour son cerveau, qui ne supporte plus l'alcool à force d'en être imbibé. J'apprends rapidement qu'après ce dernier « accident », il est bon pour le fauteuil roulant qui lui pendait au nez depuis plusieurs années. J'ai peur. Je suis triste. Je suis en colère.

C'est seulement à ce moment-là, dans ma détresse face à la sienne, face à cette dégradation foutraque de lui-même, que je comprends l'importance déterminante de sa situation dans mon enquête, dans ce questionnement presque obsessionnel sur les zèbres et le bonheur, dans mon rapport avec tout ça, avec mes propres rayures et brûlures.

Mon père est (était ?) l'un des hommes les plus brillants que je connaisse. Plusieurs tests lui ont confirmé, à différents moments de sa vie, qu'il avait un QI très largement supérieur à la moyenne, à la limite de ce qu'on appelle le THQI[9]. Sauf que cette intelligence extraordinaire a surtout été un instrument de pointe au service de sa destruction et de celle de ses proches, toute sa vie durant…

D'aussi loin que je m'en souvienne, je retrouve chez lui ce mélange de fuite en avant dans la fête – les éclats de rire, les vapeurs de l'alcool, la tentation de l'excès – et de mélancolie chevillée au corps. Ce rapport au monde révolté, l'envie de tout connaître, tout comprendre, et la désillusion permanente des choses et des gens tels qu'ils sont, à commencer par lui-même.

La nuit, il se ment. Le jour, il se rend.

9. THQI : très haut quotient intellectuel.

Il n'aimera pas lire ça sous ma plume. C'est pourtant ce que je pense. Bien sûr, il a tant de circonstances atténuantes, tant de raisons d'être malheureux, dans une vie qui lui a pris très tôt ceux qu'il aimait (ses parents, son frère).

Son histoire est un des éléments les plus structurants et déstructurants de mon existence. Son mal de vivre et sa maladie – il est alcoolique chronique depuis son adolescence et diagnostiqué bipolaire depuis plus de vingt ans – ont suscité des réactions différentes chez moi, en fonction de l'âge que j'avais et du recul que j'étais capable de prendre. J'ai même été sacrément perturbée quand, adolescente, j'ai assisté à la dégradation de sa santé mentale et physique puis expérimenté moi-même tout un tas d'excès dont je ne suis pas particulièrement fière…

Je n'ai jamais vraiment compris sa terrible aptitude à se détruire, à mentir, à manipuler, et son incapacité à se reconstruire, à se relever, malgré toutes les ressources cognitives dont il disposait… C'est aussi grâce à lui que j'ai mesuré l'importance de mieux appréhender, accueillir et considérer mes émotions, et de développer une faculté qui lui a tant fait défaut : m'aimer suffisamment pour prendre soin de moi et ne pas m'a-néant-ir.

Pourquoi certains sont résilients et d'autres pas ou pas autant ? Pourquoi certains n'arrivent pas à se relever alors que d'autres nourrissent leurs réussites de leurs échecs ? Y a-t-il de vraies raisons ou est-ce seulement une injustice de plus à supporter ? : voilà les questions auxquelles je tentais de répondre depuis des mois, par mes lectures et mes interviews. Sans oser le formuler, j'explorais l'effondrement intérieur et la possibilité d'y survivre.

Le métier à tisser

Avant donc que d'écrire, apprenez à penser.
Ce que l'on conçoit bien s'énonce clairement,
Et les mots pour le dire arrivent aisément.

Nicolas Boileau

Avec ce projet, je creuse les beautés et les laideurs des autres humains, pour mieux comprendre celles des miens et les miennes. Je me DÉcentre de l'exploration de mon nombril en même temps que je me REcentre sur ce qui me paraît essentiel.

Face à la solitude des nombreux atypiques que je rencontre, *Au Bonheur des Zèbres* semble faciliter le tissage de liens. Je crée une communauté en ligne, puis des événements dans la vraie vie, à Paris, Bruxelles, Lille, Nantes, Toulouse… Des espaces et des temps que j'aurais aimé trouver quand j'allais vraiment mal. Où l'on peut se montrer entier, tel que l'on est – dans la limite du théâtre social du groupe – sans s'enfermer dans un entre-soi déterministe. Où l'on ne confond pas une oreille bienveillante et le bureau des pleurs, même s'il arrive que les larmes affleurent…

Au Bonheur des Zèbres nourrit mon travail, qui irrigue mon enquête et plus largement, le projet. Je me transforme à mesure qu'il avance et se ramifie. J'expérimente un certain nombre de pratiques et d'outils (méditation, yoga, communication non violente, psychologie positive, etc.). Ils bousculent de vieux schémas et m'aident à les remplacer, un par un. Sans me faire perdre mon esprit critique !

Comme j'en avais fait l'expérience avec la psychologie ou la psychanalyse, je touche aussi du doigt les limites du développement personnel « grand public ». Il peut vite devenir un dogme et un miroir aux alouettes supplémentaire dans lequel se perdre, comme l'écrivent très justement Eva Illouz et Edgar Cabanas dans leur livre éclairant, *Happycratie*[10].

Je tricote et détricote les fils du livre dans ma tête. Le motif change si régulièrement que je ne vois pas comment je vais pouvoir un jour finaliser mon tricot... Écrire le livre devient une fin en soi, et plus un moyen de porter les messages qui me semblent importants. Je tourne autour du pot et prends de moins en moins de plaisir à m'atteler au clavier.

Les événements marchent bien. Les gens semblent heureux. Leurs retours sont encourageants.

Avril 2018. Je lance une campagne de financement participatif pour faire grandir *Au Bonheur des Zèbres* : rémunérer une partie de mon travail d'écriture, développer la communauté, démultiplier les événements, trouver des soutiens et relais... En quarante jours, je vois le meilleur et le pire de moi-même. Portée par l'énergie de ceux qui me soutiennent, j'ai l'impression d'avoir des ailes. Je suis aussi à fleur de peau et sérieusement épuisée. Je dors très mal la nuit, le cerveau jamais en veilleuse.

Je confirme mon envie de m'éloigner des débats intellectuels pour me concentrer sur les initiatives, les réflexions et les

---

10. Edgar Cabanas, Eva Illouz, *Happycratie*, Premier Parallèle, 2018 ; et, plus récemment, Thierry Jobard, *Contre le développement personnel*, « Les Incisives », Rue de l'Échiquier, 2021.

émotions des gens que je rencontre. Je me confronte également à mon syndrome de l'imposteur, qui revient me chercher dès que je baisse la garde. Je l'identifie facilement parce qu'il est toujours accompagné de son amie intime, la procrastination…

La campagne est une réussite mais je finis sur les rotules ! Je dois m'y résoudre : le cœur de mon enquête n'a plus grand-chose à voir avec le haut potentiel. Il n'est qu'un point de départ, des prolégomènes nécessaires. Le vrai cœur, le cœur vital, c'est le sentiment d'urgence qui s'incarne chez tous ceux que j'interviewe. Mieux comprendre ce qui ne tourne pas rond dans le monde et comment agir, chacun à sa mesure, pour le transformer. Pour se transformer. Une maille vient de trouver sa place. Un autre verrou vient de sauter.

Choisir Éros sans nier Thanatos

Je pense en effet qu'il y a une alliance possible entre la lucidité – la vie est absurde, ridicule – et la joie. Car être heureux, c'est toujours être heureux malgré tout.

Clément Rosset

Je me rends à l'évidence : depuis ma rupture, je cherche sans cesse le sens et l'ivresse au dehors de moi. J'en prends de grandes rasades pour me confirmer que je suis bien vivante. Désormais, je suis fatiguée, dégrisée. J'ai besoin d'avaler toutes mes douleurs pour pouvoir les digérer.

Les douleurs que je digère ne sont pas seulement les miennes ou celles de mes proches. Depuis plusieurs années, ma prise de conscience systémique me fait mal à l'âme et au ciboulot. Mes réflexions sur les crises climatique et démocratique s'accompagnent de perspectives sur le krach économique et financier qui nous attend ; les inégalités qui n'en finissent pas de se creuser ; la dégradation de nos services publics qui menacent de rendre l'âme ; le développement incontrôlé des énergies fossiles… Et la liste s'allonge tous les jours.

L'année de la COP21, j'entends parler d'un livre[11] de Pablo Servigne et Raphaël Stevens, *Comment tout peut s'effondrer ?*

11. Servigne, Stevens, *op.cit.*

qui présente au public francophone la collapsologie, l'étude des effondrements de notre civilisation thermo-industrielle[12]. Je ne suis pas prête, ça m'angoisse…

Le temps de me relever de mon effondrement intérieur, je laisse de côté l'effondrement civilisationnel. Jusqu'à ce qu'il revienne à moi, par une de mes amies, Marie, qui depuis quelques années lit, écoute, regarde tout ce qu'elle peut sur le sujet. Nos discussions sont animées, pas toujours gaies, parfois carrément plombantes. Comment conserver des raisons de se réjouir quand on nage au quotidien dans les eaux troubles de la catastrophe possible et imminente ?

L'effondrement me poursuit… Marie me propose de travailler avec elle sur un nouveau projet. Pablo Servigne, l'un des coauteurs du best-seller collapso, s'associe à Yvan Saint-Jours, éditeur, créateur et rédacteur en chef de nombreux magazines engagés[13], pour lancer un nouveau trimestriel sur l'effondrement et la résilience. Nom de code, encore secret : *Joyeux Effondrement !*

Je suis enthousiaste. J'y vois un moyen de gagner ma croûte dignement pour quelque temps et une chance de mûrir mon approche de ces sujets fort complexes et toujours anxiogènes.

Je décide aussi que je ne veux plus vivre à Paris. Je ne me sens pas capable de m'installer à la campagne, seule au milieu de nulle part, mais je veux quitter l'hyper-centre de la capitale… Après ces années de pérégrinations, je n'arrive toujours pas à m'enraciner, alors que j'en ressens un très fort besoin. Cap sur Bruxelles, où m'attendent des amis de l'époque Nuit

---

12. La civilisation thermo-industrielle débute il y a deux cents ans environ et repose principalement sur l'extraction et l'utilisation des énergies fossiles.
13. *La Maison écologique, Kaizen,* et les maisons d'édition Ypypyp et Dandelion.

Debout, des projets liés à *Au Bonheur des Zèbres* et d'autres opportunités. Me voilà repartie. Préavis. Cartons de déménagement. Fort sentiment de liberté, teinté d'appréhension.

J'en suis là quand je me retrouve bombardée intervenante de TEDx – ces conférences inspirantes hyper cadrées, filmées et retransmises *all over the world* – à la Philharmonie de Liège (en Belgique !). Marie a proposé mon nom en déclinant l'invitation. Le sujet : « Retour vers le futur », avec un angle sur l'effondrement, pardi.

J'ai moins de quinze jours pour être à la hauteur. D'ici là, je dois passer une semaine à Lisbonne pour une mission au Web Summit, le salon mondial du numérique. J'écris mon texte et me prépare à le déclamer, entre deux interviews. La surchauffe guette…

À peine sortie de l'avion portugais, je saute dans un train pour Liège. Chambre d'hôtel, taxi, Philharmonie, répétitions. Je suis déconfite. Ce n'est pas possible que j'arrive à ingurgiter douze minutes de texte par cœur alors que la veille du jour J, je n'en connais même pas la moitié !

Retour à la chambre d'hôtel. Terrifiée, je dors d'un œil. Le lendemain matin, taxi, Philharmonie : c'est parti. L'organisateur me propose d'attaquer la première. J'accepte, je serai débarrassée. La peur d'oublier mon texte me liquéfie. Je plonge. Je me trouve terriblement solennelle mais je déroule. Ouf. C'est fini. La salle est émue, comme pétrifiée.

Je viens de leur livrer une tranche de vie authentique et vulnérable. Un condensé de ce que je vous raconte. L'effondrement intérieur. La quête de résilience. L'effondrement de la civilisation. *Au Bonheur des Zèbres* en train de changer sous ces nouvelles influences de plus en plus fortes. À mesure que ce voile se déchire et qu'on ne peut plus le recoudre, après chaque nouvelle prise de conscience.

J'opte pour un titre que je trouve beau : *Choisir Éros sans nier Thanatos*[14]. Plus que jamais, je veux faire le choix de la vie, de l'amour, malgré les menaces de mort que l'espèce humaine fait planer sur elle-même et les autres.

14. Dans la mythologie grecque, Éros fait référence au dieu de l'amour, au principe du désir, la libido, et à la pulsion de vie, souvent opposé à Thanatos, le dieu de la mort.

Le premier jour du reste de ma vie

Mais tout peut changer aujourd'hui
Et le premier jour du reste de ta vie
Plus confidentiel

Étienne Daho, « Le premier jour du reste de ta vie »

Dans mon appartement parisien, les allées du Web Summit ou les coulisses de la Philharmonie, mon téléphone portable s'anime de notifications incessantes… Depuis plusieurs semaines, je discute en ligne avec un homme charmant, Mathieu. Je le rencontre sur un groupe Facebook, « Adopte un collapso », lancé comme une parodie boutadesque pour permettre à ceux qui s'intéressent aux effondrements de partager autre chose que des études scientifiques alarmantes et de, pourquoi pas, trouver chaussure à son pied.

L'histoire commence par une petite annonce qu'il publie sur le groupe, que je trouve touchante et drôle. Je lui écris en privé. On se cause tout de suite zèbres, effondrement, résilience. Il a dû mener sa petite enquête pour viser si juste ! Il me plaît bien, mais c'est surréaliste. Je m'installe à Bruxelles dans quelques semaines. Il vit dans une ferme vivrière du Cantal, que je situe à peine sur la carte de France.

Me vient cette idée saugrenue de lancer un week-end dans sa ferme, avec une dizaine de participants du groupe, en mode

« puisque t'es perdu au milieu de nulle part et que c'est le rêve de beaucoup de collapso, faisons-leur découvrir ta vie le temps d'un week-end ». Il me dit oui tout de suite. Ça sera après TEDx, juste avant mon déménagement.

On prépare ce week-end, qui se présente plutôt bien. Les gens sont enthousiastes – pour la plupart des citadins en quête de congruence. On continue de se parler tous les jours. J'avoue que ça me perd un peu. Je me sens si proche de lui alors que je ne l'ai jamais vu ! Et puis je m'étais dit que je voulais rester seule, après plusieurs rencontres si peu satisfaisantes…

Mathieu m'accompagne pourtant, à distance, dans chacune des étapes importantes de ce mois de novembre. Il est le premier à me parler à la sortie de la scène, après mon discours-épreuve liégeois.

J'ai très envie de voir si on se plaît « pour de vrai » mais j'hésite à me rendre à ce week-end, pour me préserver. Je choisis d'y aller malgré tout. J'arrive après un long périple dans ce lieu qui me séduit dans la minute. Les autres ont bien compris qu'on s'est tapé dans l'œil… Pendant presque trois jours, nous avons de chouettes discussions, sur l'effondrement, la résilience, l'amour.

Au bout de deux jours, je m'entends lui dire, ahurie : « Je me verrai bien vivre ici avec toi. » Je flippe autant que je vibre. Lui aussi…

Je repars avec les autres, en ayant bien pris soin de lui donner un prochain rendez-vous. Je déménage à Bruxelles, le cœur gros. Je décide finalement de ne pas m'embarquer dans les projets qui m'attendent là-bas. J'étais encore en train de négliger mes envies pour aider les autres à réaliser les leurs, en voulant me rendre utile.

Ma tête, mon cœur, mon corps me crient de ne pas laisser passer cette relation naissante. C'est complètement irrationnel, mais je sais que c'est ce que je dois faire.

Je revois Mathieu quinze jours après à l'éco-centre du Bouchot, en Sologne, où j'organise un week-end *Au Bonheur des Zèbres*. Je n'ai plus envie de le quitter. Je repars à Bruxelles. Il me manque. Je reviens chez lui dès que je peux. Dans cette grande maison en pierre du Cantal, je découvre une autre moi-même. Je me sens souvent bien godiche de mes dix doigts, loin de mes artifices digitaux, mais tellement plus VIVANTE…

Après un mois d'aller-retour pour les fêtes de fin d'année, je rentre à Bruxelles. C'est quand même mon nouveau chez-moi ! Et puis, il est temps de me poser un peu… Je rentre le 12 janvier au soir. Le lendemain matin, ma mère me téléphone et m'annonce la mort de son père. Me demande si je veux bien rentrer. Ce jour-là, je comprends que ma vie dans la capitale belge n'a pas vraiment d'autre sens que de me mener à cette décision.

Mais enfin, je ne vais pas aller vivre chez un homme que je connais à peine, dans une ferme du Cantal ? C'est un peu tôt ! Et si je me trompais totalement ?

Quand je rentre en France, pour être auprès de ma mère et dire un dernier au revoir à mon petit papouyot, on se dit clairement qu'on a envie de vivre ensemble et on organise le commencement de notre nouvelle vie à deux… Mathieu vient me chercher, avec mes cartons, à Bruxelles, et me ramène chez nous, début février 2019.

Le premier jour du reste de ma vie.

Yggdrasil

Avec Yggdrasil, *nous embarquons pour un voyage initiatique : découvrir l'être qui vibre en chacun et, grâce aux autres êtres vivants, déployer et explorer sa part sauvage, lui redonner vie. Accompagner la fin d'un cycle et engager le renouveau. Que la grande traversée commence !*

Manifeste du magazine *Yggdrasil*

Je viens à peine de poser mes cartons quand le projet de magazine collapso redémarre en fanfare… *Yggdrasil*, c'est le titre que nous choisissons pour remplacer le fameux nom de code *Joyeux Effondrement*. L'arbre-monde dans la mythologie nordique, qui relie le monde des vivants et celui des morts.

Nous préparons, surtout en binôme, une campagne de crowdfunding avec un objectif ambitieux – récolter au moins 100 000 € pour financer les premiers numéros –, quand Marie se brûle gravement à la jambe.

Maintenant que nous avons lancé la machine, il n'est plus temps de remettre à plus tard le démarrage de la campagne. Ces semaines de préparation me paraissent infernales. Marie souffre beaucoup. Ce qui lui arrive me peine et m'inquiète… Elle aimerait s'impliquer davantage mais elle n'en est pas capable physiquement ni moralement. Elle nous rejoint pour lancer la campagne et mobiliser nos proches.

C'est parti pour quinze jours de totale hallucination. La campagne va très vite, grâce à la grande notoriété de Pablo. Si vite qu'on doit presque courir après elle, Marie et moi ! Les tensions se multiplient entre nous. Elle part et revient, au fil de ses douleurs. J'essaie de garder le cap. J'ai l'impression de faire de mon mieux. Ça ne suffit pas.

Le malaise grandit. Notre relation de travail devient si toxique qu'elle entache salement notre amitié. La campagne se termine sur une belle réussite. On nous félicite. Mais la souffrance est là, de son côté et du mien.

La médiation qu'on entreprend n'y change rien. On n'y arrive pas. Je n'ai pas envie de lâcher le projet – le premier numéro va bientôt sortir. Mais je refuse de continuer à travailler dans ces conditions. Mathieu m'observe me rabougrir au fil des semaines. Certains jours, je ne m'habille même plus… Je fonds régulièrement en larmes. Les trois associés d'*Yggdrasil* ne savent pas comment nous aider, espérant que nous trouvions rapidement une issue favorable.

Statu quo pendant l'événement de lancement du premier numéro, à Paris. Je rentre dans le Cantal avec la satisfaction de contribuer à faire sortir de terre ce bel arbre à la durée de vie limitée, qui comptera seulement douze numéros. Mais nous devons trouver une solution… La situation ne s'arrange pas. Je décide finalement de quitter cette aventure. Alignée, je me sens prête à poursuivre mon voyage initiatique.

Retours à la racine

Être radical, c'est prendre les choses par la racine. Et la racine de l'homme, c'est l'homme lui-même.

Karl Marx, *Critique de* La Philosophie du droit *de Hegel*

Pendant que le projet yggdrasilien grandit, ma vie aux Escuroux suit son cours. Ma relation avec Mathieu se renforce. Je relis des épisodes douloureux de ma vie avec le regard du présent. Cette belle histoire m'arrive aussi parce que j'ai nettoyé des vieilles blessures. Parce que j'ai décidé que je n'avais pas besoin d'un homme pour être complète ou pour me donner de la valeur.

La vie à la ferme me confronte sur plein de plans. Une Parisienne communicante qui déboule dans un trou paumé du Cantal pour y vivre après plus de trente ans de vie urbaine, ça donne quoi[15] ? Contre toute attente, je ne m'en tire pas trop mal ! Je me fais de nouveaux amis. J'apprends à mettre en place la technique de la pelure d'oignon (c'est simple : plus il fait froid, plus tu mets de couches !). À composer un repas avec rien plutôt que de sortir faire des courses inutiles dès que la

15. Extraits et adaptation de Flora Clodic-Tanguy, *Mes 10 kifs de 2019*, floraclodic.medium.com

flemme se fait sentir. À travailler différemment et à revivre loin de l'agitation de la ville qui exacerbe la mienne.

Je m'allège et me dépouille. Je remets tout en question. Je découvre que j'applique dans mon travail, sans le savoir, un certain nombre des principes de la permaculture, que j'approfondis auprès de Mathieu.

***

Éthique et principes de la permaculture

Née dans les années 1970 en Australie alors que le monde occidental prend conscience du manque de durabilité de ses modes de vie[16], la permaculture (ou culture de la permanence) est une approche systémique qui a pour but la conception, la planification et la réalisation de sociétés humaines écologiquement soutenables, socialement équitables et économiquement viables.

Elle se fonde sur une triple éthique – faire attention à la terre, prendre soin des humains et partager équitablement les ressources – dont découlent des principes et des techniques permettant une meilleure intégration des activités humaines dans les écosystèmes naturels.

Quelques principes de la permaculture[17] :

- « Le problème est la solution » ;
- Aller du global au détail ;
- Intégrer plutôt que séparer ;

16. Le célèbre rapport Meadows, *Limits to growth*, *(Halte à la croissance)*, est publié en 1972.
17. Mélange des principes de Bill Mollison et de David Holmgren, version Mathieu Foudral.

✲ Agir avec patience et à petite échelle ;

✲ « Un minimum d'efforts pour un maximum d'effets » ;

✲ Utiliser le changement et y réagir de manière créative.

Ces principes s'appliquent dans tous les champs de la permaculture (et pas seulement au jardin !) : habitat, outils et technologie, enseignement et culture, santé et bien-être, finance et économie, foncier et gouvernance[18]...

***

Vannerie, greffage, potager, autonomie énergétique, plantes sauvages : je suis avec application tous les stages courts de la saison de Prise de Terre. Grands moments de découverte et de rencontre avec moi-même. Je suis plutôt douée avec ma tête et pour faire courir mes doigts sur un clavier, mais alors, sortir de ma gaucherie manuelle et de mes jugements permanents sur moi-même, c'est une autre histoire !

Tresser un panier de mes mains, foirer une greffe mais voir quand même l'arbre repartir, planter des radis dévorés par les rats-taupiers, cuisiner des « mauvaises herbes » et comprendre une fois de plus à quel point nous sommes conditionnés... J'y prends beaucoup de plaisir et ça me paraît le plus important.

En octobre 2019, je suis le cours de design en permaculture (douze jours intensifs sur de nombreuses thématiques permacoles suivant un référentiel international) que Mathieu donne chaque année à la ferme de La Bouzigue, près de Toulouse. Quel groupe, quelle énergie et quelles claques ! On repart tous dans nos vies un peu flapis. Cela nous permet aussi, à Mathieu

18. La fleur de la permaculture de David Holmgren est une référence en soi : https://permacultureprinciples.com/fr/fr_flower.php

et à moi, de mettre sur le tapis quelques hiatus de notre vie quotidienne de cordonniers mal chaussés.

Au fil des mois, un peu comme pendant la parenthèse lisboète, je réapprends à ne rien faire. Garder des plages entières sans programme précis. Me remettre à lire comme j'aime tant, frénétiquement.

Je retourne aussi au village des Pruniers, ce village bouddhiste fondé par Thich Nhat Hanh où l'on pratique la méditation de pleine conscience. Je n'y arrive pas toujours (et surtout pas quand j'en ai vraiment besoin…) mais je médite beaucoup plus régulièrement. Je me concentre mieux, je suis moins hyperactive et subis moins mes angoisses en tout genre.

Faire de la place au vide autorise l'inattendu et la surprise. Ça fait le tri et ça me grandit.

Cadeau supplémentaire, je dénoue un très gros nœud ! Je comprends que j'essayais de forcer l'écriture, alors que d'autres choses m'attendaient avant de prendre la plume. Je trouve l'éditeur idéal pour m'aider à accoucher enfin du meilleur livre possible. Après avoir tant tergiversé, je me vois comme un bambou. Mes racines ont poussé, poussé, poussé, sous la terre, invisibles en surface. Et les voilà prêtes à propulser ma tige vite et haut.

Confinés, et après ?

Et pourtant, c'est bien maintenant qu'il faut se battre pour que la reprise économique, une fois la crise passée, ne ramène pas le même ancien régime climatique contre lequel nous essayions jusqu'ici, assez vainement, de lutter.

Bruno Latour[19]

Me voilà donc partagée entre mes activités professionnelles connectées et ma vie aux Escuroux. Les campagnes de crowdfunding rythment mes semaines. Chacune, surtout si elle est d'une grande ampleur, me prend pas mal de temps et d'énergie.

Depuis quelques semaines, je prépare le lancement d'une campagne pour un nouveau magazine, *So good*, lancé par le groupe So Press et la plateforme de crowdfunding Ulule, pour raconter les histoires de « ceux qui font avancer le monde dans la bonne direction ». Je dois aller une semaine à Paris pour le lancement, début mars. J'hésite à maintenir mon voyage. L'épidémie de coronavirus est déjà très présente, même si des mesures sanitaires plus drastiques tardent à être prises.

---

19. Bruno Latour, « Imaginer les gestes-barrières contre le retour à la production d'avant-crise », *AOC*, mars 2020.

Bon, j'y vais. Pas tranquille. Je m'inquiète sérieusement des nouvelles que je reçois de la Chine, bien sûr, ainsi que de l'Italie voisine. Je maintiens malgré tout l'essentiel de ce que j'ai prévu. Je ne suis pas sûre de pouvoir rentrer en train comme prévu. *In extremis*, après un long périple, le train me ramène à Aurillac.

Je suis heureuse de retrouver Mathieu, de rentrer chez moi, chez nous. J'ai beaucoup réfléchi pendant ce séjour parisien. Je veux lever le pied sur les voyages, moins m'absenter. Ça tombe bien… Quand notre cher président annonce les mesures de confinement, on comprend vite que nos projets des prochains mois sont en train de tomber à l'eau.

Je passe les deux premières semaines un peu sidérée. Épidémie, pénuries, ralentissement économique : nos craintes d'effondrement sont-elles en train de se réaliser ? Avec le confinement viennent aussi de nouvelles mesures liberticides, dans le droit prolongement de ce que le gouvernement d'Emmanuel Macron a entamé depuis de longs mois.

Pour prendre des nouvelles de ceux qu'on aime et des membres de nos communautés, Prise de Terre et Au Bonheur des Zèbres, on lance une première rencontre virtuelle : « Confiné·es, et après ? » Ça fait du bien aux gens, à nous aussi, alors on recommence. Chaque semaine jusqu'à la fin du confinement, nous nous retrouvons autour d'une question : « Comment éviter le retour au monde d'avant ? » ; « De quoi la fin du confinement peut-elle être le début ? » ; « Comment être solidaire par temps de Covid-19 ? » ; « L'autonomie, une quête d'aujourd'hui pour demain ? »…

En construisant ma petite routine matinale, j'écris plus régulièrement. Je retrouve l'élan, le souffle, le plaisir. La nécessité de coucher les mots sur le clavier, guidée par le slogan d'Extinction Rebellion, avec « amour et rage ».

Au déconfinement, j'ai la joie de voir maintenus deux stages réservés de longue date : herboristerie pratique et techniques d'autonomie. J'y vais, consciente de prendre un risque, mais ils sont si importants pour moi… Ils symbolisent le temps que je m'accorde pour autre chose que du travail, pour me former à ce qui compte pour moi dans cette nouvelle vie. Ils illustrent aussi la démarche que je mène avec ce livre : nous réapproprier des savoirs ancestraux nous rend une part de notre liberté et un petit bout de notre autonomie confisquée.

Les aventuriers du vivant

Découvrir, c'est enlever des couches.

Michel Perroud

Je partage avec bonheur ce texte que j'ai écrit et lu le dernier jour du stage « Techniques d'autonomie », que Mathieu et moi avons fait avec l'auteur-paysan Bernard Bertrand et l'archéologue expérimental Kim Pasche. Il est le fruit de la « récolte de pépites » des participants, grâce à l'aide précieuse de Mésange, chargée avec moi de garder des traces et de donner à entendre notre histoire commune.

On arrive à Terran, le fief de Bernard Bertrand dans les Pyrénées ariégeoises, par des chemins variés. On comprend tout de suite que ça se mérite, ce site qui nous promet plein de surprises et de libertés. Ici, on peut même prendre – littéralement – un nom d'oiseau, si ça nous chante. Et comme dans la nature, « la seule loi, c'est l'exception ». Nous voilà partis pour un voyage tribal d'une semaine où les gestes et les techniques que nous enseignent Bernard et Kim sont surtout des prétextes pour aller à la rencontre. De la nature, trop souvent réifiée. De notre nature, trop souvent camouflée. De l'autre, des autres, avec qui nous partagerons une expérience d'une rare profondeur.

Les choses sérieuses commencent par le feu. En trinôme pour briser la glace, mais aussi parce que « la complémentarité permet d'être efficace ». Archet, planchette, drille : on en garde le plaisir et la joie de voir s'embraser le nid de mousse et d'herbes, ainsi que la surprise de voir ces inconnus désormais familiers nous applaudir et nous encourager. On introduit le travail de la cordelette sans savoir son rôle précieux de fil rouge pour la vannerie cordée.

On se découvre rapidement. Authenticité, vulnérabilité : la mayonnaise du groupe prend, agrémentée des ingrédients complémentaires de Bernard, Kim et Christina, qui mettent de la magie dans la vie ordinaire. Allumer un feu, marcher dans la forêt, façonner ses outils : chaque moment partagé est une source d'émerveillement, même teinté d'inconfort.

On approfondit. Amadou. Liber de Tilleul[20]. Le groupe s'épanouit ; nos éclats de rire, aussi. Certains vont se baigner, nus, dans un endroit magnifique. Certaines assument de laisser les soutifs au placard. Tous apprennent à se connaître, sans faux-semblant et sans jugements.

La tribu se révèle dans l'adversité, quand un vidéaste un peu trop enthousiaste s'invite dans son intimité. Même le temps d'une semaine, nous sommes un corps.

Mercredi, c'est jour de sortie ! À nous, les sentiers des Pyrénées, la cueillette vannière, les grands et vieux arbres, les joncs transformés en poisson ou en hochet. La grande pluie

20. L'amadou est un matériau spongieux qui constitue la partie supérieure de la chair de certains champignons. Cette sorte de feutre naturel est utilisé séché depuis la préhistoire pour allumer le feu mais aussi pour favoriser la dessication des plaies ou encore comme succédané du tabac et du cuir. Le liber est le tissu végétal conducteur de la sève élaborée, l'une des trois enveloppes qui composent l'écorce des arbres.

nous ravit. Ambiance *Seigneur des Anneaux* et régression infantile garanties.

Bernard et Kim nous observent, nous voient évoluer, chacun sur des plans différents et chacun à son rythme. C'est leur récompense… Cette semaine, on apprend par l'erreur mais surtout par l'essai. On redécouvre que nos mains savent et qu'elles ont une mémoire.

On accepte mieux de cohabiter avec les petites bêtes qui nous piquent, des araignées aux tiques. Y a qu'à voir les séances de recherche de tiques ! Un vrai moment de solidarité, presque animal, rituel quasi tribal.

Jeudi, un grand temps fort met tout le monde d'accord. Près de la tente berbère des Pêcheurs de Rêve – un couple de stagiaires clowns – nous partageons un moment de silence guidé, en conscience, alors que nous taillons notre premier couteau dans l'écorce. Les paroles simples de Kim nous touchent. On note la bourrasque monumentale quand il nous invite à observer les éléments.

Deux d'entre nous s'offrent une brève parenthèse enchantée avec Bernard, dans son jardin. Un exemple de ces moments partagés, qui constituent autant de pépites qu'on rapportera chez nous. Des éclats bruts et polis. Le soir, plaisir du coin du feu : un peu d'alcool, beaucoup de chants et la joie d'être ensemble.

Légère gueule de bois en prime, le vendredi est un concentré de cette semaine. À commencer par le cercle du matin. La bienveillance, la franchise, l'authenticité, la synergie du groupe nous surprennent. Et puis, quand y a besoin de dire merde, on se le dit tranquillement. On se dit surtout des belles choses, à vrai dire. En étant attentifs tant à nos propres besoins qu'à ceux du groupe. En se rappelant également que « des intentions précises apportent des résultats précis », comme se plaît à le répéter Kim.

Nous voilà en route pour notre ultime sortie : la descente dans la grotte. Un climax pour nous tous, pour des raisons différentes. Les sensations fortes de Louis qui manque de glisser dans le boyau et voit sa vie défiler avant que Thomas ne le rattrape. Le silence, assourdissant et beau, quand Chant du Soleil fait taire son tambour.

Dernier repas du soir. Rendez-vous au foyer pour une petite histoire du feu. Plus que des informations, Kim nous transmet un questionnement.

C'est avec lui et tant d'autres choses que nous repartirons. Nous avons ouvert des portes dans nos têtes, fait germer des graines dans nos mains, fait résonner le bruit ancestral des fibres qu'on tisse. Nous avons réappris des gestes simples qui accompagnent l'humanité depuis la nuit des temps. Nous avons compris que nous n'étions pas seuls et que nous étions, chacun à notre manière, des aventuriers du vivant. Et que contre l'absurdité qui nous frappe trop souvent dans ce monde, c'est notre plus précieux talisman.

Les Tisserands

Être, c'est être relié.

Abdennour Bidar, *Les Tisserands*

Un livre occupe une place singulière et précieuse dans l'évolution de ma pensée et de mon projet : *Les Tisserands*[21]. Il est de tous mes déménagements post-rupture, de Lisbonne à Paris, en passant par un bref détour bruxellois. J'ai l'intuition qu'il est déterminant sans vraiment réussir à le lire. Maintes fois, je l'entame et le délaisse.

Écrit après les attentats de *Charlie Hebdo* et du Bataclan par le philosophe Abdennour Bidar, spécialiste de l'islam et de la laïcité, le livre est un vibrant appel à tous ceux qui veulent « réparer le tissu déchiré du monde », à unir leurs forces pour faire front commun en nourrissant « le triple lien ». Abdennour identifie ainsi trois types de tisserands, qui prennent soin de leur bout d'étoffe sans être toujours conscients ni de leur nombre croissant ni de leur puissance.

Certains portent une attention particulière aux liens malmenés qui nous unissent à nous-même ; d'autres aux liens distendus que nous entretenons les uns avec les autres ; d'autres encore aux

21. Abdennour Bidar, *Les Tisserands*, Les Liens qui Libèrent, 2016.

liens si fragiles que nous tissons avec la nature qui nous entoure. Pour des raisons historiques, sociologiques et politiques, tous ces tisserands (et tisserandes !) ont longtemps été conduits à s'ignorer les uns les autres, à se méconnaître, voire parfois à s'opposer. Chaque grand type de tisserands compte aussi son lot d'intolérants, de dogmatiques et d'extrémistes qui finissent par détériorer d'autres liens auxquels ils ne sont pas sensibles.

Notre vie fait sens quand nous sommes reliés. Soigner ce triple lien exige des prises de conscience, des décisions courageuses, des renoncements, des réformes politiques et économiques. Ce livre offre la perspective d'une ascèse joyeuse, volontaire et généreuse. C'est l'une des voies à suivre pour tenter de sortir de cette situation dans laquelle l'être humain est parvenu à se mettre : menacer sa survie même en détruisant les conditions de la vie pour tous les autres.

Alors que je viens de trouver la discipline nécessaire pour faire avancer mon ouvrage, je sors *Les Tisserands* au lieu de m'attabler pour écrire. Je le dévore. Je comprends enfin pourquoi il est si capital. Je suis enfin capable de me confronter à une intuition douce et une détermination féroce qui gagnent en force au fil des mois : même apprentie, même aspirante, je suis une tisserande.

J'aime faire des liens entre les gens, les sujets, les intérêts, les vivants. Prendre soin de ceux que j'aime, de ceux qui manquent, de ceux qu'on ne voit pas alors qu'ils sont pourtant si essentiels dans cette société où priment l'utilité, la rentabilité et l'optimisation. Mettre mes compétences et mes savoir-faire au service des causes qui comptent pour moi. Valoriser les actions et les pensées de ceux que je trouve inspirants.

Ma vie et mon livre ne se nourrissent plus que de ces liens, de cette ébullition de pensées et d'émotions reliées et jaillissantes.

Mes personnages – ceux dont je fais le portrait – sont des tisserands – conscients ou pas, revendiqués ou pas.

En refermant le livre, je prends mon courage à deux mains pour demander une interview à Abdennour. Je le questionne sur ce que le livre a changé pour lui, sur la vie qu'il mène désormais. J'interroge aussi Inès Weber, une psychologue engagée avec qui il a fondé le Sésame, un Centre de culture spirituelle non confessionnelle. J'ai envie d'aller les rencontrer dans leur maison provençale, Les Candelles. D'ici là, je poursuis mon tissage, parfois impatient mais fermement résolu.

Quel monde voulons-nous ?

La révolution est ce que nous sommes, pas ce que nous deviendrons, ce que nous faisons, pas ce que nous ferons un jour. C'est une expérimentation vivifiante que nous ne cessons de réinventer tout en marchant, un processus qui se produit maintenant.

Starhawk, *Quel monde voulons-nous*[22] ?

L'épidémie de Covid-19 aura eu au moins une vertu. Elle nous aura donné un avant-goût de ce que peut être une société effondrée… Un tout petit avant-goût, tant les signaux sont au rouge sur tous les plans. Effondrement de la biodiversité, dérèglements climatiques, crise démocratique, économique, financière, sanitaire, éducative, explosion des inégalités sociales… Les dominos capables de déclencher de graves crises dans les années et décennies à venir continuent de se multiplier et de s'enchevêtrer.

Cette situation inextricable, je la décortique parfois à m'en donner la nausée. Au fil de mon exploration, mon projet de livre m'apparaît de plus en plus comme un moyen de donner la parole à des gens qui tirent les sonnettes d'alarme, inventent de

22. Starhawk, *Quel monde voulons-nous ?*, Cambourakis, 2019.

nouvelles manières d'être ou de faire, remettent au goût du jour des pratiques de bon sens et d'une grande simplicité avec beaucoup d'intelligence et de cœur, se réapproprient leur humanité la plus nue et leur animalité la plus crue.

Des êtres humains que j'aime, de près ou de loin, que j'admire, et dont le parcours, l'action et la pensée éveillent chez moi la nécessité du partage. Ils m'accompagnent et m'aident à mieux trouver qui je suis, ce que je veux faire et comment. Ils éclairent ma vie d'un nouveau jour, enrichi d'un soupçon de radicalité, que j'aimerais rendre le plus contagieux possible.

Depuis que j'ai décidé ça, un autre livre est apparu, qui finit par éclipser le projet initial. « Mais alors, tu ne parles plus des zèbres ? » me demandent certains amis étonnés, voire déçus. Si, j'en parle, mais autrement… Chez la plupart des gens que vous allez découvrir ou redécouvrir, ce mode de fonctionnement cognitif et émotionnel n'est pas une caractéristique identitaire qui prend toute la place. C'est comme une donnée sous-jacente. Un questionnement sourd et léger.

Ils et elles ont une façon « d'être au monde » bien à eux, comme le dit souvent Jeanne Siaud-Facchin[23]. J'aime leur authenticité, leurs pieds dans le plat, leur bizarrerie, leur liberté, leur entièreté, leurs combats contre eux-mêmes quand ils se sentent dissonants, leur quête de beau et d'harmonie, leurs éclats émotionnels, même intérieurs… J'aime leur diversité, leur unicité, leur complémentarité. Leur beauté atypique et sauvage.

Peu importe qu'ils rentrent ou pas dans une case toute faite qui permettrait de les dompter un peu. Et tant pis si je perds en route une partie des gens qui me suivaient jusque-là.

---

23. Siaud-Facchin, *op. cit.*

Ce que j'aimerais susciter chez vous, c'est ce questionnement : « Qu'est-ce que j'ai envie de garder / je trouve inspirant dans sa manière d'être et de penser, d'incarner ses causes, l'une après l'autre ? »

Au fil des mois, j'ai tissé la toile de mes « inspirations résilientes » autour de trois échelles, intriquées et interdépendantes : les résiliences écologique, sociétale et intérieure, qui font écho au « triple lien » – à la planète, aux autres, à soi-même – d'Abdennour Bidar.

Le deuxième chapitre nous fera plonger dans les questions d'effondrement et d'éco-anxiété et montrera l'intrication de ces trois niveaux de résilience. Une fois qu'on a posé les constats, parfois terribles, peut-on cultiver « la joie dans les ruines » malgré tout ? Pourquoi est-il si urgent d'« allier culture des luttes et culture du vivant[24] », comme nous y invite le philosophe Baptiste Morizot ?

Le troisième pose la question de la nécessité de réintégrer le vivant. De replacer l'être humain dans le règne animal. De faire dégonfler la grenouille qui a voulu si fort se faire plus grande que le bœuf qu'elle a éradiqué quasiment toute la biodiversité sauvage pour « prendre sa place ». De repenser le rapport Nature / Culture en rappelant à quel point il est une construction, moderne et occidentale. De réapprendre à vivre avec humilité sans surexploiter les ressources des autres espèces ou hypothéquer la vie des plus défavorisés ou des générations futures.

Le quatrième chapitre partage une conviction : pour refaire société, nous devons nous repolitiser. Régénérer

24. Voir notamment le hors-série de *Socialter*, « Renouer avec le vivant », dont Baptiste Morizot a été le rédacteur en chef invité.

en profondeur notre rapport à la politique – la « chose publique ». Réenchanter le lien communautaire, l'envie de faire et de construire ensemble un autre monde, sur les décombres encore fumants de celui dont nous ne voulons plus. Promouvoir toutes les luttes pour déconstruire l'aliénation, si profondément ancrée en nous qu'elle nous paraît naturelle ou qu'on ne la voit même plus. Réhabiliter l'anarchisme, non pas comme une idéologie violente ou chaotique mais comme un refus permanent de toute autorité extérieure et de toute domination d'un humain sur un autre être vivant, d'un système sur un autre.

Le cinquième chapitre explore les manières dont nous pouvons tisser encore davantage notre résilience intérieure. Restaurer notre « pouvoir-du-dedans », cher à la militante éco-féministe et grande sorcière américaine Starhawk. Affronter nos peurs, nos tristesses et nos colères. Retrouver un peu de notre puissance intrinsèque et de notre autonomie. Nous réapproprier nos relations, notre santé, notre temps. Méditer si ça nous chante et si ça nous fait du bien, ou danser si ça nous panse. Trouver les outils (et les amis !) pour mieux faire face à ce qui se profile devant nous.

Tout cela vous paraît impossible ? Illusoire ? Des belles paroles ? Peine perdue ? C'est pourtant à la hauteur de ce qu'il va falloir déconstruire et reconstruire – très, très vite – si l'on veut limiter l'ampleur des effondrements à venir.

Nous devons repenser radicalement nos modes de vie, sur tous les plans. La façon dont nous travaillons, produisons, mangeons, éduquons, voyageons… Nous devons remettre en question toutes nos certitudes quant au fonctionnement de notre société ou de notre civilisation. C'est fatigant, déroutant, parfois décourageant. Nous devons trouver les ressources, en nous et à l'extérieur de nous, pour cultiver la « dignité du présent » chère à Corinne Morel-Darleux[25].

J'ai peur mais je me sens digne. Prête à transmettre le foisonnement qui a grandi et s'est éclairci dans ma tête. Puisse-t-il humblement vous éclairer, telle une petite luciole étincelante sur votre chemin de lucidité.

25. Corinne Morel-Darleux, *Plutôt couler en beauté que flotter sans grâce*, Libertalia, 2019.

HOMO COLLAPSUS
Danser avec le Chaos
Défendre l'Animalisme
Se reconnecter aux rythmes natur
ÉCO ANXIÉTÉ
Devenir Hacker éthique
Pratiquer l'Activisme Sacré
Devenir anti-fragile
Explorer son tropisme

II
Effondrements et éco-anxiété : cultiver la joie dans les ruines

Homo collapsus – Pablo Servigne & Vincent Mignerot

Celui qui combat des monstres doit prendre garde à ne pas devenir monstre lui-même. Et si tu regardes longtemps un abîme, l'abîme regarde aussi en toi.

Friedrich Nietzsche

Beau et vaste programme, hein ? Mais par où commencer ? Une certitude a fini par s'imposer : le point de départ de l'histoire que je veux raconter, ce sont les effondrements – de nos écosystèmes et de nos sociétés ; de notre maison intérieure et de nos maisons communes – et la manière dont nous pouvons (ou non !) y faire face et les traverser.

Pour démarrer le voyage et clarifier le propos, je n'imaginais pas d'autre choix que d'écrire ce portrait croisé de Pablo Servigne et Vincent Mignerot, deux personnalités que j'admire et respecte, dans toutes leurs nuances, sans (trop) les idéaliser. Deux penseurs des effondrements que la « collapso-sphère » a tendance à opposer, alors qu'ils me paraissent très complémentaires. Deux postures et deux énergies qui s'éclairent d'un jour nouveau quand on les regarde ensemble, et non séparément.

Chacun d'eux déchaîne les passions, dans le microcosme collapso et ailleurs. On déteste les aimer et on aime les détester, avec parfois beaucoup de raccourcis et d'incompréhension. Je veux tenter une lecture plus subtile de ce qu'ils pensent, de ce qui les émeut et les meut. Elle sera forcément subjective, située, partielle, partiale, à l'image de tous les portraits sensibles que vous allez lire.

Si mon livre est ce qu'il est aujourd'hui, c'est aussi grâce aux graines qu'ils sèment, chacun à sa manière, pour nous aider à mieux comprendre, appréhender et incorporer la complexité de notre monde : les interrelations et interdépendances du vivant dont nous faisons pleinement partie, même quand nous l'oublions ; les biais cognitifs qui nous poussent à exploiter toujours davantage notre milieu ; les ombres et les lumières de tous ces processus que notre cerveau humain peine à concevoir en dehors d'une dualité trop simpliste.

La même médaille

Pablo Servigne et Vincent Mignerot naissent la même année, à la fin des années soixante-dix, la décennie du rapport Meadows, des deux premiers chocs pétroliers, du développement des mouvements écologistes et de la théorisation de la permaculture. Partout dans le monde, y compris dans les sphères de pouvoir, on sait déjà que notre modèle de croissance infinie ne peut pas continuer de fonctionner avec des ressources finies, et que nous courons à notre perte, entraînant avec nous le vivant et, en particulier, le sauvage.

Ces questions existentielles, Vincent se les pose sans doute depuis qu'il a la capacité de le faire. Plutôt solitaire, grand lecteur, il n'est pas pour autant très scolaire. Il préfère s'entortiller les neurones autour de sa grande quête : comprendre ce qui fait de l'humain un humain. Pour limiter les désillusions, qu'il redoute de longue date, il fait la liste de tout ce qui peut les occasionner[26]. À la fin de son adolescence, il en fait un livre : *Essai sur la raison de tout*, et le fil rouge de sa « théorie écologique de l'esprit ».

À vingt ans, le Lyonnais comprend qu'il est synesthète : son cerveau associe spontanément plusieurs perceptions sensorielles. « Mes pensées se génèrent sous forme de couleurs et de formes, qui se meuvent dans l'espace, en 3D. » Si on en doutait, on en est sûrs désormais : il se passe beaucoup de choses dans le cerveau de Vincent !

Il tente des études de psychologie, mais s'arrête en maîtrise. D'autres choses lui paraissent plus urgentes. Il lit et écrit toujours beaucoup, creuse sans relâche sa marotte existentielle. « Ce qui nous distingue des autres espèces vivantes, c'est que nous ne nous contentons pas d'exercer une emprise sur notre milieu. Non, nous, humains, cherchons à en tirer un bénéfice, un profit. »

Pour gagner sa vie à côté de ses recherches, cet amateur d'escalade dirige une agence de travaux sur corde. Mais son besoin d'agir et d'informer grandit. En 2014, il fonde l'association Adrastia, qui se donne pour objectif « d'anticiper et préparer le déclin de la civilisation thermo-industrielle de façon honnête, responsable et digne ».

Retour dans les années quatre-vingt. Pablo grandit dans trois écosystèmes très différents avec son frère et ses parents ingénieurs : quelques années près de Cherbourg ; en Colombie, d'où est originaire sa mère, et la plupart du temps à Saint-Germain-en-Laye, une ville de banlieue bourgeoise[27] où j'ai moi-même grandi.

26. Interview croisée de Pablo Servigne et Vincent Mignerot par l'autrice, août 2020.

27. Léa Iribarnegaray, « Pablo Servigne : “Mon enfance, c'était télé, bagnole et nutella” », *Le Monde Campus,* décembre 2020.

Curieux, à l'affût de tout, il se passionne pour les sciences. À quatorze ans, un bus lui roule dessus. « Je suis mort sur le bitume et j'ai commencé une deuxième vie, conscient de ma grande vulnérabilité et de la réalité de la mort[28]. » Ci-gît l'innocence de Pablo. Un événement clé, à mon sens, pour comprendre son travail et la facilité parfois déconcertante avec laquelle il évoque notre finitude.

Il se lance dans des études d'ingénieur agronome et devient myrmécologue, chercheur spécialiste des fourmis. Il part en Belgique pour y passer son doctorat de biologie. En 2008, il quitte le monde universitaire pour explorer le mouvement de la transition de Rob Hopkins, les pratiques agroécologiques, la permaculture… Il rencontre Gauthier Chapelle, passionné de biomimétisme, et travaille pour Barricade, une association liégeoise d'éducation populaire.

Il s'intéresse de plus en plus aux effondrements, écosystémiques, sociétaux, économiques… En 2012, sa rencontre avec Raphaël Stevens précipite tout. « Ça a décuplé notre puissance de travail. On est devenus des geeks du collapse[29]. » Après presque vingt ans de vie en Belgique, en 2014, Pablo s'installe avec sa femme dans un éco-hameau d'Ardèche, le Hameau des Buis, un peu après la naissance de son deuxième fils.

Comment tout peut s'effondrer

C'est à ce moment que Pablo et Raphaël jettent leur pavé dans la mare. *Comment tout peut s'effondrer*[30] *?* scanne mille cinq cents

28. Voir interview de Pablo Servigne, Konbini, 9 décembre 2020 et écouter « Soif de sens », le podcast de Pierre Chevelle, décembre 2020.
29. *Pablo Servigne* : « Les plus individualistes crèveront les premiers », *Terra Eco*, février 2016.
30. Servigne, Stevens, *op. cit.*

articles et deux cents livres consacrés aux catastrophes en cours et à l'étude des points de bascule : épuisement des ressources, changement climatique, disparition de la biodiversité, fragilité de notre économie mondialisée… Le mot « *collapse* » existe déjà depuis le livre de Jared Diamond[31] mais Pablo et son coauteur inventent un mot, la collapsologie, pour désigner « l'étude transdisciplinaire et systémique des effondrements de la civilisation thermo-industrielle ». L'effondrement, ce « mot-obus » qui marque les esprits, explose dans les têtes et les cœurs en myriade d'éclats.

Pablo et Vincent sont plutôt alignés sur le constat : même si nous ne sommes pas à l'abri d'imprévus indésirables, l'effondrement ne sera pas brutal. Il sera pluriel, multiple, protéiforme et il a même probablement déjà commencé, comme le montrent sans cesse les études sur les changements climatiques, la sixième extinction en cours et la dégradation de nombreux milieux naturels. Ces effondrements menacent aussi nos sociétés, notre modèle de civilisation, les modes de vie et les constructions mentales qui l'accompagnent. Ils déstabilisent d'ores et déjà de nombreux pays qui subissent les conséquences de notre développement insatiable.

« La pandémie de Covid-19 a fait la preuve de notre grande vulnérabilité, analyse Pablo. Améliorer notre gestion des risques dans les années à venir nous confrontera davantage au grand paradoxe de la collapso. Cela limitera les morts rapides et brutales mais prolongera le système et donc, à moyen et long terme, aggravera les dégâts. »

Notre cerveau humain n'est que peu capable de saisir l'ampleur de ces phénomènes complexes interdépendants et nous

31. Jared Diamond, *Effondrement, comment les sociétés décident de leur disparition ou de leur survie*, Gallimard, 2006.

n'avons pas tous le même empan[32]. La bonne nouvelle, c'est que ça se travaille ! Plus l'on approfondit cette vision systémique, les aller-retour entre les niveaux macro et micro, plus notre compréhension s'élargit.

Pablo enchaîne les conférences et les prises de parole médiatiques et fait face à des réactions très fortes. « Des gens se levaient en pleurs ou furibards pendant qu'on parlait, se souvient Pablo. On a vite compris qu'il nous faudrait aussi évoquer les émotions que suscite le collapse et le miroir qu'il nous tend de la finitude de la vie[33]. »

Pendant ce temps-là, Vincent continue de creuser les risques d'effondrement et leur dimension ontologique. Et le succès du livre de Pablo et Raphaël, combiné à d'autres conditions favorables, donne de la visibilité à ses analyses. Il intervient de plus en plus sur le sujet et la popularité d'Adrastia grandit rapidement.

Les thèses de Pablo, Vincent et d'autres penseurs sont aujourd'hui largement reprises et discutées, surtout depuis la démission de Nicolas Hulot, qui a marqué une nouvelle étape en France du mouvement climat et pour la justice sociale. « Transition 2030[34] », « La Collapso heureuse », « Adopte un collapso » : des groupes variés envahissent les réseaux sociaux, illustrant aussi la richesse et les nuances DES collapsos, une mosaïque de couleurs, de la froideur rationnelle à la chaleur joyeuse. « C'est aussi ça qui est intéressant dans le moment que nous vivons, poursuit Pablo. Et c'est plutôt sain que tout le monde ne soit pas d'accord ! »

32. Cette unité de longueur ancienne, qui correspond à la largeur d'une main ouverte, désigne par analogie la quantité limitée d'informations (mots, chiffres, etc.) qui peut être stockée par notre mémoire à court terme.
33. Interview avec l'autrice et Pierre Chevelle, « Soif de sens », décembre 2020.
34. Justement celui d'Adrastia.

Des récits et des hommes

Venons-en à une de leurs divergences fondamentales : la capacité des récits à orienter l'évolution des sociétés. « L'espèce humaine a pu se développer comme elle l'a fait en se racontant des histoires qui lui permettaient de mettre à distance ses angoisses existentielles et de justifier sa domination sur ce qu'elle a appelé “la nature” », développe Vincent. Pour lui, ces « récits protecteurs » servent en effet surtout l'intérêt des élites et organisent l'autodomestication de l'espèce.

Pour Pablo, les effondrements multiples en cours et à venir sont aussi le résultat d'imaginaires toxiques qu'il faut arriver à changer. « Nous devons créer de nouveaux récits, d'autres cultures. Nous avons besoin de réinventer des mythes et des rituels à propos de la mort et de la finitude. » Pablo multiplie les tentatives, comme le Tribunal pour les générations futures[35] ou la soirée « Réparer le monde d'après[36] ».

En 2019, nouvelle étape dans le développement de cette culture : Pablo lance *Yggdrasil* avec Yvan Saint-Jours, pour offrir pendant trois ans aux communautés collapsos un magazine entièrement dédié aux effondrements et « au renouveau ». Il le dit lui-même : « Nous sommes du mauvais côté de la barrière : nous sommes blancs, mâles, occidentaux. Pourtant, nous avons aussi un rôle à jouer pour écrire et donner de l'écho à ces nouvelles histoires. »

Racontons des histoires, oui, mais sans se raconter d'histoires… J'écris ce portrait croisé alors que le Capitole vient

35. Le magazine *Usbek & Rica* invitait le public à faire le procès de Pablo.
36. Le « spectacle » nous projetait dans un futur où « l'humanité a eu le courage de passer de l'anthropocène à la gaïacène », le 4 février 2120, en compagnie d'Alain Damasio et de Baptiste Morizot.

d'être envahi de militants pro-Trump et que l'image de QShaman – cet homme torse nu orné d'un casque viking et bardé de tatouages, dont un yggdrasil auquel s'est pendu le dieu Odin – fait le tour du monde. Il y a quelques semaines, le meurtre de trois gendarmes par un « survivaliste extrémiste » faisait la une des journaux français. Si nous ne devons pas laisser à l'extrême droite l'apanage des mythes et des symboles, nous devons être conscients que, pendant que nous écrivons des récits lumineux, d'autres exploitent les ombres…

Il arrive que Vincent – peut-être malgré lui ? – raconte aussi des histoires. Une en particulier me parle beaucoup : celle du syndrome de la Reine rouge, la vilaine reine d'*Alice au pays des merveilles* de Lewis Carroll qu'on retrouve dans *De l'autre côté du miroir*[37]. « Symbole de notre civilisation à bout de souffle, conte Vincent, reprenant la métaphore du biologiste Leigh Van Halen, cette reine court et revient toujours à son point de départ. Comme elle a peur de s'effondrer si elle s'arrête, elle continue de courir, même sans savoir pourquoi, ni aller nulle part. » Nous guérir de ce syndrome, c'est une des manières de commencer à se préparer au chaos et à l'incertitude…

Un engagement politique assumé

Attaquons désormais le gros morceau : leur posture éthique et leur manière de s'engager, maintenant que les risques d'effondrement sont mieux connus des médias et du grand public.

Côté Pablo, trois livres sont venus compléter le best-seller de 2015 pour continuer à analyser la situation et participer à de

37. Lewis Carroll, *De l'autre côté du miroir,* Livre de Poche, 2010.

nouveaux récits. *L'Entraide, l'autre loi de la jungle*[38] rappelle que tous les êtres vivants pratiquent la coopération, qui est aussi à la base d'une nouvelle culture alternative. (Vincent dit souvent que les hommes ont une grande capacité à s'entraider… pour maximiser leur emprise sur leur milieu !)

Une autre fin du monde est possible[39] explore la « collapsosophie », l'incontournable « chemin intérieur » que les effondrements nous forcent à emprunter passe par l'accueil de nos émotions et la traversée des étapes du deuil[40]. Sans jeter la pierre à Pablo mais en rappelant la responsabilité des prises de parole sur le sujet, Vincent se méfie des messianismes qui ne manquent pas d'apparaître dans les clairs-obscurs de notre époque…

Le troisième, *Aux origines de la catastrophe*[41], revient sur vingt-cinq causes des effondrements. Du technococon au patriarcat, du colonialisme à l'essor des religions, du pétrole à la surpopulation, il dresse un constat polymorphe et complexe, doublé d'un manuel de lutte politique, qui nous invite à une déconstruction de longue haleine.

Pablo se tient autant qu'il le peut loin des radars médiatiques, au fond de la Drôme, où grandissent désormais ses deux enfants. Il s'investit dans la vie locale – y compris politique mais en dehors des élections. Chaque fois qu'il le juge nécessaire, il replonge - en apnée - dans le bain médiatique.

38. Pablo Servigne, Gauthier Chapelle, *L'entraide, l'autre loi de la jungle*, Les Liens qui Libèrent, 2017.
39. Gauthier Chapelle, Pablo Servigne, Raphaël Stevens, *Une autre fin du monde est possible*, Seuil, 2018.
40. Voir le modèle d'Élisabeth Kübler-Ross et sa courbe du deuil, élaborée à partir de patients en soins palliatifs et à aménager plutôt qu'à transposer telle quelle à notre sujet.
41. Dir Pablo Servigne, Raphaël Stevens, *Une autre fin du monde est possible*, Les Liens qui Libèrent, 2020.

Cette présence médiatique fait partie de son engagement, comme le soutien qu'il apporte à de nombreux mouvements en plein développement : Extinction Rebellion, le Conseil national de la Nouvelle Résistance, la Suite du Monde, l'Adaptation radicale… Pour lui, l'important, c'est l'action, cette « espérance en mouvement » qu'évoquent Joanna Macy et Derrick Jansen et qui demande du courage plus que de l'espoir.

Son engagement n'est donc ni nouveau ni soudain, seulement plus visible et assumé. « L'effondrement est pour moi une question de vie ou de mort. Je ne vois pas d'autre choix éthique que de m'engager. Ma force, mon temps, ma puissance sont désormais dirigés vers l'organisation collective, l'alignement entre la tête, le cœur et les mains. »

Des grands patrons aux administrations, des partis politiques aux Gilets jaunes, Pablo va aussi à la rencontre de tout le monde, avec très peu d'exceptions. Un positionnement qui peut le faire percevoir comme un « bisounours un peu naïf » alors que c'est un choix délibéré, une volonté d'aller toucher d'autres cercles que les convaincus, de porter ses constats et son discours dans tous les milieux.

Une prise de recul permanente

Pour Vincent, préférer le recul et la prise de distance, c'est aussi une question d'éthique. « Je fais la distinction entre “travailler pour tout le monde” et “travailler avec tout le monde”. Je refuse le dialogue avec les porteurs de récits obscurantistes ou discriminatoires. Mes valeurs humanistes ne sont pas négociables. » Il ne voit pas non plus d'un très bon œil les crispations politiques partisanes autour des questions d'effondrement dans le débat public.

Il pointe un risque de récupération, tant par le capitalisme (on observe une explosion du marché collapso-survivaliste) que par l'écologie politique (intégration de l'effondrement comme un sujet écolo « parmi d'autres »). Il évoque même le risque de « *collapswashing* » qui nous guette[42]. Quant aux mouvements alternatifs, il note l'émergence de nouveaux clivages entre les acteurs de ces luttes qui espèrent pourtant converger.

« Alors, on fait quoi ? » : voilà la grande question que je pose souvent à celui pour qui « il est trop tard depuis toujours ». Il rappelle que, quelle que soit la voie qu'on emprunte, elle aura forcément des impacts négatifs. « Mais soyons lucides : on ne va pas changer le monde avec nos petits bras. Si on le croit, on rejoue le fantasme de toute-puissance qui nous a menés au résultat qu'on connaît… Faire de son mieux, ici et maintenant, c'est déjà considérable. »

Vincent n'exclut pas que s'impose jusqu'à la fin de notre siècle une société domestiquée par la technologie, dont les flux d'énergie et de ressources seraient gérés par des algorithmes, soutenus par des modèles de gouvernance cybernétiques. En parallèle et pour anticiper la fin des technologies énergivores, on peut évidemment tout essayer : des sociétés inspirées de la permaculture, de l'anarcho-primitivisme ou des modèles de gouvernance horizontale… « La diversité nous offrira plus de chances de trouver celle qui résistera. En revanche, je crois que c'est une grande illusion de défendre un modèle type de société comme étant LA bonne solution… »

Pour Pablo, le salut et la joie sont clairement dans la reconnexion au vivant et dans l'invention de nouveaux systèmes politiques, voire de nouveaux rituels, car la question spirituelle

42. Vincent Mignerot, « Greenwashing *vs* collapswashing », 9 décembre 2020.

(notre rapport au monde) ne peut être que collective – c'est un récit commun. Pour Vincent, cette question ne peut relever que de la sphère intime. S'il est moins sombre et plus drôle qu'il y a quelques années, il n'est pas près d'abandonner sa passion de la rationalité – elle le constitue – ni d'arrêter de se méfier des émotions et de l'intuition comme seul guide.

J'en suis convaincue : pour traverser le chaos qui s'annonce, nous avons ainsi besoin des deux faces de la médaille d'*Homo collapsus* – l'espérance et l'engagement politique chevillés au corps de Pablo ; la lucidité parfois glaçante et le recul permanents de Vincent. C'est cette médaille, à double face éthique, qui sert de boussole à l'exploration dans laquelle je vous emmène.

Présages – Alexia Soyeux

Ce qui me fascine, ce n'est pas tant l'engloutissement de l'humanité dans les ténèbres, mais le type de culture que nous allons construire à partir des décombres de celle-ci.

Carolyn Baker, *L'Effondrement de l'empire humain*

J'ai connu Alexia Soyeux par mon amie Marie. Elles avaient partagé un stage à l'éco-centre du Bouchot et gardé le lien, m'embarquant dans leurs discussions sans fin sur le sens de nos vies dans un monde qui s'effondre.

J'ai suivi les évolutions de ses projets et de son existence, au rythme des épisodes de son podcast « Présages » et de nos échanges réguliers. Les déconstructions qu'elle opère sont salutaires. Elle fait partie des rares femmes à prendre à bras-le-corps ces sujets complexes, tout en refusant de s'exposer trop à la lumière, à mesure que le grand public prend conscience des catastrophes en cours et à venir.

De la guimauve à l'effondrement

Passionnée de gastronomie, Alexia le dit elle-même : elle est plutôt « bien née ». « Je viens d'une famille favorisée, j'ai toujours bien mangé. Je suis passée de la guimauve à l'effondrement[43]. » Ce n'est pas qu'une formule. Après une classe préparatoire littéraire et un mémoire sur la pâtisserie de luxe au Celsa, elle veut approfondir et se lance dans un BEP pâtisserie à l'école Ferrandi.

Elle passe cinq ans dans une agence de conseil gastronomique. Elle lance sa marque de guimauve puis se laisse recruter par une épicerie de luxe, où elle est notamment chargée de repérer les « bons producteurs ». Au fil des tournées, elle prend la mesure du système alimentaire dans lequel s'inscrivent les produits. Cette prise de conscience s'accompagne d'une profonde remise en question, au fil de ses lectures sur le changement climatique et les enjeux énergétiques. Sidérée par ce qu'elle découvre, elle se sent soulagée et impuissante à la fois.

« Depuis que j'ai découvert l'étude de l'effondrement de notre civilisation, qu'on appelle la collapsologie, je me sens beaucoup mieux. Disons, mieux. Avoir mis un mot sur ce sentiment diffus et persistant que tout va s'effondrer m'a procuré un soulagement immense[44]. »

En 2017, le hiatus est trop grand : elle quitte le Bon Marché avec une rupture conventionnelle qui lui permet un peu de voir venir. Elle cherche un moyen de comprendre, d'agir et de se sentir utile. En 2018, elle lance « Présages », un podcast sur les effondrements de la civilisation thermo-industrielle. Elle ne se sent pas légitime mais plonge, à la suite d'un échange avec une amie : « Quand je lui ai parlé de mes doutes, elle m'a rappelé

43. Cécile Bouanchaud, « Avec son podcast sur l'effondrement, Alexia Soyeux veut "éveiller les consciences" », *Le Monde*, septembre 2019.
44. Alexia Soyeux, « L'effondrement et la joie », *Medium*, 21 décembre 2017.

qu'un homme ne se serait pas vraiment posé cette question… Je me suis dit qu'il fallait y aller[45]. »

Ses premiers épisodes frappent un grand coup et la font connaître à un public de plus en plus large, qui découvre l'effondrement avec elle, dans le sillage de la websérie NEXT de Clément Montfort. Elle reçoit des penseurs de l'effondrement : Jean-Marc Jancovici, Pablo Servigne, Gaël Giraud, Vincent Mignerot, Agnès Sinaï… mais aussi des invités qui ouvrent d'autres possibles, comme Sandrine Roudaut, qui fait souffler le vent de l'imaginaire et de l'utopie, ou Corentin de Chatelperron, génie des low-tech. Boulimique de savoir, elle ne s'arrête plus. L'audience de « Présages » grandit, jusqu'à atteindre quarante mille personnes par mois.

Son expérience passée et l'expertise qu'elle développe avec « Présages » lui ouvrent les portes de Carbone 4, le cabinet d'études et de conseil spécialisé en transition énergétique et adaptation au changement climatique, fondé par Jean-Marc Jancovici et Alain Grandjean. Elle devient directrice du marketing et de la communication. En 2019, elle publie aussi un premier rapport, *Faire sa part ?*, qui rappelle que les petits gestes ne peuvent pas suffire[46].

Subrepticement, le focus d'Alexia change et « Présages » aussi. « Au début, je me suis vraiment concentrée sur l'effondrement, le côté climat, les gaz à effet de serre, se souvient-elle. J'avais l'impression que la question climatique dominait toutes les autres, que, tant qu'on n'aurait pas trouvé de solutions ou avancé sur ce sujet, tout le reste était dérisoire. Cette étape

---

45. Interviews, 2020 et 2021.

46. Alexia Soyeux, César Dugast, *Faire sa part ? Pouvoir et responsabilité des individus, des entreprises et de l'*État face à l'*urgence climatique*, Carbone 4, 2019.

importante pour moi m'a permis de mieux comprendre toute une partie du monde. »

Contre toutes les dominations

Alexia intègre de plus en plus les sciences humaines et sociales dans son prisme. « J'ai réalisé au fil de mes explorations qu'analyser le monde en termes de flux énergétiques et de données physiques ne peut pas suffire : il n'y a pas que des chiffres derrière tout ça et ces sujets sont éminemment politiques… Il faut penser les causes et les crises toutes ensemble. Certaines causes du changement climatique sont en effet communes aux autres crises sociales, aux injustices, aux inégalités, comme les mécanismes de domination, aux formes multiples. »

Elle tire un fil, sans tout de suite le conscientiser : confronter ses intérêts pour l'écologie et pour le féminisme. L'épisode avec Émilie Hache, philosophe spécialiste de l'éco-féminisme, marque un tournant, même si le côté intersectionnel de son questionnement met du temps à se formaliser.

S'il lui fallait citer deux intervenants qui ont particulièrement marqué sa pensée, elle nous parlerait de l'anthropologue dessinateur Alessandro Pignocchi[47] et de la journaliste Jade Lindgaard[48].

Alessandro Pignocchi montre qu'on peut voir le monde d'une façon différente et pas seulement théorique. Il rend très concrètes les notions d'anthropologie, notamment en partageant

47. Alexia Soyeux, « Présages », épisode 22, Alessandro Pignocchi, « Mésanges punk, ZAD et anthropologie », 2019

48. Alexia Soyeux, « Présages », épisode 23, Jade Lindgaard, « Pour un journalisme engagé et une approche systémique de l'écologie », 2019.

son expérience à la ZAD de Notre-Dame-des-Landes[49]. « J'ai beaucoup aimé ses réflexions sur le refus de la suprématie de la sphère économique pour basculer vers un autre rapport au monde, et l'importance d'ancrer les luttes dans un territoire. »

Quant à Jade Lingaard, elle contribue également par son travail et sa pensée à élargir la définition de l'écologie et à rendre ses problématiques très concrètes, quotidiennes et ancrées. « À l'inverse d'une définition étroite et environnementaliste, elle traite l'écologie au sens large et plein, en faisant le lien avec l'ensemble du système de pouvoirs, les inégalités, le patriarcat, le capitalisme. »

Alexia change aussi le slogan de « Présages », sans clairon ni trompette, parce que ça lui paraît plus juste : « Des idées pour nourrir l'esprit et remettre radicalement en question l'état de notre monde. » Le mot « radical » a un sens très positif pour elle, alors qu'il est souvent utilisé dans les médias comme un synonyme de violent, extrémiste ou dangereux.

« Vu la décrépitude de ce monde, son niveau de destruction sociale, d'inégalités, d'exclusion, d'autoritarisme, il faut exiger des changements radicaux et espérer des soulèvements collectifs. Certaines luttes – comme l'afro-féminisme, l'écologie décoloniale[50], le féminisme décolonial, la dénonciation des violences policières, etc. – doivent être portées de façon radicale, c'est-à-dire réelle et profonde, pas seulement en envoyant des paillettes, mais en allant à la racine des choses. »

---

49. Lire l'excellente BD d'Alessandro Pignocchi, *La Recomposition des mondes*, où il raconte son immersion dans la ZAD (Anthropocène-Seuil, 2019).
50. Lire l'encadré sur le livre de Malcom Ferdinand, *L'Écologie décoloniale*, Seuil, 2019.

Si elle ne trouve pas encore sa place concrète dans ce foisonnement, Alexia voit dans « Présages » une manière de s'engager. De porter le micro dans la plaie, épisode après épisode. C'est aussi pour cela qu'elle a choisi de rester indépendante, de n'accepter aucun sponsor. De garder une parole libre.

Cultiver la joie dans les ruines

Dans ce texte que j'ai déjà cité, « L'effondrement et la joie », Alexia expliquait l'urgence de comprendre, de lire, de partager et la nécessité, après la prise de conscience, de « faire face à soi » : « Comment vivre avec l'effondrement ? Comment ne pas sombrer dans un puits d'angoisse infinie ? Comment ne pas considérer chaque chose de la vie comme vaine et futile ? Comment ne pas se rendre fou ?

Travailler la résilience, imaginer le monde d'après, tout en vivant avec force dans le présent. Aller vers l'autre, commencer à vivre autrement, retrouver des réflexes d'entraide et de coopération. Se tourner vers le mouvement de la transition. Retrouver des perspectives par la reconnexion à soi, aux autres, à la nature. Être à la hauteur de la bonté et de la beauté de l'humain et du monde, malgré tout. Cultiver l'émerveillement, le lien, la vie, la joie. »

Je suis émue en le relisant, à la lumière de nos derniers échanges. Tout est déjà là. Je repense à cette question qu'elle pose à tous ses invités, après une discussion à bâtons rompus sur ce qui déraille : « Comment cultivez-vous la joie malgré tout ? » Je souris en imaginant sa réponse. En janvier 2021, Alexia a donné naissance à une petite fille dans sa nouvelle maison, en région parisienne, où elle vit au vert avec son compagnon.

« Peut-être que j'ai trouvé la joie dans les ruines dont parle souvent Pablo Servigne… Elle n'est pas linéaire, mais elle est là. Je suis encore atterrée, triste, en colère, mais je ne suis plus paralysée. Il y a quatre ans, mon compagnon et moi n'étions pas prêts pour ce projet “bébé”. Nous avons fini par nous dire qu'avoir un enfant, c'est quand même une des grandes joies de l'existence… Le monde est déjà bien pourri, on ne va pas non plus se priver de ça !

Nous savons bien que les temps qui s'annoncent seront durs. Nous ferons tout ce que nous pourrons pour que notre fille ait une vie la plus douce possible et soit une citoyenne engagée. »

Sera-t-elle sorcière ? Activiste ? Permacultrice ? Tout ça ? Rien de tout ça ? De toute façon, c'est elle qui décidera ! D'ici là, une nouvelle aventure radicale attend Alexia : la maternité.

Carnage – Jean-Marc Gancille

La lucidité est la blessure la plus rapprochée du soleil.

René Char

Le blues du business man

C'est l'histoire d'un homme qui décide de ne plus se mentir. De ne pas poursuivre les petits arrangements avec sa conscience d'homme moderne, privilégié, blanc et occidental. De refuser le moule dans lequel il s'est lui-même coulé pendant tant d'années. Au fil de ses engagements et de ses déceptions, Jean-Marc Gancille n'arrivait plus à faire semblant de ne pas voir.

Après de classiques études de commerce, Jean-Marc aurait pu avoir le parcours classique du jeune diplômé, mais il bifurque dès son premier poste, saisissant la première opportunité venue pour assumer financièrement la naissance de son premier enfant, à vingt-trois ans. Il intègre le CIME, un *think tank* où il côtoie les pionniers de l'économie sociale et solidaire et de la RSE[51] en France. Il découvre *Transversales Science Culture*, une revue de réflexion et de prospective qui lui ouvre des perspectives totalement neuves sur la réduction du temps de travail, le revenu

51. Responsabilité sociétale des entreprises.

minimal, l'impact de la technique, l'écologie, etc. Lors d'une rencontre avec les fondateurs de Ben & Jerry's et Patagonia en 1996, il se prend à rêver que l'entreprise puisse aussi être un *values-led business*… du moins le croit-il encore à l'époque…

C'est pour l'éprouver concrètement qu'il décide, après un tour d'Asie avec sa femme et ses trois enfants, de rejoindre France Télécom à Bordeaux. Il y pilotera pour l'Aquitaine la politique de développement local, puis durable, du groupe en expérimentant des alternatives au modèle dominant. Il est encore frais émoulu de son école, prêt à transformer le monde de l'entreprise pour le rendre plus « durable », plus « responsable », persuadé qu'il peut changer les choses de l'intérieur. Ses nobles ambitions se fracassent en quelques années sur la triste réalité : le développement durable reste un gadget au service de l'image et de la bonne conscience managériale, quand le cœur du réacteur productiviste tourne à plein régime. Avec les ravages sociaux que l'on sait…

Las, le grand écart ayant assez duré, il saisit l'opportunité d'un plan de départs volontaires de l'opérateur. « Je venais de rencontrer Philippe Barre, iconoclaste entrepreneur bordelais dont je partageais la vision d'un futur souhaitable, raconte-t-il. Il nourrissait l'idée d'un lieu différent, mêlant travail, art, culture et écologie. » Ensemble, Philippe et Jean-Marc lancent Darwin, devenu le plus grand tiers-lieu d'innovation sociale de France, qui devient vite le quartier général de la faune engagée bordelaise… et au-delà. C'est parti pour une sacrée aventure, humaine, entrepreneuriale, culturelle. Politique.

Jean-Marc participe à développer un écosystème foisonnant d'acteurs engagés, à mettre en œuvre concrètement la transition écologique à l'échelle d'un quartier d'activités alternatif, à lancer le festival Climax qui allie musique et écologie. À se heurter aussi en permanence aux inerties économiques, politiques et culturelles. Après dix ans dans cet écosystème unique et inspirant, il sent qu'est venu pour lui le temps d'une nouvelle étape. Celle d'aller résolument embrasser LA cause qui lui paraît désormais primordiale : l'animalisme.

Ne plus se mentir

Installé dans son nouveau paradis à La Réunion, « *hotspot* » de biodiversité, loin des intrigues bordelaises, Jean-Marc Gancille ressent la nécessité de tirer un bilan de ces vingt dernières années, consacrées à ses tentatives de faire progresser la conscience écologique. Il répond à l'appel de Thomas Bout. Le fondateur des éditions Rue de l'Échiquier lance une nouvelle collection – « Les Incisives » – pour de saignantes et pamphlétaires mises au point sur des enjeux cruciaux de société. En 2019, Jean-Marc nous met ainsi une première claque avec *Ne plus se mentir*, un précis sombre et lucide sur l'effondrement de notre civilisation et nos multiples dissonances cognitives.

« Les alertes des scientifiques se multiplient, détaille-t-il[52], et nous le sentons désormais dans notre chair : nous arrivons à des points de bascule qui risquent de nous plonger dans un état irrémédiable de dévastation, d'un point de vue du climat et de la biodiversité. Les taux de concentration de CO_2 dans l'atmosphère, la disparition des espèces, les migrations : tout ça se percute… »

La prise de conscience sidérante, c'est de comprendre que les effondrements sont déjà bien visibles et palpables à de nombreux

52. Flora Clodic-Tanguy, « Jusqu'où sommes-nous prêts à aller ? », interview croisée de Jean-Marc Gancille & Corinne Morel-Darleux, *Terra Incognita*, 2020.

endroits du Globe. S'ils nous menacent tous, humains et non-humains, certains d'entre nous sont plus coupables que d'autres…
« Face à ces constats indiscutables, au-delà de l'aveuglement, du déni, de la surdité, le plus grave pour moi est la volonté de s'en accommoder, par un pouvoir qui détient la puissance d'imposer son rythme et ses vues et n'a que faire de l'intérêt général. Cette confrontation entre l'urgence de l'essentiel et ce cynisme qui tend à se répandre me paraît insupportable. »

Alors il écrit pour nous donner à tous un uppercut, tous : citoyens, élus et responsables politiques, patrons ou salariés d'organisations… J'utilise le champ lexical du combat à dessein. Jean-Marc veut nous causer un électrochoc à la manière de Greta Thunberg avec son « *I want you to panic*[53] ». Son coup me laisse KO un petit moment après la dernière page.

« Qu'est-ce que je peux faire, là, tout de suite, pour ne plus me mentir ? Qu'est-ce que j'arrête, qu'est-ce que je commence, pour nourrir autre chose que cette bête immonde qu'est devenue notre "civilisation capitaliste", consommatrice de toutes les ressources, même vivantes ? » Abysses. Vertige. Et puis dans la foulée, cet élan de courage pour poursuivre les prises de conscience et les déconstructions quotidiennes, avec humilité et méthode.

Affronter le carnage

Ne plus se mentir fait du bruit dans les milieux écolo et collapso. Pendant ce temps-là, Jean-Marc persévère dans sa mue réunionnaise. Après une mission à Kerguelen et Crozet au sein des Terres australes et antarctiques françaises pour

53. « Je veux que vous paniquiez. »

diagnostiquer l'empreinte carbone de cette collectivité du bout du monde, il est recruté par Globice, une ONG scientifique de conservation des cétacés. Confronté concrètement aux enjeux de la protection du vivant, il mesure encore davantage le poids des intérêts économiques et les pesanteurs culturelles qui verrouillent les changements indispensables. Ses publications sur les réseaux sociaux se font encore plus intransigeantes. Avec la cause animaliste, il se radicalise : il poursuit son retour à la racine.

Deux prises de conscience majeures ont accéléré son long cheminement, me raconte-t-il[54]. « D'abord, la certitude qu'il n'y aura pas de transition. Face à l'inertie du système, la lucidité s'impose : il est compliqué, voire impossible, de changer la donne. D'autre part, la conviction qu'il demeure possible de limiter la casse en évitant que l'ensemble du vivant ne sombre avec nous. » D'où son engagement à 100 % pour la cause animaliste, qui nous invite à tout revisiter (nos modes de vie, nos manières de penser…) et à reprendre une place beaucoup plus humble. Elle est pour lui la cause des causes, par laquelle nous pouvons retrouver dignité et humanité et arriver vraiment à changer de paradigme.

Jean-Marc reprend donc le combat, la plume en guise de meilleure arme. Cette fois, ça sera *Carnage : Pour en finir avec l'anthropocentrisme*. Le constat est implacable. La première partie du livre[55] dresse un tableau général de l'exploitation systémique de l'animal par l'humain, depuis… la nuit des temps, en rappelant au passage qu'entre l'animal et nous, comme l'écrivait déjà Charles Darwin, il n'y a qu'une différence

54. Flora Clodic-Tanguy, « L'animalisme est la cause des causes », interview de Jean-Marc Gancille, *Yggdrasil* n° 7, 2020.
55. Voir recension de *Carnage, Yggdrasil* n° 7.

de degré et pas de nature. Chasse, pêche, élevage, captivité : c'est carnage à tous les étages ! On aimerait qu'il ait tort, Jean-Marc. On préférerait fermer les yeux, se dire que les méchants, c'est pas nous. La réalité crue, c'est pourtant que chacun·e de nous contribue – ou a contribué – à cette domination toute puissante à un moment ou à un autre…

***

Animalisme et antispécisme : deux courants éthiques proches

L'animalisme s'appuie sur les avancées de l'éthologie et défend les droits des animaux. Il soutient que les animaux non humains sont des êtres sensibles capables de souffrir et sont par-là même dignes de considération morale.

Porté notamment par le philosophe australien Peter Singer, l'antispécisme condamne la discrimination au nom de l'espèce d'un animal comme critère pertinent pour décider de la manière dont nous devons le traiter et de la considération morale que nous devons lui accorder.

Définitions aménagées de Wikipédia

***

On prend une grande respiration, après le coup de massue. Et là, Jean-Marc décoche les arguments éthiques qui font que, non, justement, vous ne pouvez pas laisser faire ça car il n'y a aucune justification valable à la poursuite de ce carnage tragique, injuste, immoral, inconscient, absurde… Le rythme est enlevé. On commence à avoir envie que ça s'arrête, mais on sent qu'il nous faut aller au bout.

Ce qui frappe, c'est la lucidité de la démonstration, mais aussi la détermination qui l'accompagne, face à tant de souffrance occasionnée et perpétrée par l'être humain.

Mais quelle est « l'origine du mal » ? « Je ne suis pas un spécialiste, précise-t-il, d'autres font ça bien mieux que moi ! » Il cite Laurent Testot et son histoire globale[56] ou Vincent Mignerot et sa théorie écologique de l'esprit, qui montrent que l'humain semble avoir toujours eu besoin de capter l'énergie à son profit pour faire face à un environnement hostile. « Le tournant majeur semble avoir été l'avènement de l'agriculture et d'un mode de vie plus sédentaire, il y a douze mille ans. Nous arrivons au bout de cette histoire : il va falloir gérer la descente énergétique et retrouver un autre rapport à la nature, plus conscient et plus respectueux des vies qu'on prend aujourd'hui avec une inconséquence suicidaire. »

Défendre la cause animaliste

Jean-Marc Gancille ne s'arrête ni aux constats ni aux arguments éthiques. Dans la dernière partie de *Carnage*, il explore son utopie assumée : l'abolition de toutes les formes d'exploitation animale, et pas seulement leur aménagement ou leur « amélioration », comme le propose l'approche welfariste. Pour les abolitionnistes, les « solutions » sont simples, mais radicales : reconnaître aux animaux un droit de vivre inaliénable, ne plus manger de viande ni de poisson, développer l'agriculture

56. Laurent Testot, *Cataclysmes*, Payot, 2017.

végétalienne, abolir l'élevage et la pêche, réconcilier écologie et animalisme, interdire la chasse, fermer les zoos et les aquariums, limiter les interactions avec les animaux sauvages, réensauvager le monde et ne jamais cesser de lutter…

On le pressent, stopper le carnage implique des bouleversements profonds de notre civilisation. Des transformations culturelles, des chambardements économiques et une remise en question totale de ce que veut dire être humain. « Même les plus utilitaristes d'entre nous devraient se préoccuper de la question animaliste, poursuit-il. L'impasse totale, éthiquement insoutenable, de laquelle nous avons du mal à sortir, conduit à la désagrégation de notre meilleure chance de survie. »

Le livre n'est qu'une arme ; Jean-Marc en a d'autres. Au quotidien, il s'engage avec Globice, mais aussi auprès de la coalition Rewild, qui réunit plusieurs acteurs et ONG spécialisées dans la défense, la sauvegarde, la saisie, le soin et la réhabilitation d'animaux sauvages victimes du commerce ainsi que dans la conservation et la protection des animaux sauvages et de leurs habitats naturels. À distance, il accompagne la communication et contribue aux actions de plaidoyer et de guérilla juridique. Il participe également à la commission écologie de l'Association végétarienne de France, ainsi qu'au développement de la Suite du Monde, un projet de communautés résilientes qui réensauvagent les territoires.

S'il pouvait prendre une seule mesure politique pour faire évoluer en profondeur la situation, il accorderait aux non-humains le même droit à la vie que celui des humains. « Cela nous ferait construire un nouvel équilibre, avec une planète véritablement en partage, où toutes les espèces vivantes pourraient coexister dignement. »

Incarner « la dignité du présent », c'est un peu l'obsession de Jean-Marc. Cette expression, remise au goût du jour par

Corinne Morel-Darleux[57], désigne le fait de se tenir debout, malgré tout, pour défendre ce qui compte. « On ne mène pas seulement les combats pour les gagner à la fin mais parce qu'on les pense justes », rappelle la militante éco-socialiste.

Il aimerait avoir le courage d'assumer un activisme plus offensif. C'est aussi pour ça qu'il me touche tant, ce protecteur du vivant : les dissonances cognitives et les incohérences systémiques qu'il dénonce, il les traque d'abord chez lui, sans relâche et parfois sans ménagement. C'est sa seule manière d'être digne quand tout fout le camp.

57. Morel-Darleux, *op. cit.*

Hacker vaillant, rien d'impossible – Gaël Musquet

Anni pran douvan avan douvan pran'w.
« Prends les devants avant que les devants ne te prennent. »

Proverbe guadeloupéen

Quand je pense aux projets importants de ma vie, ces dernières années pendant lesquelles j'ai croisé la route de Gaël Musquet, j'ai une pointe de nostalgie et le sourire aux lèvres.

Nous nous sommes retrouvés dans les couloirs du OuiShare Fest, un festival sur l'économie collaborative, où il assurait la coordination technique ; à bord de l'Aquarius, le premier bateau de SOS Méditerranée, qu'il a équipé entièrement de capteurs et émetteurs divers pour les difficiles traversées qui s'annonçaient ; en bas des marches du forum Convergences, où il venait présenter une Tesla qu'il avait hackée ; dans les allées de L'Hermitage, où il présentait à des visiteurs ébahis tout ce qui pouvait se bidouiller pour le bien commun ; dans les coulisses du WebSummit, où il participait aussi à la mission du Social Good Accelerator ; dans le réseau des activistes du magazine *So good*…

Je pourrais continuer. Je pourrais surtout dire l'admiration que j'ai pour Gaël, qui fait beaucoup et parle peu, encore moins de lui, sauf quand on vient le chercher, comme je l'ai fait.

Dans son île

Gaël Musquet est le plus insulaire des habitants de Vernon, la commune normande où il vit depuis de nombreuses années. Le « hacker éthique » naît et grandit bien loin de là, aux Abymes, en Guadeloupe. À neuf ans, il se retrouve en famille dans l'œil de l'ouragan Hugo, l'un des plus violents cyclones tropicaux qu'aient connu les Antilles depuis que des observations scientifiques sont réalisées. « Cette expérience m'a profondément marqué. Même si nous n'avons pas perdu de proches, notre maison a été largement endommagée et la vie autour de nous, complètement désorganisée. C'était la première fois que je comprenais, dans ma chair, que l'existence ne pouvait tenir qu'à un fil. »

« L'île se reconstruit d'elle-même. Les feuilles repoussent, les animaux reviennent. Ça remet à plat notre place sur la planète. On comprend qu'on n'est pas si indispensables quand les éléments se déchaînent… » Après Hugo, il se promet que plus tard, ça sera son métier de gérer ces crises majeures et d'aider les populations à être prêtes.

En attendant, Gaël grandit et se passionne pour les sciences, notamment l'astronomie. Il commence aussi à hacker. À seize ans, passionné d'informatique, Gaël crée un logiciel qui récupère automatiquement les corrigés d'exercices sur l'ordinateur d'un de ses professeurs, qu'il partage avec sa classe.

Plus sa rigueur scientifique s'affûte, plus il remet en question les dogmes et les positions de l'Église souvent considérée comme sectaire – les Témoins de Jéhovah – dans laquelle son père est un haut dignitaire respecté. Quand, à dix-huit ans, il goûte au fruit défendu en dehors des liens du mariage, il est convoqué devant un Conseil des Anciens et excommunié.

En rupture familiale, Gaël est recueilli par l'écrivaine Simone Schwarz-Bart, qui l'aide à trouver sa voie. Il fabrique ses premiers capteurs météorologiques, dont l'un d'eux permet d'évaluer la hauteur des nuages. En 2001, il pose ses valises en métropole, en Seine-Maritime, pour étudier la météorologie.

« Il faut énormément de ténacité pour quitter un petit paradis comme celui qui m'a vu naître, m'explique-t-il. Tu changes de régime alimentaire, de manière de faire lien, de température. Loin de ta famille, tu n'as pas les mêmes repères culturels. Et même si nous avons une histoire commune, aux Antilles et en métropole, elle est très douloureuse : c'est celle de l'esclavage et de la colonisation. » Il sait pourtant qu'il doit partir. Il fait le choix de la météorologie car l'astronomie ne lui aurait pas ouvert les mêmes débouchés en Guadeloupe, alors que ce qu'il veut, c'est précisément pouvoir rentrer un jour dans son île.

Le hacker éthique

Étudiant à l'université de technologie de Troyes puis à l'École nationale des techniciens de l'équipement (ENTE) d'Aix-en-Provence, Gaël devient chargé d'études en recueil et analyse de données pour le Centre d'études techniques de l'équipement (CETE Méditerranée, toujours à Aix), où il approfondit sa connaissance de la cartographie au service de ceux qui assurent la sécurité en zones à risque.

Gaël creuse, fouine, expérimente. Fidèle à sa promesse d'enfant, il se spécialise dans la gestion de crise numérique des phénomènes climatiques majeurs. Il aiguise également une autre passion : la radio amateur. D'abord contributeur, Gaël cofonde la branche française d'OpenStreetMap, un projet de cartographie libre, gratuit et ouvert à tous, qu'il préside de 2011 à 2014 et dont il porte la parole de 2014 à 2018.

Au fil des hackathons, au cours desquels des geeks de tous bords se réunissent pour plusieurs jours autour d'un projet collaboratif de programmation informatique ou de création numérique, Gaël se fait remarquer. Et enchaîne les missions. Au Burkina Faso, il encourage la transparence et l'utilisation collective des données, en partenariat avec la Banque mondiale. Il aide aussi Reporters sans frontières à mieux protéger les journalistes en zones de tension.

En novembre 2013, il répond à un appel à projets lancé aux bidouilleurs et aux experts de la tech après le passage du typhon Haiyan, aux Philippines, pour cartographier les zones sinistrées et identifier le type d'aide dont les populations ont besoin. Ce sera son vrai combat. On ne l'arrêtera plus.

Opération Caraïbes

Gaël fédère autour de lui des acteurs variés (développeurs, blogueurs, *community managers*…) avec qui il met sur pied des expéditions dans des zones à risque, notamment dans ses Antilles chéries[58]. Ils se joignent à l'opération « Caribe Wave », un exercice annuel de prévention des risques de tsunami, organisé par l'Unesco, à La Désirade. Ils simulent la tragédie, mettent au point un système d'alerte et diffusent les bons réflexes pour sauver des vies.

« Un territoire insulaire, c'est comme une mini-planète. Tu n'as pas le droit d'être médiocre, parce que quand tu

58. Gaël Musquet : « Se protéger des catastrophes naturelles grâce à l'open data », *Boma*, 2017.

merdes sur une île, tu n'as personne pour t'aider… Mon discours peut paraître anxiogène mais je suis convaincu que c'est en temps de paix qu'il faut se préparer, quand nous sommes pleinement en capacité de ne pas paniquer. » Après cette première réussite, Gaël et son équipe veulent aller plus loin.

En 2016, il crée l'association HAND – Hackers against natural disasters, pour tester toutes les réponses technologiques possibles aux crises naturelles. Une campagne de crowdfunding et beaucoup de labeur plus tard, ils retournent aux Antilles, cette fois-ci près de Marie-Galante.

Gaël est convaincu qu'il faut aller plus loin. Il travaille sur un système d'alerte généralisé par SMS, qui devrait être déployé en 2022 ; mène des missions aussi en France métropolitaine, notamment dans le Sud où il contribue à lutter contre les incendies, ou au bout du monde, comme dans le camp de réfugiés de Zaatari, en Jordanie, pour aider à mieux gérer les pénuries d'eau.

En 2017, il participe aussi au lancement du projet Hermitage, le tiers-lieu d'innovation rurale et citoyenne de Picardie. Il est nommé « fellow Ashoka », lauréat d'un accompagnement d'un an pour développer HAND sans trop se soucier d'argent. Avec son entreprise CXLinks, incubée dans un service d'innovation de l'armée française, Gaël travaille avec des ONG et d'autres États. Il a notamment aidé le Sénégal à préparer sa sortie de la crise sanitaire du Covid-19.

Sa cote de popularité grimpe en flèche mais il reste prudent : « Avoir vu la mort de près et assister au déchaînement des éléments, ça rend humble. » Il ne veut pas revivre ce qu'il a vécu enfant : être celui qui doit en faire plus que les autres parce qu'il doit donner l'exemple.

Décoloniser les imaginaires

C'est un de ses grands paradoxes, un peu comme Pablo Servigne : il a beaucoup de charisme, qui sert ses causes, mais il paie parfois le prix de cette exposition médiatique. Lorsqu'il est décoré de l'ordre national du Mérite en 2019, cette exemplarité lui colle à la peau, le constitue aussi. « Des copains, surtout de gauche, m'ont dit que j'aurais dû refuser la décoration. Cela m'était tout bonnement impossible… On doit pouvoir montrer que la réussite, pour mon groupe ethnique, ça n'est pas seulement être un célèbre joueur de foot ou une star de la téléréalité, mais qu'on peut être reconnu pour sa contribution à la société. »

Parce que hacker le système, c'est aussi pirater ses imaginaires, Gaël puise beaucoup dans l'histoire pour mieux comprendre le présent. Il est intarissable sur les aventures de la télégraphie, la gestion des catastrophes naturelles et ses enjeux politiques, et voudrait aussi contribuer à diffuser un autre récit de l'écologie, moins occidentalo-centré.

Sa vision du vivant est indissociable de son insularité. Il se reconnaît beaucoup dans une approche comme celle de Malcom Ferdinand et son « écologie décoloniale[59] ». « De nombreux problèmes de la Caraïbe viennent du fait qu'on ait voulu imposer le vivant européen au vivant tropical. Ça n'a pas de sens : le contexte, les espèces et le climat ne sont pas les mêmes ; les fragilités non plus. Heureusement, on revient à plus de bon sens, parfois trop tard, même s'il n'est jamais trop tard pour bien faire. »

***

59. Ferdinand, *op. cit.*

Une écologie décoloniale

Derrière sa prétention d'universalité, la pensée environnementale s'est construite sur l'occultation des fondations coloniales, patriarcales et esclavagistes de la modernité. Face à la tempête, l'environnementalisme propose une arche de Noé qui cache dans son antre les inégalités sociales, les discriminations de genre, les racismes et les situations (post)coloniales, et abandonne à quai les demandes de justice.

Une Écologie décoloniale – Penser l'écologie depuis le monde caribéen confronte cette absence à partir d'une région où impérialismes, esclavagismes et destructions de paysages nouèrent violemment les destins des Européens, des Amérindiens et des Africains. Le navire négrier rappelle que certains sont enchaînés à la cale et parfois jetés par-dessus bord à la seule idée de la tempête. Tel est l'impensé de la double fracture moderne qui sépare les questions coloniales des destructions environnementales. Or, panser cette fracture demeure la clé d'un « habiter ensemble » qui préserve les écosystèmes tout autant que les dignités. Telle est l'ambition d'une « écologie décoloniale » qui relie les enjeux écologiques à la quête d'un monde au sortir de l'esclavage et de la colonisation.

Face à la tempête, ce livre important est une invitation à construire un navire-monde où les rencontres des autres humains et non-humains sur le pont de la justice dessinent l'horizon d'un monde commun.

***

En 2019, Gaël fait le tour du monde pour HAND ou CXLinks et parcourt trois océans. Il joue au « journaliste de solution » pour comprendre et documenter comment les gens vivent. « J'ai tellement appris pour mon île en échangeant avec les Polynésiens sur leur manière de gérer l'eau potable en absence d'eau douce[60] ou avec les Ivoiriens sur les mille et une fonctions du manioc… »

Des plans sur la comète

S'il continue de voyager pour ses missions et de rentrer en Guadeloupe dès qu'il peut, Gaël revient aussi à ses premières amours : l'astronomie. « J'ai eu carte blanche pour réinvestir un ancien laboratoire de recherche balistique de l'armée à Vernon, pour y déployer un observatoire doté d'une quinzaine d'instruments astronomiques. Nous l'avons inauguré en octobre 2020 et je m'y suis installé avec ma femme et mes deux enfants. »

Ses objectifs : transmettre, en travaillant notamment avec les écoles, mais aussi expérimenter, à toutes les échelles. Y compris celle de son domicile, que Gaël compte bien équiper de capteurs en tous genres pour en faire un modèle de résilience et de *low tech*[61]. Évidemment, il ne va pas s'arrêter là : d'autres observatoires vont voir le jour en Guadeloupe et à Mayotte.

« Nous sommes tellement déconnectés des rythmes naturels et célestes que nous ne savons même plus nous repérer grâce au soleil… Nous devons réapprendre à nous orienter, y compris pour être capables de faire face à des pannes qui risquent de se

---

60. Il n'y a pas de nappes phréatiques : quand ils creusent la terre, les Polynésiens arrivent directement… dans l'océan. Ils ont donc développé un système particulièrement efficace de gestion de l'eau de pluie.

61. Le concept de *low tech* (basse technologie) s'oppose au *high tech* et désigne un ensemble de techniques simples, pratiques, économiques et populaires.

répéter à mesure que les événements climatiques extrêmes et la tension sur les ressources stratégiques vont s'accroître. »

Reprendre le fil de cet apprentissage pour tisser sa résilience, c'est ce qu'il fait avec ses enfants, en partant par exemple avec eux sur les traces de Gustave Ferrié, l'inventeur de la télégraphie sans fil, pour apprendre à se repérer dans l'espace et sur terre simplement grâce à un sextant, cet instrument de navigation à réflexion, compagnon de tous les grands découvreurs.

Cette transmission est fondamentale pour Gaël. « Tout ce que j'entreprends, je le fais pour eux. J'essaie de leur inculquer des valeurs cardinales d'autonomie, de respect, de travail bien fait aussi. » Il est très attentif à accompagner son fils de treize ans, qui fait plus vieux que son âge, porte des dreadlocks et commence à trouver que les policiers le regardent de travers. « Mon job, c'est d'éviter qu'il réagisse mal si demain il est victime de discrimination ou d'injustice. Quant à ma fille de onze ans, elle est à fond ! Elle est membre du conseil municipal de la jeunesse de Vernon et vient de commencer le collège à la Légion d'honneur. » On dirait bien que Gaël n'a pas fini de montrer l'exemple…

Comment rester écolo sans finir dépressif – Laure Noualhat et Charline Schmerber

Quoi que vous fassiez, quoi que vous croyiez, faites-le. L'action porte en elle la magie, la grâce et le pouvoir.

Johann Wolfgang von Goethe

Mise en abyme

Je peux le dire : le portrait croisé qui suit est le fruit d'un accouchement aux forceps. J'ai tourné autour du pot tant que j'ai pu, pris des « rallongis », fait des circonvolutions. Même s'il trouve sa place dans la première partie, je l'ai gardé pour la fin, autant que possible…

Pourquoi est-il si difficile pour moi de l'écrire ? Parce qu'il est comme une mise en abyme de ces six années de quête. Parce qu'il parle d'un sujet que je n'arrive toujours pas à apprivoiser, malgré mes efforts, mon travail sur moi-même, mon attention soutenue, mes tentatives de lâcher-prise. Parce qu'il me renvoie à mes craintes de manquer de nuance et de subtilité, à mon ambition d'être exhaustive et juste, malgré des mots comptés et forcément insuffisants.

J'ai attendu d'être au pied du mur pour m'avouer vaincue… Je n'ai plus le choix, je dois m'y jeter.

Laure Noualhat et Charline Schmerber se connaissent de loin mais ne se sont jamais rencontrées. Pourtant, elles malaxent une même matière, charrient les mêmes émotions. Comme le dit joliment Laure avec ses mots fleuris : « On est tous semblables dans ce gros merdier qu'est l'éco-anxiété[62]. »

Laure est journaliste, autrice, réalisatrice, humoriste, conférencière. Je pourrais continuer la liste, je vais m'arrêter là pour l'instant. Laure décrypte et exprime de mille et une manières les souffrances des mondes qui s'effondrent. Les souffrances de ceux qu'elle rencontre depuis vingt ans de journalisme sur les sujets écolos, mais aussi les siennes, elle qui trouve enfin les clés pour sortir de dix ans d'éco-dépression.

Charline est analyste psycho-organique. Je pourrais dire qu'elle est psy spécialiste de l'éco-anxiété mais elle expliquerait sans doute que « psy », c'est un peu rapide et qu'« éco-anxiété », c'est un peu réducteur… Charline écoute et accueille les souffrances de ceux qui voient les mondes – leur monde – s'effondrer. Ceux qui viennent de déchirer le voile – par un article, un livre, une émotion ressentie – et ne peuvent plus le recoudre. Ceux qui veulent chambarder leur vie mais ne savent pas par où commencer. Ceux qui s'effraient de voir la banquise fondre, les animaux marins et terrestres mourir, les océans s'acidifier, les humains s'autodétruire.

Ce n'est pas gai, hein ? Désolée si vous attendiez autre chose, mais les effondrements, ce n'est pas gai ! Les effondrements, c'est moche, ça pue, ça fait mal, surtout quand on sait que ça n'est que le début. Si on s'en tenait là, on est d'accord, on aurait

62. « J'ai mal à ma terre », *Faut pas croire*, RTS, octobre 2020.

juste envie d'en finir... Heureusement, ces deux femmes-là ont fait chacune un sacré chemin qu'elles partagent avec nous pour qu'on ait plutôt envie de vivre la meilleure vie possible, avec une version plus satisfaisante de nous-même.

Je connais mal leur vie d'avant et ça ne me paraît pas très important. Ce qui me frappe, en revanche, c'est qu'elles sont toutes les deux tombées dans la marmite collapso de manière assez subite et violente.

Dans la marmite effondriste

Pour Laure, la première grosse baffe écolo remonte aux années 2000. Engagée chez *Libération* pour décrire les évolutions sociétales liées aux nouvelles technologies, elle se fait déniaiser par un camarade de théâtre social nocturne qui lui colle dans les mains le livre d'Hans Jonas, *Le Principe responsabilité*[63]. Elle entre de plain-pied dans l'écologie par la critique des technologies. En 2003, elle fait partie des journalistes qui lancent et animent la page « Terre » de *Libé*. Elle ne s'arrêtera plus de disséquer, interroger, mieux comprendre, ne pas comprendre, l'actualité verte.

Elle trouve d'autres moyens de continuer le combat quand la page « Terre » de *Libé* est atomisée. Elle continue de couvrir les sujets écolo à la télévision. Elle rejoint l'émission d'Arte Global Mag, « la seule quotidienne française qui ait jamais existé sur l'environnement ». Elle devient aussi réalisatrice de films documentaires, sur les déchets nucléaires, les climato-sceptiques, les gaz de schiste... Dès 2010, elle devient

63. Hans Jonas, *Le Principe responsabilité*, « Champs », Flammarion, 1979.

la première « youtubeuse collapso » avec son personnage caustique à souhait Bridget Kyoto, imaginé avec son acolyte Éric La Blanche qui sert aussi d'exutoire à ses prises de conscience. Comme elle l'écrit si bien : « Je me balade l'humour en bandoulière pour rire jaune de tout ce noir qui me rend verte[64]. »

Dans son ouvrage *Comment rester écolo sans finir dépressif*, elle revient sur quelques claques qui ont été des points de non-retour, ses « voyages en Tchernobylie[65] » ou la découverte de l'archipel des Tuvalu, dans l'océan Pacifique : « Là-bas, j'ai mangé ma bonne conscience[66]. »

Mais la vraie « baffe » arrive en 2012, quand la revue *Nature* publie une étude qui annonce un très prochain basculement brutal et irréversible de la biosphère terrestre. Elle partage ça avec quelques amis chers, les mots leur manquent… Elle monte un petit dossier dans *Libé* qui passe quelques semaines plus tard. Toujours sidérée et pourtant déterminée à agir. Son ami Cyril Dion aussi : cette publication marque d'ailleurs le début de son grand projet de film documentaire, *Demain*.

Depuis, la conscience des effondrements en cours et à venir ne la quitte jamais : « L'éco-anxiété, c'est comme le renard du *Petit Prince* de Saint-Exupéry, ça ne se soigne pas, ça s'apprivoise et ça colle très, très fort au mental[67]. » Elle s'en reprend une bonne couche régulièrement, mais elle a appris à vivre avec cette conviction viscérale : « Ceux qui vont bien dans le monde d'aujourd'hui, ce sont eux les grands malades ! »

---

64. Laure Noualhat, *Comment rester écolo sans finir dépressif*, Tana, 2020, p. 19.
65. *Ibid.*, p. 58.
66. *Ibid.*, p. 59.
67. *Ibid.*, p. 26.

La prise de conscience de Charline est plus récente. Disons que le déni a duré plus longtemps… et que Laure et elle n'ont pas tout à fait le même âge !

Charline sentait pourtant bien que quelque chose ne tournait pas rond. Diplômée de l'école de commerce qui va bien, elle commence sa carrière de jeune active dynamique dans le marketing numérique. Mais elle s'ennuie ferme et surtout, elle ne trouve aucun sens à « vendre du vent ». À côté de son boulot, elle commence à se former à l'EFAPO, l'École française d'analyse psycho-organique, un courant théorique et pratique qui prend en compte la dimension holistique et notamment l'importance du corps. En parallèle, elle passe aussi un CAP cuisine. L'ensemble fait un mélange détonnant ! « Quand je partais dans ma tête, les mains me rattrapaient », se souvient-elle.

La voici mûre pour quitter sa boîte et lancer son restaurant. Une sacrée aventure qui, rapidement, l'épuise, alors qu'elle poursuit sa formation de psy. La conscience écolo aiguë fait irruption dans sa vie par sa sœur, qui réside en Belgique et qu'elle appelle très souvent. Plongée dans les études du GIEC, qu'elle lit dans le détail, les livres de Pablo Servigne et autres trouvailles effondristes, sa sœur partage avec elle sans relâche toutes les informations qu'elle découvre et les émotions qu'elle traverse.

Apprivoiser la machine à laver

Charline est perturbée, mais met ça de côté. « Je vivais un effondrement professionnel avec la clôture du resto. Tu ne peux pas vivre deux effondrements à la fois, ce n'est pas possible ! » Une fois le resto liquidé, ces informations et ces émotions sont revenues pour ne plus jamais la quitter.

Elle connaît la descente aux enfers que ses patients lui décrivent. « Je me demandais ce que j'allais faire de ma vie, ce que c'était ce bordel, pourquoi personne ne réagissait... » Elle commence à en parler beaucoup autour d'elle, à s'entendre répondre « le truc habituel de la Cassandre un peu dérangeante ». Elle expérimente les joies du programme « linge très sale » de la machine à laver effondriste.

Cette métaphore de la machine à laver me parle déjà beaucoup quand je la retrouve sous la plume de Laure pour désigner notre « tambour existentiel », la remise en question totale, la prise de conscience de la nécessité de faire le deuil de tous nos « rêves d'enfants pourris gâtés du XXe siècle[68] ».

Laure rappelle l'importance de laisser le cycle de lavage en quatre étapes aller jusqu'à son terme, en écho à la courbe du deuil d'Élisabeth Kübler-Ross... D'abord, le prélavage : on se met au clair, on regarde les faits tels qu'ils sont, la réalité qui fait mal. Ensuite, le lavage : on nettoie les plis de nos habitudes. Surtout, surtout, on n'oublie pas les deux phases finales : rincer – on évacue la crasse ; et essorer – pour ne laisser aucune tristesse lourde.

Bien sûr, si c'était si simple, ça se saurait ! Quand on est éco-anxieux, on est bon pour se taper des cycles dès qu'il y a un peu trop de linge sale. Il suffit même d'une seule pièce très malpropre et hop, c'est reparti pour un tour ! Et évidemment, la machine se grippe de temps à autre, nous empêchant d'aller jusqu'au bout. C'est mal lavé et la saleté reste, méchamment incrustée.

La métaphore ménagère résonne aussi plutôt bien avec l'approche de Charline, inspirée de l'éco-psychologue bouddhiste

---

68. *Ibid.*

Joanna Macy[69]. « Je ne suis pas une psy qui met du baume sur les choses. Je préfère que les gens aillent vraiment regarder le sombre, la tristesse, la peur, de manière à traverser l'émotion et regarder ce qu'il y a après. » Pour faire de la place à ces émotions fortes que vivent les éco-anxieux et leur offrir un ensemble de ressources, Charline crée un site en 2019 : solastalgie.fr Mais que désigne cet étrange – et néanmoins très beau – néologisme ? Il vient rejoindre les nombreux mots qui désignent ces maux du monde qui fout le camp.

***

Les mots pour le dire

Le couple éco-anxiété / solastalgie

Ce qui leur est commun, c'est l'expression d'une souffrance légitime et réelle, une palette d'émotions bien plus large que l'anxiété. Ce qui les différencie, c'est la temporalité de l'expérience vécue par le sujet[70]. L'éco-anxiété renvoie à une souffrance prospective, une projection dans l'avenir qui génère un sentiment d'anxiété, provoque des symptômes qui peuvent être graves (insomnie, perte d'appétit, mise en danger et comportements addictifs…) et aller jusqu'à la dépression.

La solastalgie (du latin *solacium* : le réconfort, le soulagement, et du suffixe grec *algia* : relatif à la douleur) renvoie, elle, à une souffrance rétrospective, la constatation de la perte de son lieu de

69. Lire notamment Joanna Macy, Chris Johnstone, *L'Espérance en mouvement*, Labor et Fides, 2018.
70. Regarder notamment les vidéos de Charline sur Youtube qui décrivent ces émotions et la manière dont nous pouvons les appréhender.

réconfort, la comparaison avec ce qu'on a connu. Le philosophe Baptiste Morizot évoque ainsi « le mal du pays sans exil ».

L'effondralgie

Pour englober les notions d'éco-anxiété, d'éco-dépression, de solastalgie (etc. !), Charline utilisait la périphrase « souffrances psychiques issues des effondrements en cours », mais ça a fini par lui sembler un peu long ! Alors elle a imaginé un mot nouveau pour prendre en considération le vécu des personnes confrontées à l'ensemble de ces facteurs et à un processus d'effondrement : la collapsalgie ou effondralgie en français, à la fois rétrospective et prospective.

D'autres émotions de la Terre

Le philosophe australien Glenn Albrecht, inventeur du mot de « solastalgie », a aussi imaginé d'autres néologismes pour décrire ces émotions qu'il appelle « psychoterratiques », négatives comme positives[71]. La merméroŝité est plus forte que l'éco-anxiété ; la topoaversion désigne ce que l'on éprouve quand on refuse de retourner dans un endroit qu'on a aimé de peur de le voir irrémédiablement transformé ; la terrafurie désigne la colère contre ce qui affecte la planète[72]. Il nous invite à créer des mots nouveaux pour inventer un nouveau monde.

***

Pour ne pas sombrer, Laure et Charline appliquent ce qu'elles aident les autres à faire : se mettre en action, rebondir,

71. Glenn Albrecht, *Les Émotions de la Terre*, Les Liens qui libèrent, 2020.
72. Lire en particulier « De quoi parle-t-on ? », le chapitre descriptif de Laure sur l'éco-dépression, in *Comment rester écolo…* , *op. cit.*

retrouver un sentiment d'utilité, cultiver la joie dans les ruines du capitalisme et de notre civilisation moribonde.

Deux éco-anxieuses en action

Bringuebalée dans le tambour existentiel depuis les années 2000, Laure finit par trouver une voie de sortie à son interminable burn-out bio. « Le livre m'a permis de tirer définitivement la chasse de mon éco-dépression[73] », me raconte-t-elle. Elle y explique comment elle s'est remise à sa place d'être humaine insignifiante – « mais pas au sens de l'impuissance, du malheur ou d'être écrasée par les gros problèmes systémiques sans pouvoir rien faire » – qui a une trajectoire à vivre, le temps qu'il lui reste.

Pour elle, nous n'avons désormais que deux questions essentielles à nous poser : « Qui je veux être ? » et « Qu'est-ce que je peux faire ? » « Il est très clair que chaque jour qui arrive va être pire que la veille, poursuit-elle. Je vis chaque jour à fond. Je veux que l'existence qu'il me reste à vivre soit heureuse, complètement lucide, libérée de mes émotions basses. Je fais ce que je peux, là où je peux. » Laure trouve petit à petit un équilibre entre ses activités de journaliste, d'écrivaine, de réalisatrice[74] et une forme de militantisme actif plus assumé, les mains dans la terre et sur le tronc de son tilleul centenaire.

En 2019, elle est à l'initiative de Renaissance Joigny, une association destinée à augmenter la résilience de la ville de l'Yonne située à une heure de train de Paris, où elle a acheté

73. Comme elle l'avait fait pour son non-désir de maternité avec : *Lettre ouverte à celles qui n'ont pas (encore) d'enfant,* Plon, 2018.
74. Elle co-réalise notamment *Après-demain* avec Cyril Dion en 2018.

une maison en 2013. Vite rejointe par de nombreux collapsos et collapsettes qui voient dans le territoire une opportunité de concrétiser leurs réflexions, Laure y est toujours très active mais essaie de laisser les autres s'en emparer… On retrouve d'ailleurs une poignée de ses membres, notamment le jardinier punk Éric Lenoir, dans la websérie que Laure a tournée pendant l'année 2020 : *Carbonisés, un éco-feuilleton*.

Elle le rappelle et l'éprouve : pour traverser les effondrements, nous ne pouvons pas faire l'économie de regarder de près ce qu'ils font à notre âme. Nous avons un processus individuel, personnel, transformationnel, intime, à affronter, mais nous avons aussi une dimension collective à inventer, des habitudes à déconstruire, de nouveaux communs à élaborer pour nous « réencastrer dans le politique ». Et tout ça prend du temps…

De son côté, Charline reçoit de plus en plus de patients qui s'effondrent littéralement dans son cabinet montpelliérain. Elle les accompagne dans l'exploration et le renforcement de leur solidité intérieure quand tout s'effondre à l'extérieur et les aide à se remettre à élaborer des projets.

Pour elle, les messages effondristes seraient plus entendables si l'on pouvait proposer plus largement ce genre de cadre sécurisant. « Les solutions – Travail qui Relie, Adaptation radicale, etc. – sont encore très timides en France. Elles ne sont surtout pas adaptées à tous ! » Elle déplore le retard des thérapeutes français dans le développement d'une prise en charge appropriée et lance avec d'autres une Alliance francophone pour leur permettre de se regrouper, de s'épauler, de s'outiller. « Les Belges et les Suisses nous montrent la voie, comme l'éco-théologien Michel-Maxime Egger et son Laboratoire de transition intérieure, par exemple. » Charline s'investit aussi dans le développement francophone du mouvement de l'Adaptation radicale[75].

Curieuse de tout, elle fourbit aussi ses armes contre l'éco-anxiété grâce à une enquête qu'elle réalise auprès de plus de mille participants, qui ne la laisse pas totalement indemne. Pour être pleinement présente à ses patients, les écouter véritablement, elle se doit d'avoir des garde-fous où elle décharge et elle analyse ses émotions. Supervisée par la grande prêtresse américaine de l'effondrement, Carolyn Baker, mais aussi en lien étroit avec d'autres professionnels « en co-vision », Charline sait que, face à ce sujet exigeant et envahissant, elle ne doit pas rester seule.

« J'ai par ailleurs une hygiène psychique comme on a une hygiène corporelle. Danser, rire, tenir un journal de gratitude, aller marcher longuement dans la forêt, méditer : tout ça m'est absolument nécessaire. » Convaincue que les psys doivent sortir de leurs cabinets, Charline se forme au shirin-yoku japonais, la thérapie par les bains de forêt[76]. Elle vient aussi de quitter la ville pour la campagne, espérant y trouver plus de lenteur et de calme.

Dans le faire et dans l'être, les trajectoires de Laure et Charline se rejoignent tout en étant singulières.

---

75. Voir *Une adaptation radicale en commun*, p. 229 et lire le dossier d'*Yggdrasil* n° 6 sur l'Adaptation radicale, notamment l'interview que j'avais faite de Charline.
76. Qu'on appelle aussi sylvothérapie.

Devenir antifragile – David Manise et Aurélie Verdon

Dis-toi d'abord qui tu veux être, puis fais en conséquence ce que tu dois faire.
Épictète

J'ai découvert David Manise et Aurélie Verdon dans le numéro 2 d'*Yggdrasil*, où ce couple haut en couleur partageait sa vision de la vie, ses motivations, ses complémentarités[77]. J'ai ensuite suivi leurs activités numériques, puis décidé d'aller en stage chez eux, avant de leur proposer de leur tirer le portrait pour mon livre.

Le confinement en a décidé autrement. J'ai finalement mené à distance de longs entretiens avec chacun d'eux, avant de les réunir pour une interview à trois. C'était sport, *cash*, profond, émouvant. Une pièce importante de mon puzzle.

Deux doux écorchés

La rencontre de David et Aurélie leur ressemble… Ils ont d'abord parlé *mindmaps*, ces cartes heuristiques qui permettent

77. Paolo Servigne, « David Manise et Aurélie Verdon : la survie pour la vie », *Yggdrasil* n° 2, juin 2019.

d'ordonner les idées trop touffues, en attendant leurs deux garçons, qui fréquentaient la même école. Ils ont parlé, parlé, parlé. Quelques années après, ils se sont installés tous les deux, avant de commencer à travailler ensemble de plus en plus régulièrement, à travers des stages qu'ils coaniment.

L'adversité est omniprésente dans ce qu'ils me racontent. Celle qu'ils ont traversée séparément avant de se découvrir ; celle de la vie qui nous met toujours, à un moment ou une autre, d'immenses tartes dans la gueule.

« Je suis né à Bruxelles, d'un père prêtre et d'une mère supposément stérile, raconte David, puis j'ai grandi au Canada, dans les grands espaces sauvages de la Gaspésie, au Québec. Autour de moi, tout le monde trappait, chassait, pêchait, cueillait… » Curieux de tout, il apprend vite… et toujours un peu décalé, en dehors. Étiqueté haut potentiel à la suite de problèmes de comportement à l'école, il est la hantise de ses profs et le mouton noir de la cour de récré. Des années plus tard, il quitte son petit paradis pour la ville, pour mener des études d'anthropologie sociale, puis de communication/journalisme.

Il y rencontre la mère – française – de ses deux premiers enfants. Bientôt, elle ne peut plus prolonger son visa et doit rentrer en France. Voilà donc notre David, embarqué dans ses valises, qui atterrit à Grenoble puis à Villeurbanne, près de Lyon. Il se trouve un boulot qui fait bouillir la marmite sans l'éclater vraiment : il fait des sites internet pour une agence numérique… Puis, un jour, révélation. Il chiale devant son écran en voyant un rouge-gorge par la fenêtre. « J'ai compris que j'étais totalement déconnecté de cette nature que j'aime tant, raconte-t-il. En discutant avec des amis, je me suis rendu compte que j'avais des compétences qui n'étaient pas courantes en France. »

Il fuit dans la Drôme et organise ensuite ses premiers stages de survie (ou d'« immersion nature », « gestion des risques », il préfère), à une époque où personne n'en entend encore vraiment parler. Il monte le Centre d'étude et d'enseignement des techniques de survie (CEETS), qui forme des moniteurs à l'exigence « manisienne ». Il commence également à écrire des livres, à en traduire d'autres. Il se sépare, rencontre la mère de son petit dernier, s'installe dans le Vaucluse puis revient dans la Drôme, continue de développer ses stages et le CEETS.

Aurélie, elle, grandit en Suisse. Comme David, elle est identifiée « haut potentiel » pendant sa petite enfance mais ne sait pas quoi faire de cette information... Elle comprendra plus tard qu'elle souffrait enfant de plusieurs troubles de l'apprentissage (dyslexie, dysorthographie[78]). Elle a beau avoir des éclats réguliers de brillance, posséder une mémoire photographique hors du commun, elle ne rentre pas dans le moule de l'école et sa situation familiale n'arrange rien.

À quinze ans, elle est déjà dans les couloirs des hôpitaux, où elle se sent utile et à sa place. Aide-soignante puis infirmière, elle reste pendant dix-sept ans dans le domaine sanitaire et social, auprès de personnes marginalisées (personnes âgées, en fin de vie, en situation de handicap ou de troubles psychiatriques...). « Comme beaucoup d'adultes, ex-enfants blessés, j'avais un gros syndrome du sauveur », confie-t-elle.

À dix-huit ans, Aurélie vit un choc qui trace toujours son sillon en elle : elle perd sa petite sœur dans un accident mortel. C'est le début d'un long chemin spirituel et existentiel. En

78. La dyslexie désigne un trouble du langage écrit affectant la lecture, l'orthographe et aussi l'écriture. On parle de dyslexie (trouble de la lecture) et de dysorthographie (troubles de l'orthographe).

quête de sens, elle arpente différentes approches, de la médecine chinoise au bouddhisme. Elle se marie mais quitte quelques années plus tard l'homme qui lui a donné deux enfants.

Après sa rupture avec l'homme qui lui a donné deux enfants, elle se jure de ne jamais se nier au nom d'une relation. Dans l'incapacité de subvenir à ses besoins avec un job alimentaire, elle doit suivre ses élans et ses aspirations. Elle se lance malgré la trouille et fait ses premiers accompagnements de coaching.

Quand ils se rencontrent, David et Aurélie viennent chacun de se séparer et ne sont pas loin de l'effondrement personnel. Ils partagent et reprennent à leur compte la maxime de Nietzsche : « Ce qui ne me tue pas me rend plus fort. » Ils la pratiquent depuis de nombreuses années chacun de leur côté : ils vont poursuivre ensemble la théorisation et la mise en action de l'antifragilité.

Antifragilité, mode d'emploi

L'antifragilité d'Aurélie et David renvoie notamment aux travaux de Nassim Nicholas Taleb[79]. Elle désigne une propriété des systèmes qui se renforcent quand ils sont exposés à des facteurs de stress, des chocs, de la volatilité, du bruit, des erreurs, des fautes, des attaques ou des échecs[80]. « L'antifragilité est au-delà de la résilience et de la robustesse, écrit Taleb.

---

79. Nassim Nicholas Taleb est un écrivain, statisticien et essayiste spécialisé en épistémologie des probabilités et un praticien en mathématiques financières libano-américain.

80. Nassim Nicholas Taleb, *Antifragile, things that gain from disorder*, Random House, 2014.

Le résilient résiste aux chocs et reste le même ; l'antifragile s'améliore. »

Aurélie et David ont laissé grandir et résonner l'antifragilité pour en faire une grille de lecture et une boîte à outils qui leur sont propres. Ils y ont mis une touche de philosophie et de spiritualité : stoïcisme[81], bouddhisme, médecine chinoise, à la sauce survie… Ils l'ont surtout nourrie de leurs expériences, au-delà de la réflexion intellectuelle, pour en faire un enseignement, transmis dans leurs stages « Antifragile ».

Être antifragile, c'est développer la capacité d'utiliser les épreuves de la vie pour apprendre à mieux se connaître et ainsi débusquer nos conditionnements et nos automatismes divers, autour de trois principaux axes de travail : la sphère du mental, du pulsionnel (le corps) et de l'émotionnel.

David et Aurélie nous invitent d'abord à nous concevoir comme un processus, non pas comme des entités figées, mais comme des organismes vivants, toujours en mouvement. « Nous devons sortir d'une vision déterminée de l'être, rappelle Aurélie, et intégrer que tout est interconnecté. Le moine bouddhiste Thich Nhat Hanh appelle d'ailleurs cela "l'inter-être[82]". »

Être antifragile, c'est aussi être capable de progresser vers un objectif qu'on choisit soi-même et de sortir de notre zone de confort plus souvent, ce qui rend de plus en plus simple le mouvement vers l'inconnu. C'est s'offrir le luxe d'échouer, d'apprendre, de rebondir. C'est conscientiser nos progressions

81. Le stoïcisme est une doctrine des philosophes antiques selon laquelle le bonheur est dans la vertu et la fermeté d'âme. Il désigne aussi le courage pour supporter la douleur, le malheur avec les apparences de l'indifférence. Ses penseurs historiques sont Zénon, Épictète ou Marc Aurèle.
82. Thich Nhat Hanh, *Il n'y a ni mort ni peur,* Pocket, 2002.

et nos régressions. Ce n'est pas non plus chercher à se faire mal, délibérément, pour s'endurcir…

David et Aurélie développent leur approche autour d'un autre concept-clé : le tropisme, c'est-à-dire la tendance d'un organisme à croître dans une direction donnée. « C'est ce vers quoi on tend naturellement, développe Aurélie, ce pour quoi on est fait et qui change assez peu tout au long de notre vie. Y répondre nourrit le socle de notre épanouissement personnel. »

Le bananier offre un exemple assez simple à comprendre. Produire des bananes demande que l'arbre s'épanouisse dans un climat favorable à sa nature, à son tropisme, où il pourra déployer l'information présente dans sa graine. Dans un environnement défavorable, comme en montagne, point de bananes ! Chaque tropisme possède donc son propre climat idéal pour s'épanouir. À la différence près que les humains peuvent se déplacer pour trouver un environnement plus favorable.

Sphère d'influence et émotions

Miroirs grossissants de la réalité, les tropismes individuels et collectifs sont explorés dans les ateliers d'Aurélie et les stages qu'ils animent tous les deux. « L'éveil spirituel et l'épanouissement sont propres à chacun, détaille-t-elle, et il ne s'agit surtout pas d'essayer de marcher sur la voie de quelqu'un d'autre. » Ils y sondent aussi leurs propres tropismes. « Celui de David, c'est la paternité, celle du “bon chef”, de la puissance et de la réassurance. Le mien, c'est la fraternité, ce besoin viscéral d'être reliée aux autres et de vivre le lien. » Explorer son tropisme n'est pas un déterminisme de plus mais une clé de compréhension et de travail sur soi-même, pour agir.

Une autre clé antifragile, c'est de connaître et d'étendre sa sphère d'influence, et notamment de faire cette distinction, vieille comme la philosophie, entre ce qui dépend de nous et ce qui n'en dépend pas. Comme David le dit bien : « Lâcher prise, c'est prendre prise dans sa sphère d'influence et lâcher le reste. Toute énergie dépensée en dehors de cette sphère, c'est tout simplement du gaspillage. » Pour s'en souvenir tous les jours, il s'est même fait tatouer sur la cuisse cette maxime stoïcienne : « Ce qui m'appartient, ce qui ne m'appartient pas. »

Être antifragile, c'est accepter l'impermanence et l'incertitude comme partie intégrante de notre existence ; c'est faire le deuil de pouvoir faire le deuil. C'est aussi tenter d'être moins violent avec soi-même et les autres – cette violence que David définit comme la réduction ou la privation du pouvoir d'agir de l'autre. C'est ainsi « marcher dans son pouvoir personnel ; exprimer ses envies profondes ; s'autoriser à faire des expériences ; comprendre nos émotions et le *feedback* qu'elles nous donnent du monde et de nous-même ».

La personne antifragile s'emploie ainsi à cesser de diviser les émotions, comme on nous l'enseigne trop souvent, en « positives » (la joie, l'amour…) et « négatives » (la peur, la colère, la tristesse…), car elles ont toutes un rôle fondamental à jouer, un message à nous transmettre. « Cela nous impose d'être capable d'explorer nos besoins et de formuler une demande, comme nous y accompagne la communication non violente (CNV) », précise Aurélie.

Repérer nos calques, nos modèles mentaux et nos programmes émotionnels automatiques, c'est aussi le point de départ pour reprendre le pouvoir sur nos vies. « Nous pouvons prendre les devants en identifiant les situations qui nous font peur, nous rendent tristes, nous mettent en colère mais aussi celles qui nous mettent en joie. Dans une situation qui me fait peur, comme prendre la parole en public, imaginer le pire du pire me permet de dédramatiser et de voir que je trouve toujours des ressources insoupçonnées. »

La survie, une école de la vie

Cette approche antifragile, on la retrouve dans les stages « Tribu » et de survie que David organise depuis plus de quinze ans. Comme beaucoup de ceux qui peuplent ces pages, il n'aime pas qu'on lui colle des étiquettes… Et celle de « grand manitou du survivalisme » lui hérisse le poil, surtout quand on lui fait dire n'importe quoi !

Au survivalisme, il préfère donc la « survivologie », à la manière de la collapsologie, pour désigner « une approche transdisciplinaire, ouverte et intégrative » incluant aussi bien « la botanique, la météorologie, la métallurgie, la forge, la médecine, la biologie, la psychologie et aussi les aspects quasiment spirituels de reconnexion au milieu naturel[83] ». À la suite du drame qui a touché Ulysse Ha Duong en 2020[84], il a même lancé, avec d'autres acteurs historiques, un cercle de réflexion sur la survivologie et un syndicat pour réunir les moniteurs de stages de survie.

Pour en savoir plus sur ses techniques de survie, « tout ce qui prolonge la vie », rendez-vous dans ses manuels et autres essais[85]. C'est surtout autre chose qui m'a intéressée. L'homme que j'ai découvert n'a pas grand-chose à voir avec le personnage

83. Interview croisée dans *Yggdrasil* n° 2, *op. cit.* p. 64.
84. Voir « Bâtir des ponts opales », p. 161.
85. David Manise, *La vie est injuste et à la fin, tu crèves*, auto-édition, 2019.

public qu'il se construit sur les réseaux. Colosse, gros bras, crâne rasé, poly-tatoué : ce mec-qu'il-ne-faut-pas-chercher m'apparaît comme une devanture. On pourrait percevoir le « vrai » David en faisant l'effort de passer la porte et découvrir une boule d'amour, capable d'une brutalité aussi grande que sa compassion.

Distinguer la brutalité de la violence, c'est d'ailleurs l'un de ses dadas. « Certaines situations exigent un peu de brutalité. Cela fait réagir et agir. » Mais il en précise cinquante nuances : « On peut être brutal sans être violent et être violent sans être brutal. Pendant les stages, on illustre par l'expérience la réalité des postures et des rôles. Le mode pyramidal marche très bien en cas d'urgence, mais le mode distribué fonctionne beaucoup mieux pour construire dans la durée un groupe solide. »

Il rejoint là les réflexions de Pablo Servigne et de Gauthier Chapelle dans *L'Entraide, l'autre loi de la jungle.* David et Aurélie apprennent à leurs stagiaires que la manière dont ils se parlent et se respectent va être déterminante dans leur qualité de vie (et leurs chances de survie…). « Les compétences, les savoir-faire et les savoir-être qu'on développe grâce aux stages de survie sont utiles pour tout le reste de la vie. Ils offrent un meilleur confort et ils encouragent des relations saines et authentiques, même et surtout en cas de désaccord. »

David et Aurélie en sont bien conscients : s'ils attirent un public de plus en plus large et varié, leurs enseignements séduisent aussi des extrêmes de tous bords, des « khmers verts », comme ils les appellent, aux survivalistes libertariens, plutôt à la droite de la droite… Pour lui, c'est aussi ce « personnage public lisible et repérable » qui assure cette diversité et lui permet de semer des graines durables, au-delà des positions dogmatiques.

Par-delà le yin et le yang

Quand je les interroge sur leurs complémentarités, Aurélie répond sans hésiter : « Ça peut paraître cliché mais c'est vrai : nous sommes un homme et une femme. » Cela fait écho à une longue discussion que nous avons eue toutes les deux sur le yin et le yang et la nécessité de déconstruire la vision patriarcale du monde.

« Dans la médecine chinoise comme dans la philosophie bouddhiste, le yin et le yang ont une portée bien plus grande que leur lecture occidentale, réduite à une opposition féminin-masculin. Ils sont des sphères en mouvement perpétuel, avec quatre particularités : ils sont indissociables, opposés, complémentaires et interdépendants, et ils s'engendrent mutuellement. »

Aurélie garde aussi d'autres pépites de ces explorations des pensées asiatiques. « Au niveau physiologique, la différenciation corps/esprit n'existe pas. Chaque organe a des fonctions organiques, énergétiques, cognitives, spirituelles et émotionnelles. Les émotions ont également toutes des fonctions, qui doivent faire l'objet de notre attention. »

Une des grilles de lecture précieuse de la médecine traditionnelle chinoise, bien connue en Occident sous le nom de Cinq Mouvements (traduction du chinois *Wu Xing*) l'inspire ainsi beaucoup par sa richesse et sa complexité. Ses influences, ses arborescences et celles de David se répondent. Je crois qu'on ne comprend pas bien leur antifragilité sans intégrer leur dimension spirituelle, altruiste, collective, et pas seulement individuelle.

La question de leur place à chacun, dans leur vie quotidienne et quand ils reçoivent des groupes, se pose de moins en moins.

« On s'est ajustés l'un à l'autre. Et l'avantage de ne pas avoir de place attitrée, c'est qu'on est libres d'en changer », poursuit David. Leur conception antifragile de l'amour, ils s'attachent à la vivre à deux mais aussi en famille, avec leurs cinq enfants de cinq à dix-neuf ans. « Aimer l'autre tel qu'il est, conclut-il, c'est être capable d'accorder de l'attention, de prendre soin du processus qu'il est, de lui rendre – autant que possible – son pouvoir sur lui-même. De préférer lui demander : "comment tu en es arrivé là ?" plutôt que "pourquoi ?" De ne pas trop poser de questions mais de laisser l'autre faire. »

Bien loin de la vision caricaturale des survivalistes, on gagnerait à emprunter davantage la voie antifragile pour mieux traverser les temps sombres qui s'annoncent.

Rêver l'obscur – Pauline Magnat

J'entends opter pour une attitude : je propose d'appréhender le monde, les gens et les créatures qui l'habitent comme sens principal et but de la Vie, de voir le monde, la terre et nos vies comme sacrés. Dire que quelque chose est sacré signifie que nous le respectons, le chérissons, le valorisons pour son existence propre.

Starhawk, *Rêver l'obscur*

J'ai connu Pauline Magnat quand je vivais encore à Paris. Nous fréquentions les mêmes sphères, sans pourtant avoir eu l'opportunité d'une vraie discussion. Je l'ai retrouvée dans l'équipe de Flore Vasseur, qui préparait son film *Bigger than us*. Nous avons ensuite discuté à propos d'une formation de travail qui relie. Puis Pauline a vu passer l'annonce de notre cours de design en permaculture, qui correspondait visiblement à ce qu'elle recherchait.

Malgré le contexte sanitaire, elle s'est inscrite dans la minute avec son mari Pierre. Et ils ont déboulé en pleine sécheresse aux Escuroux à l'été 2020, pour un stage mémorable qui nous a permis de creuser points communs et résonances. J'en étais sûre : « Si Pauline vient, je ferai son portrait dans mon livre. » Elle est venue. La voilà.

Le besoin de « faire sens »

Fille de jardinier, Pauline grandit sur la Côte d'Azur, près de Nice. Enfant sauvage, elle aime passer des heures à converser avec ses amis arbres et à crapahuter dans la garrigue. Les années passent. Elle sent bien qu'on trouve bizarre autour d'elle qu'elle ait des relations amicales avec des êtres vivants non humains et prenne soin d'eux comme on le ferait d'un frère ou d'un parent…

« À l'adolescence, raconte-t-elle, on se coupe de la Terre-mère en même temps qu'on requestionne notre relation à notre propre mère biologique. Devenir adulte dans notre société, c'est rentrer dans certaines normes, notamment de réussite. » Alors Pauline, brillante, docile – au moins en apparence – fait ce qu'on attend d'elle. Elle ferme son « troisième œil » et intègre l'ESCP de Paris, le gratin des écoles de commerce pour y faire un master de management.

Mais le business pour le business, ce n'est pas trop son truc ! À la fin de ses études, Pauline travaille à Paris, dans l'entrepreneuriat social. Elle s'engage ainsi auprès du mouvement makesense[86] dont elle codirige la branche dédiée à l'accompagnement des organisations, commonsense.

« Je conseillais les grandes entreprises sur l'innovation sociale et environnementale, la création de communauté et la gouvernance partagée. C'était intéressant, mais j'avais besoin d'autre chose… » À cette période, son activité professionnelle est séparée de ses activités militantes et spirituelles. C'est même mal vu dans une sphère ou une autre de mélanger les genres

86. Créé en 2010, makesense réunit citoyens, entrepreneurs et organisations pour résoudre des problèmes écologiques et sociaux.

comme elle le fait. Elle a l'impression de nier en permanence une partie d'elle-même.

Persuadée que notre fonctionnement collectif actuel et notre système de croyances nous mènent à une destruction du vivant, elle décide de quitter commonsense après six ans de bons et loyaux services (et quelques désillusions sur la capacité des grosses boîtes à changer profondément…). Elle veut s'engager plus radicalement, favoriser des liens plus respectueux envers nous-mêmes et ce qui nous entoure, le retour à une culture du soin.

Au fil de ses recherches et de ses expériences, Pauline rend de plus en plus visibles ses engagements militants et spirituels dans chacun des deux mondes. Elle ouvre une troisième voie, qui devient même pour elle une perspective professionnelle.

Pour un activisme sacré

Pauline développe des pratiques autour de l'activisme sacré, un mélange d'engagement radical et de spiritualité ancrée. « J'ai vraiment eu une prise de conscience, comme si j'avais inventé l'expression "activisme sacré" ! » Passé l'épiphanie, elle trouve des filiations notamment dans le monde anglo-saxon, où on parle depuis plusieurs décennies de *sacred activism* alors que c'est encore un non-sujet en France. Elle s'inspire aussi des leaders spirituels qui ont œuvré pour des causes fortes et des leaders militants qui ont une pratique spirituelle assumée, comme la sorcière Starhawk et son « pouvoir-du-dedans ».

***

Starhawk rêve l'obscur

Rêver l'obscur. Femmes, magie et politique[87] est un concentré de la sagesse magique et engagée de Starhawk. La militante écoféministe, antinucléaire, altermondialiste, est l'une des artisanes du renouveau néopaïen et de la figure de la sorcière aux États-Unis. Depuis les années soixante-dix, elle alerte sur les risques d'effondrement, écologiques et sociétaux, qui nous guettent.

Rêver l'obscur rappelle qu'être sorcière n'est ni une posture ni un effet de mode. C'est une façon d'être et de vivre, à l'écoute de la nature en nous et autour de nous, dans la lignée de toutes les femmes qui nous ont précédées et parfois même ont été chassées et brûlées pour cette liberté-là. Le titre – que je trouve fascinant – renvoie à la nécessité d'accepter de voir et d'embrasser aussi nos ombres, d'être capable de danser avec elles, de ne pas en avoir peur au point qu'elles nous empêchent d'agir.

Pour Starhawk, nous restaurons notre « pouvoir-du-dedans » en combattant la « puissance-sur » de la domination, du patriarcat au colonialisme en passant par le racisme ou l'anthropocentrisme. Starhawk illustre par sa longue expérience d'activiste comment les communautés et les tribus, réunies autour de rituels, de temps et d'espaces consacrés, peuvent peser sur la vie politique et sociale, locale et internationale. Un livre puissant qui donne des clés de compréhension des dynamiques de groupe aussi bien que des pistes d'action concrète, à mettre en œuvre seule ou avec d'autres sœurcières.

***

87. Cambourakis, 2003.

Pour Pauline, l'activisme sacré, c'est tenter d'agir depuis son cœur plutôt que depuis ses peurs. « On enseigne ce qu'on a besoin d'apprendre. Je suis une personne anxieuse. Au début du confinement, je me suis dit : "OK, c'est le début de l'effondrement." Même si j'ai pris soin de moi, je me suis épuisée parce que c'étaient mes peurs qui manœuvraient. » Tout le travail qu'elle essaie de faire face à elles, c'est de développer une énergie d'amour et de joie.

Il ne s'agit pas d'être extatique et en retrait : au contraire, il s'agit d'agir depuis son cœur, avec vigueur, courage et révérence. Pauline milite pour une reconnexion à notre intuition, ce que notre société rationaliste et pragmatique a étouffé et relégué à l'ésotérique. « Nous devons reconnaître que nous, humains, sommes loin de tout savoir et que nous n'allons pas sauver le monde… Faire preuve de révérence, avec une offrande, par exemple, c'est être capable de se remettre à sa place dans le grand tout du vivant. »

L'activisme sacré, c'est aussi renforcer la connexion avec le subtil, le vivant autre qu'humain, l'invisible, comme le font par exemple deux peuples d'Amérique du Nord. « L'humilité courageuse des Amérindiens de Standing Rock face à l'armée américaine force le respect, comme la lutte des Wet'suwet'en au Canada contre les pipelines qui menaçaient leurs terres. Ils se sont battus avec vigueur, tout en faisant des cérémonies et en utilisant leurs connaissances indigènes subtiles. Un peu comme sur la ZAD de Notre-Dame-des-Landes, ils affirmaient : "Je ne défends pas la nature, je suis la nature qui se défend." Tous se mettent au service de plus grand qu'eux. Ils sont capables de se mettre en relation avec l'autre et de l'écouter même s'ils sont en désaccord. »

Pauline se nourrit de ces traditions spirituelles, y mêle des pratiques issues de l'écologie profonde, du travail qui relie, du soin des traumas collectifs et de l'intelligence collective. Et commence à créer ses propres rituels. Pour elle, pas besoin de mettre des plumes dans les cheveux ou de reproduire un folklore pour pratiquer l'activisme sacré. « Nous avons au fond de nous la mémoire de nos propres peuples indigènes. Nous ne devons pas inventer mais nous remémorer. »

Elle a ainsi créé le programme « Sagesses de la terre » pour permettre à ceux qui en éprouvent le besoin de se remémorer nos sagesses pour les faire renaître, reprendre confiance dans leur capacité à mener leurs propres rituels, avec une visée politique, collective.

XR et la culture régénératrice

Pauline trouve aussi un moyen d'agir avec son cœur plutôt qu'avec ses peurs, avec vigueur, courage et révérence en intégrant le mouvement international Extinction Rebellion (XR). Né en 2016 en Angleterre, XR revendique l'usage de la désobéissance civile non violente « avec amour et rage », afin d'inciter les gouvernements à agir dans le but d'éviter les points de basculement dans le système climatique, la perte de la biodiversité et le risque d'effondrement social et écologique.

« J'ai vite constaté à quel point les rebelles ont du mal à prendre soin d'eux et à voir quand ils sont vraiment fatigués, raconte Pauline. Leur niveau d'anxiété est élevé. S'ils arrivent à XR, c'est qu'ils sont prêts à prendre des risques, y compris d'être arrêtés et emprisonnés. »

Avec d'autres militants, elle organise et anime le groupe « Culture régénératrice », qui pose ce constat en préambule de son action : « Nous nous rebellons pour remplacer le système actuel qui mène à l'extinction du vivant par un système qui mette en son cœur le vivant et sa régénération. C'est pourquoi nous voulons créer une culture au service du vivant sous toutes ses formes et de ce qui est vivant en chacun·e de nous[88]. »

Les réflexions et outils issus du groupe de travail sont le fruit de l'observation des militants, de leurs besoins et de leurs pratiques, notamment après l'intense activité de la Rébellion internationale d'octobre (RIO) 2019. Ils prennent aussi en compte la culture politique particulière de la France, où la spiritualité a été longtemps suspecte et renvoyée à la sphère de l'intime pour cause de laïcité.

Les rebelles ont ainsi structuré cinq axes de développement de la culture régénératrice au sein d'XR France, qui correspondent à cinq grands questionnements :

✲ Permettre à chacun·e de se sentir inclus·e dans le mouvement et de trouver sa place : Comment aider les personnes à s'engager dans un collectif et passer de la sidération ou de l'impuissance à l'action juste pour chacun·e ?

✲ Prendre soin les un·e·s des autres : Comment avoir un mouvement dont le militantisme est « soutenable », dans lequel les militant·e·s prennent soin d'eux et elles, sans s'épuiser, comme on épuise les ressources de cette Terre ?

✲ Régénérer nos rapports au pouvoir : Comment éviter de reproduire les systèmes d'oppression, les déconstruire et apprendre une nouvelle manière d'être ensemble ?

✲ Prévenir et guérir les conflits : Bien que les tensions soient inévitables et normales dans un groupe, comment aider à leur gestion pour passer des conflits interpersonnels à un apprentissage qui fait grandir et émerger l'intelligence collective ?

---

88. Extinction Rebellion et la culture régénératrice : https://extinctionrebellion.fr/culture-regeneratrice/

✻ Encourager la reliance les un·e·s aux autres, à la nature et à plus grand que soi : Comment nous reconnecter et resserrer la toile du vivant qui a été distendue afin de pouvoir faire face aux impensables effondrements actuels et à venir ?

L'objectif du groupe culture régénératrice est de faire en sorte que chaque membre puisse se saisir de ces cinq axes pour agir sans trop se brûler. C'est aussi l'objectif de Pauline avec le Bûcher, qu'elle a lancé en parallèle de ses actions auprès d'XR et des missions *freelance* qui lui permettent de gagner sa vie.

Le Bûcher et le retour au sauvage

Avec le Bûcher, Pauline et sa cofondatrice Claire Garin veulent offrir aux militants un lieu d'activisme sacré : un endroit où se ressourcer et reprendre des forces pour pouvoir continuer d'œuvrer.

« Notre nom rappelle qu'on a brûlé des femmes parce qu'elles étaient libres et possédaient un grand savoir, de l'usage des plantes médicinales aux mystères de la vie et de la mort. On ne devrait plus avoir peur de parler d'activisme sacré aujourd'hui ni d'être brûlées, même symboliquement, pour notre liberté de penser et d'agir. »

Dans des formations en ligne et des retraites en présentiel, les deux comparses explorent avec des intervenants chevronnés les sujets de l'activisme sacré : apprendre à se reposer pour retrouver du pouvoir d'agir, se reconnecter aux cycles naturels, s'inspirer du vivant pour se transformer, cocréer avec l'invisible, soigner nos relations…

Le Bûcher trouve une nouvelle résonance en permettant à de nombreuses personnes de développer leurs ressources, dans le moment complexe et parfois douloureux du confinement.

Grâce à ça, Pauline se sent utile, alors qu'elle voit le contexte social et politique se tendre, et les moyens d'agir de XR se réduire comme peau de chagrin.

Elle poursuit aussi sa propre quête de résilience. Dans la Drôme, son mari et elle font bâtir une maison, la plus écologique possible. « Après des années à m'intéresser de près à la résilience intérieure, je me sens prête à explorer davantage la résilience extérieure. Celle que l'on construit en relation avec les êtres vivants, humains et non humains, sur un lieu et sur un territoire. » C'est ce qui les a menés tous les deux chez nous pour ces douze jours d'immersion dans les richesses de la permaculture.

« Au-delà des connaissances et des techniques, j'en garde deux apports principaux que vous nous avez transmis, rapporte-t-elle, la nécessité d'articuler toutes les échelles de résilience, et l'importance de l'observation. Je parle souvent des yeux de chouette (« *owl eyes* »), cette idée qu'on ne regarde pas simplement devant soi, mais qu'on essaie de capter l'ensemble du paysage en permanence. Une conscience globale de ce qui est en train de se passer autour de nous, pour développer une intelligence de l'environnement et du lieu, en relation avec tous les êtres qui y vivent. » Évidemment, nous ne pouvions pas finir le cours de design sans un rituel de clôture, mené par Pauline avec douceur et puissance.

En attendant d'investir sa nouvelle maison, Pauline réfléchit aux manières de réduire ses besoins et son train de vie, conçoit le futur jardin et teste de nouvelles manières de travailler à distance. Je vois tant de points communs et de différences entre nous… Nous partageons en tout cas cette conviction que « le monde d'après » commence maintenant, qu'il n'y a rien à attendre pour se mettre en chemin, pour prendre soin du vivant, en nous et en dehors de nous. Un pas après l'autre. Des milliards de vies en dépendent.

Se (ré)enraciner
Créer des organisations vivantes
5 flux
€
Cultiver l'autre connexion
Sit spot
Apprendre le langage des oiseaux
vagabond
Articuler individu & tribu

III
Réintégrer le vivant

La tribu du Bouchot – Anne Beau et Jean-Philippe Beau-Douëzy

Agir, c'est être vivant. C'est prendre le risque de sortir de votre coquille et d'exprimer votre rêve.

Don Miguel Ruiz, *Les Quatre Accords toltèques*

Un lieu de cœur

On n'arrive pas à l'éco-centre du Bouchot par hasard. Pour ma première fois là-bas, je me fais embarquer pour un stage avec une dizaine de participants, à la rencontre de notre « leader intérieur » pour mieux transformer nos organisations.

À cette époque, je rentre tout juste de Lisbonne. J'ai accepté un boulot qui ne me convient pas vraiment : il me donne un semblant de stabilité financière mais tous mes voyants sont au rouge (supérieur incompétent, projet flou, responsabilités bien plus importantes que ma fiche de poste…). Par curiosité et par amitié, je dis « oui » à la proposition d'Aurore Bimont et Mathilde Imer. J'ai aussi très envie de découvrir le Bouchot, après avoir vu de nombreux amis aller s'y ressourcer et vanter les mérites de ses hôtes, Anne Beau et Jean-Philippe Beau-Douëzy.

Je me souviens très bien d'un de mes chocs bouchotesques, le soir de mon arrivée. Nous entrons dans le Zôme – le dôme géodésique, lieu d'accueil de nombreuses activités des groupes – avant que la nuit tombe. Quand nous en sortons, après avoir partagé les règles de notre voyage tous ensemble, je suis abasourdie par un magnifique ciel noir, plein d'étoiles. Je suis tellement saisie de constater que j'ai l'habitude de ne plus voir le ciel étoilé que j'en chiale… Je dois continuer d'agir, de bouger, de changer. Encore.

Je finis par m'habituer, mais mes premiers séjours sont puissants. J'ai l'impression de me reconnecter brutalement à la terre, comme si mes racines se réancraient en un instant, à peine le pied posé sur le parking. C'est presque violent, tant cela me renvoie au caractère hors-sol de ma vie parisienne omni-connectée.

Quand elle sent un nœud, Anne a plutôt tendance à nous bousculer, pas à nous brosser dans le sens du poil… Mais elle le fait avec suffisamment de bienveillance pour que cela vise juste. Je m'apaise au fil des visites et mes réactions au lieu et à ses hôtes deviennent moins spectaculaires. Je m'apprivoise en même temps que j'apprends à les connaître.

Le rêve du Bouchot

Même s'ils ont eu une vie avant (Jean-Philippe a déjà quatre filles et Anne, une, et tous les deux ont eu des activités professionnelles riches et multiples), je pense qu'on peut dire sans trop se tromper que leur existence prend un nouveau tournant quand ils se retrouvent, le 11 septembre 2001 (ça ne s'invente pas !).

Ils s'étaient rencontrés une première fois en 1994. Anne, avocate en droit des affaires et amoureuse du monde sous-marin, cherchait à organiser une conférence sur les dauphins à Paris. Jean-Philippe, longtemps journaliste spécialiste de l'écologie et naturaliste, grand connaisseur des forêts d'Amazonie, avait créé Europe Conservation France, une association œuvrant notamment pour la défense des baleines, dauphins et loups dans leur environnement naturel.

Quand ils se revoient en 2001, c'est le coup de foudre… Début 2002, Anne attend leur première fille. Jean-Philippe est en vadrouille au bout du monde et Anne a une révélation. « Je l'ai appelé pour lui dire que je voulais qu'on achète une ferme et qu'il était hors de question que je reste croupir à Paris pendant qu'il parcourait le globe… J'ai alors découvert que c'était aussi un rêve d'enfant qu'il avait. » Après huit mois de quête, ils dégotent le Bouchot, une ferme vivrière vieille de plus de trois cents ans, au cœur de la Sologne.

Au moment de leur installation en 2002, le sol est mort et il n'y a quasiment plus d'arbres. Pourtant convaincus que c'est le bon endroit pour créer leur oasis, ils se retroussent les manches. J-P attaque l'intérieur des bâtiments : tout est à faire. De son côté, Anne plante et plante encore. Elle a grandi à la campagne et ce lien si particulier avec la terre lui a longtemps manqué. Alors elle verdit le Bouchot, arbre après arbre, et commence à en constituer la ménagerie. « J'ai retrouvé la joie d'être entourée d'arbres et d'animaux et de refaire de la nature ma compagne de vie. » Leur famille s'agrandit aussi avec la naissance de leur deuxième fille.

Un vrai changement s'opère quand Jean-Philippe décide de créer Nelson, le premier jardin-mandala[89]. « Ça lui a fait beau-

89. Inspirés des mandalas bouddhistes, les jardins-mandalas reprennent leur forme ronde (*mandala* veut dire « cercle » en sanskrit) mais peuvent être d'une grande variété.

coup de bien, se souvient Anne. Il avait aussi besoin de mettre les mains dans la terre. » À ce moment-là, elle poursuit son travail d'avocate pour faire bouillir la marmite, tout en faisant la cuisine pour les visiteurs du Bouchot. J-P lit énormément, expérimente, essaie. Jusqu'à ce qu'on lui fasse remarquer qu'il applique sans le savoir les éthiques et les principes de la permaculture, sur cette terre inculte qu'il aggrade[90] pour qu'elle redevienne vivante.

L'art de cultiver la terre

Leur rêve est en train de s'incarner. Au fil des saisons, le Bouchot devient ce qu'il est : un lieu permacole d'accueil, d'expérimentation et de partage, où l'humain réapprend à vivre en harmonie avec lui-même et le monde qui l'entoure, et recrée un tissu de vie dans le monde rural.

Les expérimentations de Jean-Philippe, c'est au jardin qu'elles sont le plus immédiatement visibles. « La permaculture n'est rien d'autre pour moi que l'art de cultiver la terre, comme l'agriculture du XVIIe siècle, précise-t-il. Tout le reste (la gestion de l'eau et des déchets, le soin du sol, la perma humaine…) découle de cette vision-là. » Nelson le mandala pousse, foisonne. Autodidacte passionné, J-P apprend, patiemment, et devient ainsi l'un des pionniers en France des jardins-forêts comestibles[91], qui replacent l'arbre en leur cœur. Il nourrit aussi sa réflexion du programme international *Plantons pour la planète* qu'il a lancé et développé avec la fondation Yves Rocher.

90. Aggrader le sol, c'est l'obsession de nombreux permaculteurs ! C'est le contraire de la dégradation.
91. Le jardin-forêt est aussi appelé forêt-jardin, forêt fruitière, nourricière ou comestible.

Créé selon le modèle de la forêt naturelle – celui vers lequel tendent nos écosystèmes de climat tempéré lorsqu'on les laisse faire –, un jardin-forêt comporte différents étages de végétation : des grands arbres (la canopée), des arbustes, des arbrisseaux, des buissons, des plantes herbacées, des lianes… Après Nelson, qui commence à vivre sa vie, Anne et J-P ont d'autres ambitions : accueillir davantage d'individus et de groupes.

C'est la naissance du « permacamp », un Zôme au centre d'un nouveau jardin-mandala. Seligonia (la Sologne) comprend huit alvéoles qui sont autant de petits spots de camping. L'idée est simple : permettre à ceux qui passent au Bouchot d'en goûter l'esprit, littéralement, en en prenant soin et en cueillant les fruits. D'ailleurs, ils reviennent, en général. Ils trouvent au Bouchot une authenticité et une connexion rares à la nature, d'abord en eux.

Car au Bouchot, on ne permacultive pas qu'au jardin ! Avec Anne et J-P, dans la vie quotidienne, ou avec d'autres intervenants, pendant les stages, on expérimente aussi d'autres relations aux autres, un rapport différent à l'alimentation et au temps. « Ici, on s'inscrit dans les rythmes naturels, détaille Jean-Philippe. Il faut toute une vie pour apprendre ça, en pratiquant mais aussi en réinventant la transmission paysanne et artisane, une forme de compagnonnage. C'est aussi cela que nous faisons, en toute humilité. »

Des esprits libres

À l'éco-centre, il n'y a qu'une seule règle : se faire du bien, autant que possible, en respectant le lieu, ses habitants et ses contraintes communes, pour que la vie soit agréable pour chacun. Se faire du bien, ça n'est pas se dorer la pilule – quoique, l'été… C'est prendre son temps, se reposer, accepter le rythme du corps qui ne veut plus fonctionner au rythme de la tête. C'est faire la sieste dans le Zôme dans un hamac, au son des oiseaux et des insectes de Seligonia. C'est flâner au jardin (ou y trimer !) et donner un coup de main pour ramasser les tomates et en faire de jolis mandalas pour le repas. C'est simplement redécouvrir ce que c'est d'être libre…

Cette liberté, Anne et J-P y tiennent plus que tout. « On s'est fait suer une bonne partie de notre vie à respecter des normes qu'on trouvait absurdes, précise Jean-Philippe, ce n'est pas pour refaire pareil chez nous… » Anne ne se considère pas comme radicale. « Je n'aime pas trop cette idée de "retour à la racine" qui implique un genre de bond en arrière, nuance-t-elle, là où notre mode de vie me permet d'avancer, d'aller dans le sens de la nature, vers un alignement permanent entre ma vie et qui je suis réellement. » Elle se reconnaît bien mieux dans la figure de la rebelle, qui connaît parfaitement les règles et décide, en conscience, de les appliquer ou pas.

Cela a été le cas au premier déconfinement, par exemple, où les gardiens du Bouchot ont préféré garder porte close plutôt que d'appliquer des normes sanitaires qu'ils jugeaient ubuesques ou de voir débarquer une cellule de l'Agence régionale de santé…

Sur les grandes décisions, ils sont le plus souvent raccord et témoignent d'une confiance sans bornes l'un envers l'autre. « Avant de nous rencontrer, raconte Anne, nous avons toujours été des navigants sans attaches, en manque de reconnaissance de nos familles. » Par le travail de la terre pour lui, et par le développement personnel et l'accueil de l'enfant intérieur pour elle, ils ont grandi et pansé ensemble leurs blessures d'abandon et d'inexistence.

Une joyeuse tribu

Au Bouchot, vous serez donc bienvenus comme vous êtes, là où vous en êtes. Avec vos émerveillements et vos égarements. Cela ne veut pas dire que les conflits n'existent pas, bien au contraire ! Ils sont simplement gérés autrement. Anne a délaissé le barreau pour les joies de la médiation, et le Bouchot est l'un de ses terrains de prédilection… C'est qu'au fil des années, le Bouchot est devenu un riche écosystème humain… Une vraie tribu, dans toute son unicité et sa diversité.

Jean-Philippe aime y voir des points communs avec la cellule touareg, appuyée sur un couple qui donne le tempo. « Certains jeunes passés par le Bouchot sont devenus comme des enfants, d'autres comme des neveux et nièces ou des cousins. Dans notre monde de plus en plus schizophrène, nous n'avons jamais eu autant besoin de ce lien familial et tribal. » Autant de pousses qui éclosent ici et là, quand l'heure est venue de lever leur dormance.

La famille nombreuse d'Anne et J-P, c'est le noyau central de la tribu. À eux deux, ils ont sept filles. Les deux dernières, jeunes étudiantes, viennent de quitter le bercail pour voler de leurs propres ailes. « Loin de toute infantilisation, éduquer ne devrait consister qu'à ouvrir l'esprit et alimenter la curiosité… À transmettre que la vie n'est qu'une succession d'opportunités à saisir, même si rien n'est définitif et que ce qui est juste aujourd'hui ne le sera peut-être plus demain. »

Une abondance de projets

Depuis fin 2020, le Bouchot accueille les aventures de Fertîles, une école de la coopération et de l'engagement au service des transitions écologique, sociale et démocratique, inspirée du mouvement citoyen la Bascule. Pendant deux mois, une vingtaine de jeunes diplômés en quête de sens investissent la ferme pour découvrir les outils de l'intelligence collective et préciser les contours de leur projet professionnel. C'est, je pense, le cadre de rêve pour cela…

Anne et J-P, à côté de leurs activités personnelles toujours riches, comptent aussi aller plus loin dans l'accueil de nouveaux publics, en proposant notamment aux travailleurs à distance de venir expérimenter l'espace de coworking façon Bouchot : les pieds dans l'eau, la tête dans les étoiles.

Le Bouchot et ses hôtes continuent d'accompagner ma route. J'y reviens et j'y amène des gens que j'aime autant que possible. Je remercie le lieu et ses gardiens de m'avoir accueillie, en vrac, paumée, déconnectée, mais pleine de rêves, d'envies, d'indignations et de velléités très sérieuses de réalignement. Je ne les appelle pas aussi souvent que j'aimerais, mais j'ai une certitude : j'emmène un petit bout du Bouchot partout où je vais.

Accompagner le vivant – Louise Browaeys

[Le livre], *c'est une rive bouleversante à l'écart du monde qui donne sur le monde mais n'y intervient en aucune façon.*

Pascal Guignard, *L'Homme aux trois lettres*

La fauve écosystémique

J'ai rencontré Louise Browaeys lors d'un rendez-vous hebdomadaire d'Officience, un espace de coworking en norme sociale où j'allais très souvent quand je vivais à Paris. Elle finissait d'écrire un livre, *Accompagner le vivant*[92], pour lequel elle interviewait Duc Ha Duong sur les pratiques de gouvernance partagée de son entreprise et la tribu d'Offy.

Perdue dans les méandres de mon écriture introuvable, je n'étais pas encore au clair sur ce que je voulais vraiment raconter. La perspective de Louise m'a semblé fort à propos, mettant des mots sur des liens que je pressentais.

Je me souviens aussi m'être dit ce jour-là que Louise aurait une place dans mon livre, même sans savoir à quoi ressemblerait la version finale. J'ai continué à la suivre, à la retrouver ici autrice d'un livre sur la permaculture ou sur l'entreprise vivante, là coautrice d'un livre pratique sur la lacto-fermentation… Puis bientôt, autrice de romans…

92. Louise Browaeys, *Accompagner le vivant*, Diateino, 2019.

« Depuis toute jeune, j'ai su que ma place était de construire une cabane de mots », me dit-elle lors d'une interview pour *Yggdrasil*[93]. Louise met pourtant du temps à s'autoriser à écrire. Elle suit d'abord le parcours qui va bien, pour faire plaisir et rassurer un entourage familial exigeant. Ingénieure agronome diplômée d'AgroParisTech, spécialiste de la nutrition, jeune maman, elle aurait pu se contenter des gros salaires de l'agroalimentaire.

Formée à la permaculture et en quête de vivant partout, elle préfère prendre une autre voie : le conseil, en se spécialisant dans l'accompagnement des transformations des organisations. En 2020, elle lance même avec deux amies son laboratoire – Changer de regard – autour de trois grandes questions : « Quels nouveaux récits en entreprise ? » ; « Comment réensauvager un collectif et repenser la gouvernance ? » ; « Comment accueillir l'incertitude dans nos pratiques de travail ? »

Décloisonner

Pour elle, le cloisonnement et la distinction artificiels entre le monde du travail et de l'éducation – hors-sol et pétris de normes et de codes culturels – et le monde du vivant – interdépendant et interconnecté, universel et diversifié – sont une des absurdités de notre système économique. Louise veut au contraire contribuer à rendre les organisations plus vivantes, à en faire à nouveau des espaces d'épanouissement et de liberté.

Ici, pas de foutaises en barre pour permettre aux entreprises d'avoir un beau bilan RSE ou de se réjouir de « l'indicateur de

93. Flora Clodic-Tanguy, « Toucher le cœur par la fiction », interview croisée avec Sandrine Roudaut, *Yggdrasil* n° 7, décembre 2020.

bonheur des salariés[94] ». Avec Louise, on met plutôt le doigt dans l'engrenage constructif de ces transformations profondes qui réenchantent l'entreprise alors qu'on n'y croyait plus et peuvent inspirer ceux qui ne sont pas encore prêts à sauter le pas de l'indépendance.

Louise formalise cette approche originale dans son ouvrage *Accompagner le vivant.* Elle y étudie les liens qui unissent les pratiques agro-écologiques et permacoles, les pédagogies naturelles et les organisations vivantes. « Je ne suis spécialiste d'aucun de ces sujets, précise-t-elle[95]. Ma valeur ajoutée, c'est de les prendre ensemble pour montrer les points communs entre ces nouvelles postures plus organiques qui cherchent à nous offrir plus d'autonomie et à souligner nos interdépendances. »

Louise nous invite à restaurer une humilité qui a déserté nos institutions sociales comme nos pratiques agricoles. À adopter une posture d'accompagnateur plutôt que de « maître et possesseur de la Nature[96] », aux champs, à l'école et au sein de l'entreprise. À remettre au centre de nos réflexions et de nos pratiques la coopération et l'entraide, pas comme des symboles d'une idéologie « bisounours » mais comme des fondamentaux qu'on aurait petit à petit délaissés.

Louise rappelle d'abord l'importance de l'écologie comme grille de lecture globale, à la fois… écologique mais aussi – et surtout – sociale et mentale. S'ensuivent trois chapitres, pour chacun des champs. Après avoir évoqué la permaculture avec les gardiens du Bouchot, je m'étendrai davantage sur ses intéressantes cousines. J'ai trouvé particulièrement éclairant le parallèle avec les pédagogies naturelles et les entreprises vivantes.

94. Illouz, Cabanas, *op. cit.*
95. « Toucher le cœur par la fiction », *op. cit.*
96. « Nous rendre comme maîtres et possesseurs de la nature », *in* René Descartes, *Discours de la méthode*, texte établi par Victor Cousin, Levrault, 1824, tome I, sixième partie.

Du bon sens en éducation

De la « terre féconde » de Maria Montessori aux « lois naturelles de l'enfant » de Céline Alvarez, Louise revient sur d'autres célèbres manières d'éduquer les enfants, dans le respect de leur intégrité et de leur singularité en construction.

Louise reprend aussi une sélection des « invariants » du pédagogue Célestin Freinet, qui sont de trois ordres : les finalités de l'éducation, les pratiques d'apprentissage et les dispositifs d'interaction dans la classe. « Ce qui est affirmé pour un enfant ci-dessous serait vrai pour un adulte ou même, si l'on tire la ficelle agronomique, pour un plant de carotte ou un lopin de terre[97].

✲ L'enfant est de la même nature que nous.

✲ Être plus grand ne signifie pas forcément être au-dessus des autres.

✲ Nul, l'enfant pas plus que l'adulte, n'aime être commandé d'autorité.

✲ Nul n'aime s'aligner, parce que s'aligner, c'est obéir passivement à un ordre extérieur.

✲ Nul n'aime se voir contraint à faire un certain travail, même si ce travail ne lui déplaît pas particulièrement. C'est la contrainte qui est paralysante.

✲ Les acquisitions ne se font pas, comme l'on croit parfois par l'étude des règles et des lois, mais par l'expérience.

✲ Personne, ni enfant ni adulte, n'aime le contrôle ni la sanction, qui sont toujours considérés comme une atteinte à sa dignité, surtout s'ils s'exercent en public.

✲ Les notes et les classements sont toujours une erreur.

---

97. Browaeys, *op. cit.*, p. 120. Pour des commodités d'édition, j'ai coupé très légèrement sa sélection d'invariants.

✲ Parlez le moins possible.

✲ L'enfant n'aime pas le travail de troupeau auquel l'individu doit se plier comme un robot. Il aime le travail individuel ou le travail d'équipe au sein d'une communauté coopérative.

✲ L'ordre et la discipline sont nécessaires en classe.

✲ Les punitions sont toujours une erreur. Elles sont humiliantes pour tous et n'aboutissent jamais au but recherché. Elles sont tout au plus un pis-aller.

✲ La vie nouvelle de l'école suppose la coopération scolaire, c'est-à-dire la gestion par les usagers, l'éducateur compris, de la vie et du travail scolaire.

✲ La surcharge des classes est toujours une erreur pédagogique.

✲ On prépare la démocratie de demain par la démocratie à l'école. Un régime autoritaire à l'école ne saurait être formateur de citoyens démocrates. »

À leur lecture, j'imagine bien la manière dont la prise en compte de ces invariants peut changer radicalement la vie, aussi bien à l'école qu'au sein des organisations, à condition d'élaborer ensemble les nouvelles règles… Comme les principes de la permaculture, ils reviennent au bon sens et à l'observation. Leur formulation fait mouche, à l'heure de la novlangue managériale. Une simplicité qui n'empêche pas la complexité et la sublime, même… Sortons donc les enfants et les travailleurs des troupeaux ! Arrêtons de nous aligner comme des rangs de carottes.

De la confiance en entreprise

Louise poursuit sa démonstration avec l'exploration de « l'écologie de l'entrepreneur ». Ce dernier ferait bien d'observer avec plus d'attention les pratiques paysannes…

« Le paysan, témoin du dialogue incessant et fructueux des éléments, peut largement inspirer les managers et les dirigeants d'entreprises pour sa capacité à observer les forces du réel et les interactions à l'œuvre. À lui de trouver ce qui fonctionne (les associations amies et la diversité salutaire), d'accepter les échecs et la rétroaction, et de faire avec ce qu'il a sous la main[98]. »

Louise évoque ensuite l'exemple de FAVI, la première entreprise française « libérante », et de son ancien directeur, Jean-François Zobrist. Où l'on confirme que briser ses chaînes au travail n'a rien d'une évidence… Elle questionne aussi la résilience des entreprises à taille humaine ; revient sur l'importance des processus d'intelligence collective et de la posture de facilitation pour restaurer la confiance (et l'autonomie !) au sein de nos organisations. Là encore, pas des ersatz de transformations mais de vrais changements et la construction d'une identité et de valeurs mieux partagées par tous.

On ne peut pas évoquer les organisations vivantes sans revenir sur le célèbre ouvrage de Frédéric Laloux, *Reinventing Organizations*[99] et le modèle des organisations Opale. Une métaphore permet déjà de mieux les comprendre : « Les entreprises ne sont plus considérées comme des machines inhumaines et cahotantes (c'était le propre du taylorisme), mais comme des êtres vivants, évolutifs, interconnectés, complexes[100]. »

Le petit tour dans l'écologie de l'entrepreneur se termine par un rappel fort utile, encore une fois, à l'humilité : le manager aurait grand intérêt à se faire jardinier. « Ce travail […], écrit

98. Browaeys, *op. cit.,* p. 146.
99. Dont vous pouvez lire une excellente version illustrée par Étienne Appert qui me fait l'honneur de quelques planches : Frédéric Laloux, *Reinventing Organizations*, Diateino, 2019.
100. Browaeys, *op. cit.*, pp. 172-176.

Louise, revient à favoriser un cadre dans lequel chacun est traité en tant qu'égal aux autres, où chacun peut se développer et s'autodiriger. » Il pourrait aussi bien se faire maïeuticien, « le Socrate de l'entreprise ». C'est sûr que le jour où nos « top managers » et nos « leaders » seront devenus jardiniers ou philosophes, nous aurons fait un sacré chemin…

J'ai relu *Accompagner le vivant* juste avant d'écrire. Sa richesse résonne encore davantage, après ces longs mois d'apprivoisement entre la campagne du Cantal et mon habitus[101] de Parisienne. La permaculture a aussi davantage infusé ses éthiques et ses principes dans toutes les sphères de mon existence. Elle colore désormais ma façon de concevoir mon lieu de vie, mes relations professionnelles, amicales et amoureuses, mon rapport à moi-même… Que Louise a été visionnaire de m'expliciter ces liens fructueux dont je renforce chaque jour le tissage !

Traverser *La Dislocation*

Après ce livre, Louise en écrit plusieurs, sur le même sujet ou sur d'autres. Un projet lui tient spécialement à cœur : son premier roman. Happée par ses études, notamment d'agronomie, puis par ses activités de conseil, ses différents livres (et son rôle de maman !), cette envie de fiction lui est revenue en pleine figure.

Dans *La Dislocation*, Louise nous fait suivre les errements d'une jeune femme qui sort de l'hôpital dépossédée de son identité et de son passé. Temporairement amnésique, absolument indocile, « elle » (qui restera sans prénom une bonne

---

101. Habitus : manière d'être d'un individu, liée à un groupe social et se manifestant dans son apparence physique (vêtements, maintien…), conceptualisée par le sociologue français Pierre Bourdieu.

partie du livre) doit enquêter pour repeupler sa mémoire. Un homme va l'y aider, sans rien lui souffler : Camille, dit K, ami et gardien d'un passé interdit.

Notre héroïne, écorchée et fauve, découvre, par bribes, d'où vient son envie irrépressible de crever des pneus ou de polluer l'eau de la ville… Elle prend surtout la mesure de sa colère et de sa douleur. *La Dislocation* raconte une trajectoire de femme cousue à celle de la planète ; une fable écoféministe où la tragédie contemporaine côtoie l'espoir le plus fou. Une traversée.

La dislocation, c'est son effondrement à elle, Louise. Un mot qui décrit bien ce qu'elle vit, comme de nombreuses personnes souffrant d'éco-anxiété. « Le bruit de la dislocation, c'est celui de la banquise qui craque et rompt ou des os qui ne résistent plus. » Certaines formes de dislocation lui parlent de manière très intime. « La dislocation du cœur, par exemple, renvoie à l'éloignement de nos rêves à mesure qu'on grandit. Celle des amitiés adolescentes continue de me hanter. Celle de l'accouchement est aussi parfois si forte que certaines femmes ne s'en remettent pas, comme c'est le cas dans mon livre. »

Si elle se retrouve un peu dans tous ses personnages, Louise partage avec sa narratrice un trait commun : vouloir danser sur les ruines du capitalisme… « On la qualifie souvent d'écoféministe, et même si je n'aime pas les étiquettes, je comprends pourquoi. L'écoféminisme est un sujet brûlant et délicat. » Elle note bien l'écueil qu'il faut éviter : rater la nuance et la diversité des combats. Mais pour elle, cette réappropriation du féminisme est cruciale. « Plutôt qu'opposer le féminin et le masculin, j'essaie de mon côté de travailler à leur meilleur équilibre à l'intérieur de moi… » D'accompagner le vivant et toutes ses polarités à l'intérieur d'elle-même, en somme.

Bâtir des ponts opales – Duc Ha Duong

Si tu veux construire un bateau, ne rassemble pas tes hommes et femmes pour leur donner des ordres, pour expliquer chaque détail, pour leur dire où trouver chaque chose... Si tu veux construire un bateau, fais naître dans le cœur de tes hommes et femmes le désir de la mer.

« Ce ne sont pas vraiment des portraits que tu fais mais des incursions dans le cerveau des gens, en vision subjective, à travers ton propre cerveau, ce qui donne le liant à cette grande balade. » Quand mon ami Duc Ha Duong relit le portrait de Louise Browaeys, qu'il connaît bien, alors que je suis en pleine lancée d'écriture, il me fait cette remarque qui m'en bouche un coin. Il vient de faire une duquerie : il a mis le doigt, malgré lui, sur un point que je n'arrive pas vraiment à formuler.

Quelques jours plus tard, je me retrouve face à une difficulté, en commençant à écrire son portrait à lui : « Qu'ai-je envie de transmettre de cette incursion que je fais dans son cerveau depuis que je le connais ? Comment faire honneur à la place particulière qu'il a prise dans ma vie, lui qui contribue si souvent à me faire accoucher de ma pensée ? »

Il va pourtant falloir raconter la façon dont Duc se laisse influencer par le monde et l'influence en retour. Dont il innove, avec l'entreprise Officience qu'il a cofondée puis ouverte pour en libérer les salariés, et auprès d'autres organisations. La manière dont il questionne systématiquement les racines de nos engagements et de nos raisons profondes de faire les choses.

« C'est quoi ta cause ? »

Je fais la connaissance de Duc en 2015. Il fait alors partie des quelques « barbares bienveillants » à investir régulièrement le quartier général éphémère de Place To B pendant la COP 21. Ce n'est que lorsque je m'engage dans l'animation de la communauté des 100 Barbares, quelques mois plus tard, que j'ai vraiment le temps de le découvrir et de mieux comprendre qui il est.

Quand il rencontre de nouvelles personnes, il a une obsession : il veut connaître « leurs causes », leurs raisons de se lever le matin. Malheur à celui ou celle qui tente de répondre sans répondre ! Il ne lâchera rien, avec bienveillance et détermination.

Pour évoquer cette préoccupation constante pour la cause, il se réfère souvent à la pensée de l'auteur anglais Simon Sinek, qui décrypte depuis les années 2000 « comment les grands leaders inspirent l'action[102] ». La thèse de Sinek est simple : des frères Wright à Martin Luther King en passant par Apple, les personnages charismatiques et les organisations inspirantes communiquent très différemment des autres.

Ils commencent tous par valoriser non pas ce qu'ils font mais pourquoi ils le font : la cause qu'ils défendent, avant

102. Voir ce célèbre TED talk de Simon Sinek, « Start with why: how great leaders inspire action », TED, 2009.

l'action militante ou le produit. Avec cette communication de l'intérieur vers l'extérieur, adhésion du public garantie ! C'est ce que Duc applique avec Officience, l'entreprise qu'il cofonde au Vietnam, le pays d'origine de son père, en 2006.

Comme il le dit souvent lui-même, le jeune actif, diplômé de l'école d'ingénieurs CentraleSupélec, vient de déserter. « Officier dans l'armée économique française, en poste à La Défense, avec le grade de senior manager dans une division du CAC 40, j'ai tout plaqué et je suis parti vivre au Vietnam avec ma femme et mon fils aîné. »

Avec d'autres « renégats », il crée Officience (Offy, pour les intimes), une société de services numériques offshore, avec l'ambition d'en faire un géant vietnamien capable de rivaliser avec les Américains et les Indiens. En 2009, l'effectif d'Offy plafonne à cent cinquante personnes et la société décide alors de se doter d'un service commercial pour doper un peu sa croissance.

Trois ans plus tard, Duc et ses cofondateurs doivent se rendre à l'évidence : Offy a bien grandi, les clients sont nombreux mais pas toujours éthiques, et la liberté et le bonheur qu'il espérait pouvoir générer ne sont pas au rendez-vous. « Certains clients se sont révélés bien pires que les patrons dont nous nous étions émancipés ! Et j'étais très frustré de voir augmenter ma satisfaction personnelle mais pas celle de ceux qui construisaient avec moi notre réussite entrepreneuriale. »

Et Offy devint Opale

Alors Duc lit, consulte, discute, même si tout le monde autour de lui ne comprend pas qu'il puisse se soucier davantage du bien-être de ses collaborateurs que du montant mensuel de son chèque… Avec le duo Henri Verdier-Nicolas Colin et leur *Âge de la multitude*[103], un auteur l'inspire particulièrement : Seth Godin.

« Dans un de ses livres[104], rappelle Duc, au lieu de prôner l'approche quantitative classique, "en entonnoir" en présupposant qu'il en sortira un résultat, Seth Godin dit : "Prends ton entonnoir, tourne-le de 90° et sers-t'en comme un mégaphone. Crie très fort qui tu es et quelles sont tes causes. Si tu es sincère, tu vas repousser ceux qui n'y souscrivent pas et attirer de plus en plus près ceux qui résonnent. Ils deviendront tes clients et même tes meilleurs commerciaux !" »

C'est un point de bascule important. Officience identifie cinq causes affichées partout : le développement de la France et du Vietnam, le partage des connaissances, l'entrepreneuriat responsable, la durabilité des écosystèmes, le progrès (une mondialisation qui réduit les inégalités, des technologies au service de l'humain). Offy devient aussi une tribu, à laquelle appartiennent tous ceux qui partagent ces valeurs, et pas seulement ses salariés.

La disparition des services marketing et ventes provoque un effet boule de neige. Pour être cohérents, tous les salariés – les Offies – doivent être motivés par les cinq causes, pas seulement les fondateurs. La directrice des ressources humaines s'en va et n'est pas remplacée. Le principe de la hiérarchie pyramidale est bientôt aboli.

Les Offies sont libres de commander eux-mêmes ce dont ils ont besoin pour mener à bien leur travail, d'engager une relation

103. Henri Verdier, Nicolas Colin, *L'Âge de la multitude, entreprendre et gouverner après la révolution numérique*, Armand Colin, 2012.
104. Seth Godin, *Linchpin: are you indispensable?*, Portfolio, 2010.

client ou de déterminer leur salaire. Duc et ses cofondateurs ne sont plus des chefs mais deviennent des « influenceurs » parmi d'autres. Mais pas n'importe comment ! Pour qu'une telle transition réussisse, il ne s'agit pas seulement de tout déconstruire : il faut trouver de nouvelles manières de coopérer et de faire corps, de gérer les conflits, de faire évoluer les missions et les rôles de chacun.

Orange mécanique, opale organique

Duc et Officience nous offrent la possibilité de creuser la piste esquissée dans le chapitre précédent. J'y rappelais l'importance du livre de Frédéric Laloux, *Reinventing Organizations*, où il expose l'émergence d'un nouveau paradigme du management, à partir de l'analyse approfondie de douze organisations[105] (à but lucratif ou non).

Frédéric Laloux reprend les stades d'évolution de la conscience de Ken Wilber pour les appliquer au management. Une couleur est accolée à chaque stade : le rouge correspond au stade impulsif (la mafia, la meute de loups) ; l'ambre au traditionnel (l'armée, la religion) ; l'orange à celui de la réussite (la machine) ; le vert au pluraliste (la famille) et l'opale au stade évolutif (le vivant). Chaque stade inclut le précédent tout en formant un nouveau tout. Chaque évolution constitue un bond qualitatif qui transforme les relations de pouvoir et l'organisation du travail, tout en comportant des parts d'ombre.

105. Laloux, *op. cit.* : on compte dans les douze une grande diversité de secteurs d'activité, de la marque américaine de vêtements techniques et éthiques Patagonia à la fonderie française de cuivre FAVI en passant par le géant du soin néerlandais Buurtzorg ou le collège-lycée berlinois ESBZ.

Le modèle orange, symbolisé par la machine, a par exemple apporté l'innovation, la responsabilité et la méritocratie, mais c'est aussi lui qui encourage la course à l'innovation folle et à la destruction de notre planète. L'autre ombre du stade orange, c'est la manière dont elle renforce nos crises existentielles. « La vision orange du monde est fortement matérialiste : il n'y a rien au-delà de ce qui est tangible. Notre besoin de sens, de quelque chose qui nous dépasse, n'y trouve pas son compte. » Il y a comme un écho à la crise de réussite de Duc…

Ces différents stades se retrouvent dans les organisations d'aujourd'hui, et bien sûr, aucune d'entre elles ne répond à un modèle pur : certaines pratiques sont plutôt orange, d'autres plutôt vertes ou opales, etc.

En rupture avec la majorité des méthodes de management actuel (rouge, ambre, orange ou vert), Frédéric Laloux a observé trois avancées majeures au sein des organisations opales, qui se traduisent par des pratiques concrètes, qu'on retrouve aussi avec des spécificités chez Officience.

1. L'autogouvernance : bien connue des paysans, elle se caractérise par une absence de hiérarchie pyramidale, des relations d'égal à égal quels que soient les rôles et des prises de décision par consentement. Chez Officience, on pratique le partage d'intention *(advice process)*. Quand un salarié veut acheter un nouvel ordinateur, il sollicite ainsi en toute transparence les personnes expertes et celles qui seront affectées[106].

2. L'alignement de soi et la plénitude de l'être *(wholeness)*. Dans les tribus opales, on tente de laisser tomber les masques

106. Voir aussi Nina Bufi et Duc Ha Duong, « Décidologie : les limites de l'*advice process* », chaîne Youtube d'Open Opale, novembre 2020.

qui nous collent à la peau dans le monde contemporain du travail. Toutes les facettes de l'intelligence sont bienvenues : l'émotion, l'intuition, le doute, la vulnérabilité, sa part masculine autant que sa part féminine, la force et la virilité. Au sein d'Officience, on partage ce qu'on ressent et ce qui nous meut *via* différents espaces de discussion.

3. La raison d'être évolutive : il s'agit non seulement de s'accorder sur une vision commune (la raison de vivre de l'entreprise) mais aussi de la remettre en cause régulièrement de façon collective. « La raison d'être *(purpose)* d'Officience est quelque part au barycentre des cinq causes. Mais chacun est libre de la formuler avec ses mots, ce qui la fait évoluer en permanence. »

Cinq flux et une chouette tribu

Causes, tribu, raison d'être… Duc met en musique la vision inspirée de Frédéric Laloux par une marotte éclairante : les cinq flux. « La théorie des cinq flux[107] n'existait pas, et pourtant, elle m'a paru d'une évidence… Elle part d'un constat implacable : la mécanique extractiviste est à bout de souffle. La schizophrénie vie professionnelle / vie personnelle de la société de consommation ne fonctionne plus : il faut trouver de nouvelles manières d'être heureux. » Alors que le système capitaliste valorise seulement deux types de flux marchands – matériel et financier –, Duc prône le retour dans nos organisations des trois

107. Voir « Décryptez la nouvelle économie grâce aux trois flux non marchands », TEDx Cannes, 2016 et « La théorie des cinq flux avec Duc Ha Duong », chaîne Youtube d'Open Opale, 2020.

flux non marchands essentiels : la connaissance, la confiance et les émotions.

Ces cinq flux, il les développe au sein d'Officience, l'organisation, mais aussi au sein de la tribu qui grandit, au Vietnam et en France. Les Offies ont en effet décidé d'ouvrir leurs locaux parisiens, souvent libres, pour accueillir des entrepreneurs qui partagent les causes d'Officience et y apportent leur propre couleur.

S'il y a un principe qu'on retrouve chez Duc et chez tous les « barbares bienveillants » d'Offy et d'ailleurs, c'est l'encouragement à prendre la permission tout en n'oubliant pas de prendre en compte les autres…

D'abord informel, le « coworking en norme sociale » d'Offy accueille quelques pépites qui ne trouvent pas de locaux ou ne veulent pas travailler seuls chez eux. On y échange très peu, voire pas de flux marchands, mais beaucoup de connaissance, de confiance mutuelle et d'émotions. On vient à Offy prêt·e à mettre un peu de son temps et de son énergie au service des projets des autres, en sachant que ça sera sans doute bon pour eux et pour nous.

J'allais souvent à « OffyCaire », comme on appelle ce lieu atypique, quand je vivais à Paris. J'étais sûre d'y croiser des gens que j'aimais, *a minima* d'être surprise et d'apprendre des choses. Quand j'arrivais de Lisbonne, de Bruxelles ou d'ailleurs, je n'avais qu'une hâte : passer à Offy, croiser Duc ou d'autres ami·e·s, prendre le pouls de la communauté autour d'une machine à café dont j'ai appris à aimer le bruit excessif.

Se déchausser devant la salle de bain, ne pas hurler dans la pièce principale qui nous accueille : les quelques règles qui régissent le lieu sont un concentré de bon sens, le minimum pour vivre en harmonie, le plus souvent possible, les uns avec les autres. La régulation se fait par le groupe, au cas par cas, car les tensions existent aussi à Offy.

La participation à la tribu se poursuit, même quand on est parti. On peut aussi revenir au *Share And Care* chaque mercredi midi. Le principe ? Venir avec son déjeuner, et quand on en a plein la bouche, c'est à nous de parler ! Chacun·e a un temps défini en fonction de notre nombre, et déroule ses défis des deux dernières semaines et des deux prochaines. J'y ai vu couler des larmes de peine, de joie. J'y ai vécu des célébrations, du recueillement... Un espace bienveillant et précieux.

Bâtir des ponts

La tribu de Duc s'étend à mesure qu'il défriche de nouveaux terrains de causes. Engagé depuis de nombreuses années dans les communautés vietnamiennes et franco-vietnamiennes, Duc contribue aussi à développer l'association Passerelles numériques, qui offre des formations techniques courtes et professionnelles dans le secteur du numérique, ainsi qu'un accompagnement vers l'emploi à des jeunes étudiants défavorisés de pays asiatiques.

Mais il est aussi impliqué dans la French Tech, qui fait rayonner à l'international les pépites de la tech française ou dans Etika Mondo, une association qui fait des stages d'immersion nature et éco-lieu, et j'en passe ! Ça peut paraître un grand écart mais Duc n'aime pas opposer : il bâtit des ponts, convaincu que c'est grâce à eux que se dénouent les tensions fécondes. Surtout, il plante ses graines partout où il estime que c'est nécessaire et que ça peut prendre...

S'il peut faire tout ça, c'est aussi parce qu'il a une femme extraordinaire ! Bien sûr, Alexandra râle quand il n'est pas assez là mais elle l'aime aussi pour cette capacité hors du commun à tisser des liens. Ensemble, ils ont désormais trois enfants, une fille de onze ans et deux garçons de quatorze et seize ans. C'est pour eux qu'il se bat, pour leur offrir une éducation à la hauteur des enjeux du XXIe siècle et tenter de leur laisser une société meilleure que celle d'aujourd'hui.

La famille, pour Duc, c'est sacré. Et quand un drame touche Ulysse, le fils de son frère aîné, en août 2020, il n'hésite pas une seconde à secouer le cocotier, le choc passé. Il me demande un peu d'aide, je lui en donne tant que je peux. Ensemble, avec l'aide de David Manise, nous montons une pétition #PourUlysse signée sur Change.org par plus de vingt-cinq mille personnes, faisons une campagne média et du lobbying auprès des députés et des sénateurs, jusqu'à obtenir un rendez-vous avec un conseiller du Premier ministre et une proposition de loi.

Après ces mois de parenthèse endeuillée et déterminée, Duc garde un œil sur l'avancement de notre dossier auprès des pouvoirs publics mais il a pu reprendre doucement le cours de ses projets.

Deux d'entre eux vont pas mal l'occuper à l'avenir. Il construit avec la tribu le futur d'OffyCaire : l'immeuble actuel s'effondre littéralement, la tribu change, ses aspirations aussi. Il s'agirait donc de trouver un immeuble ou une grande maison pour accueillir une nouvelle version du coworking en norme sociale – l'écoworking – mais aussi plusieurs logements – pour la famille Ha Duong et pour les visiteurs qui ont besoin d'un hébergement –, des salles polyvalentes pour accueillir activités et événements divers, un potager sur le toit ou dans le jardin…

Une autre tribu prend aussi son envol, grâce à Duc et à ceux qui partagent son envie de voir le modèle opale se répandre largement par contagion volontaire. En quelques mois, Open Opale a lancé un collectif de consultants spécialisés dans l'accompagnement des entreprises qui veulent se transformer ; une chaîne Youtube ; des week-ends… De plus en plus d'organisations se saisissent de ces sujets et testent de nouvelles pratiques, comme le mouvement citoyen makesense[108].

J'aime l'enthousiasme de Duc et je trouve le modèle opale très inspirant pour faire les choses autrement, dans les entreprises, à l'hôpital ou dans nos écoles. Je suis persuadée en revanche que nous devrons limiter les usages du numérique pour faire face aux défis de l'anthropocène (et cela inclut aussi une profonde transformation de mes activités !). Duc devra trouver autre chose, mais je ne doute pas qu'il saura s'adapter, faire évoluer ses projets, changer leur couleur.

Ce dont je suis sûre, c'est que tant qu'il y aura des entreprises – et elles ne sont pas près de disparaître – je voudrais qu'elles ressemblent à celle que Duc dessine. Qu'elles redeviennent vivantes.

---

108. Coralie Gaudoux, « Gouvernance à la sauce makesense : recette d'une organisation libérée », décembre 2020.
https://france.makesense.org/media/gouvernance-a-la-sauce-makesense-recette-dune-organisation-liberee/

Rétablir l'autre connexion – Cécile Faulhaber

Ce que je pense du monde dépend d'où je le regarde.

Ayden Catry-Bauer, *L'Autre Connexion*

Partir

La quête de Cécile Faulhaber résonne avec la mienne, avant même notre rencontre. Longtemps salariée dans une start-up parisienne, elle décide de quitter le confort et la sécurité matériels après un grave accident qui coûte la vie, sous ses yeux, à un motard. « Comme un rite de passage, cette expérience traumatique m'a fait prendre conscience de l'importance de vivre mon existence, urgemment. » Alors elle saute dans le vide, Cécile. « Je ne savais pas qui j'étais ni ce que je voulais faire. Je suis partie en quête. »

Ses pas la mènent vers un chêne de la forêt de Meudon, en région parisienne, devant lequel elle a une révélation : elle doit partir, rétablir cette connexion à la nature, en elle, loin d'ici. Elle prend la route, sur le chemin de Saint-Jacques de Compostelle, où elle vit ses premières expériences de connexion, ces synchronicités si puissantes, cette gratitude de chaque instant, même quand c'est dur. Elle en revient avec l'envie de sourire et d'embrasser le monde.

La douche froide est au rendez-vous : face à elle, l'envie n'est pas réciproque… Ses anciennes relations de boulot, ses amis : ils sont nombreux à s'inquiéter pour elle et à lui dire de se calmer, d'arrêter. « Pour beaucoup d'entre eux, quitter mon masque social, comme j'étais en train de le faire, c'était prendre le risque de mourir. »

Elle veut vivre la joie de Compostelle tous les jours. Elle reprend la route, convaincue qu'il faut y aller même sans savoir où, ni par où… Elle s'effeuille un peu avec des amies burlesques de Cabaret. Va vivre un an sur la merveilleuse île de Sein, au fin fond de la Bretagne.

Il manque encore quelque chose. Cécile, c'est une vision globale qu'il lui faut ! Elle atterrit finalement au Canada et fait une rencontre qui va changer sa vie : Jean-Claude Catry. Un éducateur d'un genre ancestral et nouveau à la fois, cocréateur de l'école WOLF en Colombie-Britannique, qui initie petits et grands à la connexion à la nature sauvage.

À son invitation, Cécile y fait « juste » un saut. La maturité et le calme qui émanent de ces enfants (et de leurs éducateurs !) l'hallucinent, dans le bon sens… Elle tient quelque chose. « J'avais devant moi des êtres humains comme je rêve qu'on soit humains… » Elle rentre en France, achète de quoi filmer, elle qui ne connaît pas grand-chose à la vidéo. Elle sait qu'elle doit revenir. Pour capter ce qu'elle voit, ce qu'elle sent, et le partager avec le monde. C'est la naissance de *L'Autre Connexion*.

L'autre connexion

Avec sa petite caméra, elle s'immerge à nouveau dans la vie de l'école, qui accueille trois jours par semaine des enfants répartis en deux tranches d'âge, 2 à 6 ans et 7 à 15 ans. Ici, les objectifs des éducateurs sont clairs : favoriser la libre expression des conduites instinctives des enfants, en créant des expériences qui leur permettent de se développer pleinement. Avec le mentorat que ces adultes pratiquent, on est bien loin de la transmission descendante de connaissances de maîtres à élèves. « Aider à faire émerger les dons des enfants, ce n'est pas essayer de mettre nos connaissances dans leur cerveau », précise une des mentors de l'école.

La pédagogie de Jean-Claude Catry, Ingrid Bauer et leur équipe est celle du mouvement des 8 Shields (huit blasons) de l'Américain Jon Young. Jon a été mentoré enfant par Tom Brown, un grand pisteur, lui-même mentoré par un Apache, Stalking Wolf. Inspirée des savoirs ancestraux des peuples indigènes de différents continents qui ont aidé à créer ce modèle, la pédagogie des 8 Shields repose sur de puissantes routines de connexion à la nature.

La plus importante d'entre elles est la pratique du *sit spot* (ou place médecine), un endroit où chacun s'assoit pendant au moins trente minutes tous les jours, par tous les temps.

Une méditation en pleine nature, toujours au même endroit, pour observer, être juste là, à travers ses sens, célébrer la beauté des oiseaux qu'on voit passer, des arbres qu'on voit pousser. « Faire l'expérience de l'esprit tranquille nous permet de trouver des réponses innovantes », poursuit Jean-Claude. Regarder autour de soi offre également de mieux savoir ce qui se passe en nous.

Après avoir regardé et écouté si profondément autour de soi et en soi vient le temps du partage de ses histoires, qui favorise l'intégration de notre expérience. Les histoires des autres nous inspirent, nous émerveillent et nous nourrissent. Le partage des gratitudes fonctionne de la même manière : il rend plus heureux et fait résonner en nous nos propres émerveillements comme ceux de la communauté. On se sent soutenu par elle et c'est aussi important que notre expérience individuelle.

Les autres routines font système et sont tout aussi fondamentales pour « changer nos structures mentales » : développer son éveil sensoriel en stimulant la conscience de son environnement immédiat ; apprendre le langage des oiseaux en développant son écoute profonde et ses instincts sauvages ; approfondir l'art du questionnement et du pistage animalier ou encore apprendre les techniques primitives et de survie (feu, vannerie sauvage…). Là encore, l'aller-retour entre les individus et leur tribu est permanent.

Trouver sa place

Jean-Claude Catry explique bien ce paradoxe, apparent à nos yeux, des peuples indigènes : « La communauté prime. Il n'existe pas d'individus séparés, ce qui n'empêche pas la conscience très aiguë de la personnalité et du caractère unique de chacun. Chez eux comme ici, nous ne sommes pas des pions dans une machine. »

L'école de la nature sauvage recrée un contexte culturel qui favorise la connexion, à soi, aux autres, au monde qui nous entoure. Les mentors sont là pour accompagner les enfants et les adolescents dans la découverte de leur don et de leur passion. Un « génie naturel », au service du bien-être et de l'équilibre de la communauté – pas d'un *ego* hypertrophié – qui s'exprime petit à petit, à mesure que le nid sécurisant les tire vers le haut.

Une journée par semaine, les plus petits partagent l'école de la vie sauvage avec leurs parents. « Ils ont besoin de mener les mêmes expériences que leurs enfants pour pouvoir les soutenir dans leur développement », précise Jean-Claude. Un vrai chamboulement aussi pour des adultes qui découvrent une qualité de présence et d'être qu'ils ne veulent plus quitter.

« Élever un enfant, cela prend du temps, rappelle Ingrid Bauer. C'est un engagement à long terme. » En dehors de leurs trois jours en pleine nature, les enfants de la WOLF School apprennent les sciences, les mathématiques, la lecture ou l'écriture dans la « yourte des savoirs académiques ». Leurs mentors le constatent : ces enfants ont une meilleure connaissance d'eux-mêmes et ils adorent apprendre.

Un rite d'initiation marque le passage des plus grands à l'adolescence : trois jours et deux nuits dans la forêt, sans adultes, où ils mettront en pratique tout ce qu'ils ont appris des 8 Shields. Un espace de partage d'une grande intensité, pour renforcer encore les liens qui les unissent les uns aux autres, pour certains depuis qu'ils sont tout petits. Un moment important de confrontation à cette nature sauvage, si passionnante aussi parce qu'on ne peut pas la contrôler. « Seuls dans la nature, ils sont vulnérables, raconte Jean-Claude. C'est aussi là qu'ils réalisent la chaleur de leur communauté. Ils reviennent prêts à se mettre à son service. »

À rebours des inquiétudes sur l'inadéquation de ce genre d'enseignement avec le monde actuel, il semblerait au contraire qu'il fasse éclore des citoyens qui sauront prendre à bras-le-corps les enjeux si complexes qui nous attendent demain…

Le rêve d'après

Monté avec les moyens du bord, *L'Autre Connexion* est aussi distribué grâce à la ténacité de Cécile, qui passe des coups de fil à des personnes engagées dans l'éducation, le monde associatif, la spiritualité ou l'écologie. Certaines acceptent d'organiser des projections même sans avoir vu le film. C'est le moment, ça vibre fort, c'est fluide ! *L'Autre Connexion* touche une corde sensible et rencontre un public de plus en plus grand. Plus de deux cent cinquante projections ont été organisées depuis 2018, dans des cinémas, des écoles, des maisons associatives. Un vrai mouvement naît autour du film.

Cécile monte aussi des semaines d'immersion, avec Jean-Claude, Ingrid et d'autres mentors. Ensemble, ils partagent les enseignements des 8 Shields avec des éducateurs qui veulent insuffler un peu de cet esprit sauvage dans leurs écoles ou même carrément ouvrir les leurs…

Le reste de sa vie a beaucoup changé. Elle sait mieux qui elle est, loin de ces masques sociaux qui n'en finissaient plus de l'étouffer. Elle veut surtout développer cette vision au sein de sa propre communauté, avec des gens rencontrés à travers le film, comme cet ami qui pratique la permaculture.

Les ciments de cette vie communautaire ? La confiance absolue et l'humilité nue. Elles s'entretiennent par des routines de connexion, des cérémonies et le partage d'expériences communes. « Un peu comme dans une famille, on a la certitude qu'on s'aime malgré nos difficultés. » Et des difficultés, il y en a, quand on se lance dans ce type de vie partagée ! « La confiance se crée dans la vérité et la transparence. Il n'y a rien de pire que le déni. La communauté révèle nos blessures, en miroir, ce qui peut empêcher la clarté… Pour que ça fonctionne, c'est important de se responsabiliser et de se soigner. »

Grâce à ce film, Cécile a trouvé son don. « Je me relie à ma place dans l'univers, à ma vibration unique en résonance avec celle du grand tout, ton fameux “pouvoir-du-dedans”…

Quand je suis connectée à cette puissance, ça ne me pompe pas d'énergie. Je sais que je suis dans le juste. » Parfois, quand la coupe de son cerveau arborescent est un peu trop pleine, elle part en forêt, comme les ados de l'école WOLF. « J'ai besoin d'émotions fortes. Seule en pleine nature, je suis servie ! J'observe mon mental pour ne pas le laisser aller trop loin, le court-circuiter. J'en reviens apaisée. »

Et l'avenir ? Cécile rêve de poursuivre sa transmutation et de s'ancrer sur un lieu. En attendant de trouver le terrain idéal pour accueillir ses expérimentations communautaires, elle s'est fait construire une *tiny house*, une micro-maison.

Depuis que je suis arrivée dans notre ferme des Escuroux, je sens grandir en moi cette autre connexion au sauvage qui m'entoure et m'habite. La laisser s'enraciner est le plus grand cadeau que je puisse me faire pour, comme le dit si justement Ayden, le fils de Jean-Claude et Ingrid, « me renforcer avant d'aller affronter les orages du monde ».

Arts de vie sauvage – Kim Pasche

You don't move things. You let things move you.
« On ne meut pas les choses (ou le monde). On laisse les choses nous mouvoir (ou nous émouvoir). »

Proverbe Gwich'in

L'enfant sauvage

Il m'a donné du fil à retordre, Kim Pasche ! Dans le bon sens, évidemment. Sa pensée est riche et ses prises de parole, rares… Il refuse d'être présent sur les réseaux sociaux et ne partage sa vision que dans des espaces rigoureusement choisis, comme les stages d'immersion nature qu'il donne en Europe une partie de l'année. Archéologue expérimental, trappeur, « interprète de milieu ambiant », comme il le dit lui-même : il ne se laisse enfermer dans aucune case, et surtout, il s'en fout !

C'est comme ça depuis qu'il est petit. Il n'a jamais bien compris l'intérêt de l'école, cette boîte qui lui paraissait inadaptée à ses besoins d'enfant et d'explorateur en herbe. Il n'avait qu'une envie, permanente : s'évader par la fenêtre, plonger dans la forêt pour reparaître plusieurs heures plus tard. « Ma grand-mère avait même mis des crochets pour m'empêcher de me faire la malle... », raconte-il. L'anecdote dit beaucoup de la nécessité vitale pour Kim d'être au contact d'une nature sauvage – à laquelle il appartient et qui n'est pas séparée de lui –, le plus souvent et le plus longtemps possible.

Il grandit en passant une bonne partie de son temps chez ses grands-parents, une cabane en bois dans les montagnes suisses où il observe avec délice son grand-père s'activer à couper le bois, récolter des champignons, quelques plantes sauvages et surtout contempler la nature, encore et encore... Adolescent, il finit même par s'y installer.

Il pose aussi beaucoup de questions : « J'ai toujours voulu comprendre "pourquoi ?". Pour tout. » À vingt ans, passionné de gestes premiers, ceux de nos ancêtres chasseurs-cueilleurs, il commence à se former à l'archéologie expérimentale. Il apprend à reproduire les outils de la préhistoire, et en particulier du Mésolithique[109], pour des musées ou d'autres acteurs culturels. Il trouve aussi un travail d'animation dans un village lacustre, où les autres professionnels lui transmettent de nombreux savoir-faire.

Il sent qu'il doit partir, mais pour aller où ? « Je cherchais un territoire préservé pour expérimenter un retour à une vie plus connectée, plus présente au vivant. » Ça sera le Yukon, un territoire du Nord du Canada, très peu densément peuplé. Il y passe six mois, avant de se rendre à l'évidence : son envie de sauvage est encore d'une grande naïveté. Il est un jeune Blanc d'une vingtaine d'années et il a encore tant à apprendre pour pouvoir vivre en harmonie avec cette nature parfois hostile...

109. Le Mésolithique est une période intermédiaire entre le Paléolithique et le Néolithique. Les groupes humains de cette période perpétuent un mode de subsistance basé sur la chasse, la pêche et la cueillette, sous un climat tempéré proche du climat actuel, tout en commençant à se sédentariser, ou à réduire leurs déplacements saisonniers (Wikipédia).

Pendant deux ans, il fait des aller-retour. Il retrouve son boulot d'animation en Suisse, se forme ici ou là puis repart dans le Yukon. À vingt-trois ans, il est prêt à s'y établir.

Et au milieu coule le Yukon

Le voilà donc seul dans le Grand Nord. « Je me mue en chasseur-trappeur. J'apprends à faire moi-même tout le nécessaire pour (sur)vivre : de quoi me nourrir, me vêtir, construire des abris, des contenants… Je trouve assez rapidement une concession à partager avec un autre trappeur. Notre cabane près du lac m'offre de temps à autre un point de chute et un lien avec la civilisation[110]. »

Il revient régulièrement en Europe, notamment en Suisse où il aime se ressourcer. Il se forme aussi auprès de François Couplan, célèbre ethnobotaniste, grand connaisseur des plantes sauvages comestibles et médicinales. Il suit ses stages puis en donne avec lui.

Au fil des saisons canadiennes, Kim devient féral[111] : il se dé-domestique et il apprend à d'autres à le faire, à leur mesure. Oh, il continue de faire des incursions dans notre monde ! Mais la majeure partie de sa vie, c'est le Yukon. Les étendues sans horizon, les interactions avec son « milieu ambiant » qui le poussent à une attention exceptionnelle pour limiter les risques. Les rendez-vous imprévus avec des non-humains qui le scotchent, comme ce nez-à-nez avec un ours qui se solde par la mort malheureuse de l'animal[112]. Les rencontres avec les

110. Pour de magnifiques images de Kim et son Yukon, voir le documentaire *Yukon, la quête sauvage*, Passe-moi les jumelles, RTS, 2015.
111. « Féral » : qualifie une espèce domestique animale revenue à l'état sauvage.
112. Voir Chronique « Au fond des bois », « Le message de l'ours », *Yggdrasil* n° 2 ; lire aussi l'excellent livre de Nastassja Martin, *Croire aux fauves*, Gallimard, 2019.

peuples premiers (ou racines), nourries d'un respect mutuel. Nombre d'acteurs locaux finissent même par demander à Kim de contribuer avec eux à sauvegarder ou restaurer leur patrimoine d'outils et de pratiques.

Dans le Grand Nord, il emmène aussi les gens qu'il aime. C'est le cas de son ami Bernard Bertrand, qu'il embarque plusieurs fois, notamment pour les besoins du livre qu'ils écrivent à quatre mains : *Arts de vie sauvage, gestes premiers*[113], qui suggère de précieuses pistes pour se réensauvager à son rythme. C'est aussi le cas de sa compagne Sari, puis, quand la famille s'agrandit, de leurs deux petites filles. La beauté sauvage, ça ne se vit pas seulement seul : ça se partage. « Notre organisation sociale en tribu, c'est d'ailleurs ce qui caractérise notre humanité », complète-t-il.

Le lâcher-prise dont il parle si souvent, il a dû le pratiquer assidûment à au moins deux reprises… À des années d'intervalle, sa cabane a pris feu, avec toutes ses affaircs. « Je me suis rendu compte que les objets nous possèdent autant que nous les possédons, se souvient-il. Le feu m'a freiné, à un moment où j'allais trop vite. Il m'a offert le luxe de me rendre disponible à ce que la vie me présentait plutôt que de continuer à croire que je pouvais tout contrôler. »

Un regard sur le monde

À mesure qu'il apprend à faire ou refaire, Kim défait et déconstruit. Ses déterminismes, les nôtres, notre obsession pour « le mythe du progrès ». Le méliorisme, cette idée de

113. Bernard Bertrand, Kim Pasche, *Arts de vie sauvage, gestes premiers*, Terran, 2013.

toujours penser que l'homme, imparfait, doit s'améliorer et modeler la nature pour tendre vers la perfection. Le solutionnisme, cette façon de toujours chercher des « solutions » à des « problèmes », qui structure nos comportements sociaux et nos décisions politiques.

Les livres d'Élisée Reclus, Jack London, Gaston Bachelard, Bernard Bertrand, Éric Julien (et tant d'autres !) rythment ses découvertes, comme *Ishmael*, de Daniel Quinn, qu'il relit à chaque fois qu'il le juge nécessaire.

***

Ishmael : le captif n'est pas celui qu'on croit

Écrit par l'auteur américain Daniel Quinn, *Ishmael* est un conte philosophique qui pose la question de la pensée mythologique au cœur de la civilisation moderne, de ses effets sur la morale et de son rôle dans l'effondrement global.

« Professeur cherche élève souhaitant vraiment sauver le monde. » Un homme d'une trentaine d'années, cherchant un sens à sa vie, répond à cette petite annonce et découvre que le professeur est un gorille nommé Ishmael… S'engage alors entre eux un dialogue socratique surprenant, drôle et profond, sur de grandes questions tout à la fois philosophiques, historiques et morales.

À travers *Ishmael*, Daniel Quinn tente de nous montrer que plusieurs postulats largement acceptés et indiscutés au sein de la civilisation, comme l'idée de la suprématie humaine, constituent des mythes, des fabrications culturelles aux conséquences manifestement désastreuses, qu'il est, à ce titre, possible de défaire.

***

Kim rapporte des peuples racines des morceaux de sagesse qu'il découpe suffisamment finement pour pouvoir nous les transmettre : « Ce qui est, est parfait » ; « À intentions précises, résultats précis » ; « la nature, ce ne sont que des exceptions ».

Après plusieurs années à animer des stages avec François Couplan, il lance ses propres formations et immersions nature avec un nom qui lui va à merveille : Gens des Bois. Il y transmet les gestes premiers (cueillette de plantes sauvages, feu, vannerie cordée, colles et résines…) et surtout, une vision du monde, très différente de nombreux discours « écolos », étayée par une érudition et une expérience certaines. Kim chemine aussi depuis 2012 avec l'École pratique de la nature et des savoirs créée dans la Drôme par Éric Julien, une tribu dont il partage les valeurs.

La connaissance de notre (pré)histoire, de notre rapport à la technique, des évolutions de nos modes de vie et des gestes premiers oubliés confère à Kim une forme de distanciation qui peut être un peu surprenante quand on n'a pas encore (assez) entrepris ce travail de déconstruction.

Il le sent, le dit et l'écrit : il est une Cassandre des temps modernes[114]. Non pas de ceux qui prédisent un futur catastrophique mais qui se font l'écho de notre passé. Il se revendique des héritiers de cette mémoire ancestrale, encore invisibles et pourtant de plus en plus nombreux.

Par ce qu'il est et ce qu'il fait, il nous remet profondément en question, nous pousse à aller plus loin, à enlever les couches encombrantes et inutiles de notre oignon social. Sans jamais nous faire la leçon, il nous aide à redécouvrir notre nature

114. Voir Chronique « Au fond des bois », « Le Reflet de Cassandre », *Yggdrasil* n° 6.

sauvage, celle qui n'a jamais disparu mais s'est laissée envoûter et dé-naturer par des siècles de « sorcellerie capitaliste[115] ». Il a d'ailleurs rassemblé ses carnets de voyage et ses réflexions sur notre monde et nos mythes dans un ouvrage paru aux éditions Arthaud.

Un vagabond vivant

En mars 2020, Kim a manqué de rester coincé au Yukon et de ne pas pouvoir rentrer en France, où vit désormais sa famille. Il n'a pas pu non plus retourner au Canada à l'automne, mais il sait déjà qu'il passera plus de la moitié de l'année dans sa concession en 2021, en famille autant que possible.

Il y passera du temps, notamment pour réaliser un documentaire pour une chaîne suisse, la RTS. Deux familles helvètes vont plonger dans le Yukon pendant un mois puis seront filmées à leur retour. L'objectif ? « Comprendre et montrer comment l'expérience d'une nature plus sauvage peut influencer notre rapport à notre territoire. »

Mais comme ça n'était pas encore assez pour cet hyperactif stoïque, Kim se lance aussi dans une nouvelle aventure : *La Tribu du Vivant*, un magazine avec Nans et Mouts, ses deux amis de *Nus et Culottés* – émission à laquelle d'ailleurs Kim avait déjà grandement contribué, à son origine.

Au cœur de la ligne éditoriale, la rencontre de leurs trois univers et de leurs sensibilités. « Nous avons choisi la figure du vagabond pour illustrer la forme d'expression du nomade du monde moderne, détaille-t-il, au sens de Jack Kerouac ou

---

115. Philippe Pignarre, Isabelle Stengers, *La Sorcellerie capitaliste, pratiques de désenvoûtement*, La Découverte, 2007.

Jack London. Le vagabond ne s'attache à rien mais reste cohérent et tient sa posture : être un témoin du vivant. » Comme ils l'écrivent tous les trois : « Vagabonder, c'est cheminer sans d'autres choix que de tisser constamment des liens entre les mondes ; entre vie sauvage et vie civilisée, entre abondance et austérité, entre convivialité et solitude. »

L'autre mot-clé de *La Tribu du Vivant*, c'est le réensauvagement. « Réensauvager nos vies, c'est être capable de lâcher prise et de faire confiance aux processus du vivant qui s'occupe de la cohérence du monde. C'est une attitude qui permet de ne pas endosser de responsabilités inutiles, en lâchant une partie de nos convictions morales. C'est retrouver notre place au sens goethien : "N'est juste que ce qui est fécond." » Encore une parole sage à méditer, dans ma nouvelle vie campagnarde qui, à défaut d'être vraiment sauvage, est de plus en plus féconde.

Faire la révolution bleue – Jean-Pierre Goux

Fais de ta vie un rêve, et d'un rêve, une réalité.

Antoine de Saint-Exupéry

J'ai fait le portrait de Jean-Pierre Goux pour le premier numéro d'*Yggdrasil*[116], en 2019, alors que je prévoyais depuis longtemps de raconter sa « Révolution bleue »… Après trois jours de nœuds au cerveau pour tenter de réécrire ce qu'il m'avait si joliment dit ou inspiré, j'ai choisi de reprendre de larges parties de l'article et de l'enrichir de nouvelles plus fraîches. Elles seront toujours dépassées, Jean-Pierre va trop vite ! Les lecteurs du magazine auront ainsi droit à une petite mise à jour, une version augmentée. Quant à ceux qui n'ont pas encore la chance de connaître Jean-Pierre, plongeons ensemble sans plus tarder dans les eaux spatiales de la Belle Bleue.

Le rêve bleu

Une douce espièglerie luit souvent dans les petits yeux bleus de Jean-Pierre Goux. « Siècle bleu », la « Révolution bleue »,

116. Flora Clodic-Tanguy, « Jean-Pierre Goux, l'âme bleue », *Yggdrasil* n° 1, 2019.

« Blueturn » : quand on s'immerge dans son univers – la tête dans les nuages, les pieds sur terre – on se heurte tant à cette couleur « bleue » qu'elle nous donne parfois un délicat vertige. Le bleu d'Yves Klein, le bleu de la mer, le bleu de la Terre vue de l'espace…

L'imaginaire qui l'habite, celui qu'il déploie, se nourrit de cet amour inconditionnel pour la Terre. Cette planète bleue que nous habitons, exploitons et détruisons chaque jour, nous oublions qu'elle n'est finalement qu'un « petit monde » auquel nous sommes tous reliés, et que de sa vitalité dépend celle de tous les êtres vivants.

La Terre, quelques centaines d'astronautes à peine ont eu la chance de l'admirer depuis l'espace. Elle a éveillé chez eux des émotions fortes, étudiées et rapportées sous le concept d'*overview effect*. La flamme de Jean-Pierre pour la belle bleue se ravive en 1996, quand Michael Boccara, son ami et camarade d'école d'ingénieurs, lui offre l'ouvrage *Clairs de Terre*[117].

Mathématicien, passionné des questions énergétiques, Jean-Pierre est fasciné par les images mais surtout par les textes des astronautes, empreints de la poésie et de la grâce de cette « conscience planétaire ». Jeunes chercheurs aux États-Unis, les deux copains rêvent de rendre accessibles au plus grand nombre ces puissants effets transformateurs.

Deux ans plus tard, premiers frémissements, juste après les négociations de l'accord de Kyoto. Al Gore, vice-président des États-Unis, vient de voir *Blue Marble* apparaître en songe. Cette image est la première qui nous montre la Terre, vue de l'espace, entièrement éclairée. Prise en 1972 par la mission Apollo 17, elle a ouvert la voie à de nombreux mouvements écologistes

117. Kevin Kelley, *Clairs de Terre*, Bordas, 1988.

et reste à ce jour la photo la plus reproduite de l'histoire. Al Gore veut permettre à chacun, avant le passage à l'an 2000, d'avoir accès en continu à cette vision magnifiée de la Terre, grâce à un satellite qu'il baptise *Triana*, du nom d'un navigateur embarqué avec Christophe Colomb : le premier à avoir vu le Nouveau Monde.

Jean-Pierre exulte. Son rêve va peut-être se concrétiser. La NASA relève le défi d'Al Gore et trouve le point idéal pour placer *Triana* : LagrangeL1. « Situé à 1,5 million de kilomètres sur l'axe Terre-Soleil, la Terre y est toujours éclairée, explique Jean-Pierre. Il ne faut pas trop de carburant pour s'y maintenir, puisque les deux forces de gravitation s'annulent. »

La realpolitik américaine rattrape les amoureux de l'espace : en 2000, George Bush fils, tout juste réélu, met fin au projet d'Al Gore. D'abord triste, puis enragé, Jean-Pierre met un moment avant de retrouver la force de croire en son rêve. « Je me suis dit : puisque ça ne se fait pas, je vais écrire un roman où je ferai ressentir la puissance de l'*overview effect* à mes lectrices et lecteurs. »

Siècle bleu

Voilà donc notre mathématicien, alors salarié de Powernext, sorte de Bourse européenne de l'énergie, transformé en écrivain nocturne. Pendant douze ans, il rédige un thriller écologique, innervé par ses réflexions sur le dérèglement climatique, la géopolitique, le militantisme radical, et dopé par son admiration de ces héroïnes et héros ordinaires.

***

Un thriller écologique

Les deux tomes de *Siècle bleu* racontent les aventures de deux amis pendant vingt-huit jours – le temps d'un cycle lunaire – sur fond de course à la Lune entre les États-Unis et la Chine, pour y exploiter l'hélium 3, combustible de la fission nucléaire, abondant sur notre satellite.

Éco-activiste d'origine sud-américaine, Abel Valdés Villazón veut changer le monde en créant une organisation, secrète, non-violente et très déterminée : Gaïa. Paul Gardner, son ami d'enfance, a gagné son ticket pour la Lune dans une émission de télé-réalité. Leurs destins se retrouvent à nouveau liés quand les États-Unis, à la suite d'un clash géopolitique, désignent Gaïa comme bouc émissaire et déclarent Abel ennemi public numéro 1.

Aidé de sa femme Lucy et de quelques alliés inattendus, Abel ne lâche rien… Sur la Lune, Paul découvre, seul, l'*overview effect.* Il partage son amour de la Terre *via* son blog, très suivi, et provoque « la révolution bleue », la révolution des consciences.

***

On n'en dira pas plus pour ne pas « divulgâcher » l'histoire. Mais le suspense est haletant, l'*overview effect*, prenant, et la réflexion qu'il suscite, vertigineuse. « La force du roman, c'est de faire vivre aux héros une évolution et des circonvolutions. Ce parcours initiatique transforme aussi la structure énergétique des lecteurs et lectrices, comme s'ils faisaient eux-mêmes le cheminement. »

L'engagement total d'Abel, son amour de la musique électro ; la passion et les rêveries de Paul : quand on connaît un peu

Jean-Pierre, on ne manque pas de le retrouver dans ses personnages. « J'aurais aimé avoir leurs vies, alors je les ai écrites », confie-t-il. D'autres détails font sourire, comme l'importance du *Petit Prince* dans l'histoire. Jean-Pierre est un collectionneur un peu dingo : il possède près de cent traductions de l'œuvre d'Antoine de Saint-Exupéry.

« C'est un livre très important pour moi, un roman à clés qui m'a donné des solutions à plusieurs moments de ma vie, me raconte-t-il. Comme l'écrit l'auteur dans sa dédicace en ouverture, il s'adresse à l'enfant que chaque adulte a été... On sous-estime totalement la puissance des leçons qu'il peut enseigner. »

Le tournant bleu

Quand il termine son roman, Jean-Pierre ne sait pas encore que l'aventure bleue ne fait que commencer... En 2013, il découvre au détour d'un obscur blog que Barack Obama prévoit secrètement d'envoyer un satellite au point Lagrange-L1. La mission ne s'appelle plus « Triana », mais « Discover ». Son objet a changé : il ne s'agit plus d'étudier la Terre mais le Soleil. Aux manettes opérationnelles : Elon Musk et Space X.

Après trois lancements avortés, *Discover* réussit à partir en juillet 2015. Il faut encore attendre plusieurs mois pour que le deuxième portrait de Gaïa soit enfin révélé. Jean-Pierre guette. Sent le désarroi monter. « Personne ne fait rien de ces photos, entre dix et vingt par jour, qui révèlent la beauté de la Terre ! » C'est aussi le moment des attentats parisiens du Bataclan et de la COP21. Il faut faire quelque chose, ne pas rester impuissant... Jean-Pierre lance un appel à ses lecteurs.

Michael Boccara, désormais spécialiste de modélisation 3D, répond présent.

Les deux amis passent des heures et des heures à réfléchir et à bidouiller ensemble, jusqu'à cet eurêka, une nuit, début 2016. Ils réussissent à recréer une vidéo à partir des images de la NASA et voient, enfin, la Terre tourner. Ils pleurent. La montrent à des amis, qui pleurent aussi. Se disent qu'ils tiennent quelque chose… Sur une publication Instagram, ils font un coucou à la NASA, qui les rappelle illico pour envisager des collaborations. Blueturn est né. Le tournant bleu.

Tout s'accélère. Jean-Pierre monte sur la scène de TEDx VaugirardRoad[118] pour raconter son histoire et fait planer plusieurs centaines de personnes, dont une bonne partie pleure aussi. L'application numérique sort dans la foulée. Elle permet de voir la Terre tourner, quasiment en temps réel. Éducation, méditation, politique internationale : les projets s'enchaînent, ne se ressemblent pas mais ont tous en commun d'utiliser Blueturn pour accélérer le changement des consciences.

Une seule maison

La première édition de *Siècle bleu* est bientôt en rupture de stock. Dans le réseau des « conspirateurs positifs » de l'Institut des futurs souhaitables, Jean-Pierre croise souvent Sandrine et Yannick Roudaut, éditeurs de La Mer Salée. Et le moins qu'on puisse dire, c'est qu'ils sont sur la même longueur d'onde… Une campagne de crowdfunding et quelques mois plus tard, ils publient la nouvelle version de *Siècle bleu*.

118. Jean-Pierre Goux, « Admirer la Terre en entier », TEDxVaugirardRoad.

Très peu retouchée, elle contient néanmoins un ajout précieux : le manifeste Gaïa. Abel nous y invite à « chasser en meute », avec des gens visionnaires et enthousiastes. « Face à ces effondrements des écosystèmes, face au dérèglement climatique, il est inéluctable que le système mute. Cela en passera notamment par une élévation des consciences, qui implique un travail sur soi, bien sûr, mais aussi un travail collectif. »

« Il faut réenchanter les utopies, poursuit-il. Non pas créer un état de fuite en superposition du monde, mais bien développer des tactiques, des récits et des énergies qui finiront par percoler pour changer le système, ici et maintenant. Transformer le monde en profondeur implique de mélanger un activisme fort et une dimension de rêve importante. Juste du rêve, ça ne suffit pas. Juste de l'activisme, ça ne suffit pas non plus. Nous devons allier l'action et la beauté. »

C'est ce qu'il tente de faire avec ses différents projets, ses différentes tribus. Blueturn a mûri et changé d'échelle, en devenant One Home, « une seule maison ». « Nous avons repensé l'expérience pour qu'elle soit addictive et virale et pour qu'elle touche tous types de publics, des enfants[119] aux décideurs. » Jean-Pierre a quitté son travail chez Powernext pour se consacrer au développement de One Home, qui multiplie les collaborations artistiques (Agoria, Yaël Naïm, Leina Seto...) en attendant de pouvoir lancer de nouvelles expériences, quand le contexte sanitaire le permettra.

Siècle bleu fait son bonhomme de chemin dans les librairies. Jean-Pierre écrit aussi un essai sur la Révolution bleue, pour continuer de diffuser cette « conscience planétaire ».

119. Jean-Pierre Goux, « Une conscience planétaire », Confkids (des conférences pour les enfants dès 8 ans), février 2020.

« Son objectif est de voir comment réconcilier l'humanité et la biosphère, m'explique-t-il, en reprenant la réflexion sur le sujet à zéro pour tenter de sortir des trappes cognitives qui nous mènent au *statu quo.* »

Wow. Je peux comprendre qu'il soit un peu en mode « savant fou qui a besoin de se concentrer », pour cette enquête pluridisciplinaire, véritable travail de prospective qui le mène du Big Bang à l'ADN en passant par l'éthique, la psychologie et l'économie… « Je pense que c'est le truc le plus fou dans lequel je me sois jamais lancé, poursuit-il. Si j'y parviens, il chapeautera les réflexions de One Home et de Siècle bleu. Et j'espère humblement qu'il amènera un peu de discernement et de perspectives dans ces temps troublés. »

La réalité rejoint la fiction. Jean-Pierre sème des petits bouts de Révolution bleue, qui poussent à travers ces mots qu'il aime répéter : « La Terre n'a pas besoin d'être sauvée, elle a besoin d'être aimée. » Que je trouve inspirante et hors du commun sa capacité à poursuivre son rêve, vaille que vaille ! Il m'invite souvent à être plus attentive à mes rêves. À les prendre davantage au sérieux. À chercher la couleur singulière de ma révolution. Il me renvoie à cette certitude : personne ne le fera pour moi.

Faire vivre un PLAN de RÉSISTANCE citoyenne poétique & politique
Qui gouverne?
participer globalement
CONVENTION CITOYENNE POUR LE CLIMAT
COP21
Faire le checkup de nos aliénations
Agir localement
Redécouvrir des savoirs
CHOISIR... ...le Business as usual...
...ou la croissance verte...
...ou la simplicité radicale
Fresque : Etienne APPERT.

IV
(Re)devenir des animaux politiques

Faire le plein des déliés – Sandrine Roudaut

Jeté(e)s dans une époque tragique et sublime,
suspendu(e)s entre nos lumières et nos fragilités,
nous écrivons l'Histoire.

Sandrine Roudaut, *Manifeste des suspendu(e)s*

Une utopiste debout

Précieuse et irradiante, l'utopie de Sandrine Roudaut se façonne avec elle. Je la suis de loin, jusqu'à ce que je la voie sur la scène de TEDxVaugirardRoad, à Paris, l'année de la COP21. Elle est venue raconter « comment faire advenir l'utopie[120] », elle qui vient d'écrire un livre sur le sujet[121], publié par la Mer Salée, la maison d'édition indépendante qu'elle a cofondée avec son mari Yannick « par conviction et par nécessité ».

Campée sur ses grandes jambes, intimidée, Sandrine est puissante et douce à la fois. Dans un monde qui déraille, elle incite

120. Sandrine Roudaut, « Comment faire advenir l'utopie », TEDxVaugirardRoad, 2015.
121. Sandrine Roudaut, *L'Utopie, mode d'emploi : modifier les comportements pour un monde soutenable et désirable*, La Mer salée, 2018.

chacun à trouver son bout d'utopie. Celui qui nous donnera envie de nous tenir debout, de désobéir, de refuser ce qui nous paraît intolérable, injustifiable, insupportable. Le petit bout qui nous permettra de nous attaquer à un système inégalitaire, injuste et destructeur, en trouvant une voie qui nous paraisse non seulement efficace à notre échelle mais aussi souhaitable et enthousiasmante.

« L'utopie, ce n'est pas un truc chimérique pour oublier la réalité. Ce n'est pas l'irréalisable : c'est juste l'irréalisé. C'est radical, volontaire, optimiste. » Une rupture avec le mode de pensée habituel. Une projection de ce qui pourrait advenir si certains paramètres étaient différents, si on s'autorisait déjà à rêver d'un autre monde, sans se résigner à la fatalité d'une réalité « telle qu'elle est ».

Son utopie à elle, c'est de révéler l'utopiste, le résistant en nous. Elle veut nous faire prendre conscience qu'il est là, tout près, tapi derrière le vernis culturel de notre être civilisationnel. Abolition de l'esclavage, de l'apartheid, de la ségrégation ; obtention du droit de vote, etc. : elle tire les fils de la désobéissance, de la résistance et de la révolution, pour rappeler qu'elles sont le moteur de l'Histoire et que « l'utopie se réalise en ordre dispersé ».

Lectures intentionnelles

On sent la sienne grandir dans *Les Suspendu(e)s*[122], son deuxième essai dans lequel elle déploie des figures de désobéissants et d'insoumis, courageux mais rarement seuls. Avec cette

122. Sandrine Roudaut, *Les Suspendu(e)s,* La Mer salée, 2016.

nouvelle publication, elle aussi (se) désobéit davantage. Après dix ans de conseil en agence de publicité, après dix nouvelles années de conseil aux entreprises pour les aider à mieux « conjuguer soutenable et désirable », elle est de plus en plus éditrice et autrice.

Perspectiviste, conférencière, elle expérimente les limites de notre modèle de société, les freins au changement, les scénarios activistes et les futurs possibles. Utopiste suspendue, mère investie de deux adolescentes, amoureuse des désobéissants et des mots pour les dire, Sandrine prend la parole dans des endroits inattendus, des rassemblements activistes aux salons tech en passant par les week-ends de spiritualité. Infiltrée protéiforme, elle aime ces ponts, cette suspension entre un univers et un autre, à la fois parallèles et perpendiculaires.

La Mer salée élargit sa vague et publie de beaux livres, engagés, rares, parmi lesquels *Sœurs en écologie* de Pascale D'Erm sur l'éco-féminisme ou *Siècle bleu*, l'éco-thriller de Jean-Pierre Goux. Sandrine se lance aussi dans l'aventure du podcast *Lectures intentionnelles*, dans lequel elle en lit des extraits, des « dérives auditives et indisciplinées » mues par ce slogan : « Lire, c'est résister. »

Le premier épisode est un manifeste[123] qui rend hommage à *Fahrenheit 451*, ce roman de Ray Bradbury devenu un film devant la caméra de François Truffaut. « Une fiction futuriste où l'obsession du pouvoir est de brûler les livres comme s'ils étaient la plus grande menace pour la société, résume Sandrine. Une fiction où les gens prennent des risques insensés pour trouver des livres, les lire, les cacher. »

---

123. Sandrine Roudaut, *Écrire, lire, écouter, éditer, pourquoi ?*, Lectures intentionnelles, 2020.

« On ne défend pas les livres pour rien. Cette fiction m'a peut-être encouragée comme autrice, elle me porte comme éditrice. » Les mots de Sandrine me touchent, me rappellent pourquoi j'aime tant lire et écrire. « Nous sommes éditeurs pour que chacun puisse se forger une pensée singulière, pour bousculer les croyances, mettre du vent dans les idées, pour libérer le champ des possibles, attiser le désir pour un autre monde. Nous croyons que des livres méritent d'être écrits, que des sujets méritent d'être abordés, que des auteurs et autrices méritent d'être lus, que des romans méritent de prendre corps dans un imaginaire, et plus, si affinités. »

« N'arrêtons pas de lire, conclut-elle. Dans un livre, on lit les possibles. La Mer Salée, c'est de l'eau pour éteindre le feu des dictatures de la pensée. De l'eau pour faire circuler les mots, naviguer. »

L'amour des mots et du beau

Quand on lui demande ce qui déclenche l'écriture, on découvre de saines colères. *Les déliés*[124], le premier roman qu'elle s'offre (et nous offre) n'y échappe pas. Dans la France des Gilets jaunes et de la génération climat, Sandrine fulmine. Elle rêve d'un grand plan de résistance citoyenne qui secouerait le cocotier. Exaltée et enthousiaste comme elle sait si bien l'être, elle fait le tour de ses amis et inspirateurs pour leur en parler. Ils trouvent son idée sympathique, mais chacun a la tête dans son projet et l'encourage plutôt à tirer son propre fil.

Elle ne se sent pas l'âme d'une porteuse de projet ni d'une femme politique. Elle comprend que sa place dans le monde,

124. Sandrine Roudaut, *Les Déliés*, La Mer Salée, 2020.

son moyen d'agir, c'est de transmettre. « J'ai pris la plume pour raconter une histoire qui réhydrate nos imaginaires squattés et secs, en imaginant comment on pourrait vivre et qui nous pourrions être. Une histoire pour nous montrer beaux. C'était fluide. L'écriture de fiction m'attendait. »

Dans *Les déliés*, elle raconte ainsi un monde qui bascule du côté lumineux de la force à l'orée de l'effondrement, où chaque personnage a sa partition à jouer, sans qu'elle soit écrite à l'avance. Mù, Soie, Soudan, Bleu et les autres portent des noms-mots qu'ils veulent sauver de l'oubli et ne veulent plus laisser les autres agir à leur place. Emportée par l'énergie de ses personnages, l'utopie de Sandrine a trouvé un lieu. Des lieux.

Du désert marocain à Saint-Malo, de la place de la République à la Mongolie, nous embarquons dans un monde qui pourrait être le nôtre si nous laissions quelques-uns mettre en place ce fameux « plan de résistance citoyenne, poétique et politique ». Dans les paysages qu'elle décrit, dans les amitiés (et les amours) de ses personnages : le beau est partout, même dans le moche.

Une grande ZAD à Paris ; des caravanes de décolonisation, aux quatre coins du globe ; des grands débrayages ; une intelligence artificielle surprenante… Imaginer autre chose qu'un avenir dystopique à la *Mad Max*, où l'on retrouverait la beauté des rencontres, du vivant qui nous entoure et du temps présent, ça n'est pas du déni, mais un moyen salutaire de préserver le souffle de la vie.

Délier nos aliénations

Le message des déliés est encore plus fort dans le contexte actuel… « Le Covid-19 nous débusque et nous convoque », analyse Sandrine dans le podcast Les Éclaireurs[125]. Elle en est convaincue : c'est dans les périodes tragiques qu'on se révèle et qu'on se réveille. « Les résistants ont trahi parce qu'ils ne voulaient pas se trahir. »

Elle le dit aussi dans *Yggdrasil* : « Dans le monde tel qu'il est, nous ne pouvons pas balayer d'un revers de la main les réflexions sur la violence et la légitimité de la désobéissance civile. Nous devons nous poser ces questions-là, même si elles sont complexes et nous confrontent[126]. » Pour elle, dès qu'on décadre, l'essentiel redevient évident : notre désir – notre puissance de vie –, les raisons pour lesquelles on se bat – et pas seulement contre qui – aussi.

Grâce aux *déliés*, Sandrine enrichit son vocabulaire suspendu : « alter-bâtir », « désaboter le vieux monde », « s'entre-affranchir de nos dépendances »… À force de malaxer le concept d'utopie, un autre mot s'impose à elle : « la désaliénation ». Comme on ferait un bilan de santé, elle nous propose de faire « un check-up de nos aliénations », ces décisions que nous prenons mais qui ne nous appartiennent pas et nous dépossèdent de qui nous sommes. Nos « servitudes volontaires » version GAFAM et nos déconnexions consommatrices et hyperconnectées.

« On ne peut renoncer à soi impunément », nous dit-elle. À rebours de la maxime de Gandhi qui nous invite à « être le changement que nous souhaitons voir dans le monde », elle nous encourage à être le plus possible nous-même. À passer du temps avec des gens qui nous font du bien et à qui on fait du

---

125. Mathieu Baudin, « *Le Check-Up de nos liens d'aliénations, avec Sandrine Roudaut, utopiste* », podcast Les Éclaireurs, février 2021.
126. Flora Clodic-Tanguy, « Toucher le cœur par la fiction », *Yggdrasil* n° 7, décembre 2020.

bien. À suivre nos indignations. Car ceux qui ne négocient pas avec leurs valeurs, avec qui ils sont profondément, ne négocient pas avec l'humanité.

Bigger than us – Flore Vasseur

Ce que j'accomplis, m'accomplit.

Vimala Thakar

Je ne sais plus vraiment quand ni comment Flore Vasseur est apparue dans ma vie. À un moment, elle était là et ne m'a plus quittée. On se connaît pourtant peu et surtout de loin. Mais sa manière de défendre ce qui compte, même au risque de (se) perdre, ses colères saines et sa vulnérabilité assumée m'accompagnent, surtout quand le découragement point.

Elle déconstruit tout sans relâche et nous donne à voir ce que nous préférons occulter : les ravages d'une démocratie qui n'en est plus une ; nos lâchetés ordinaires pour ne pas renoncer au confort ; les bobards que nos sociétés se racontent, qui nous mènent tout droit à la sixième extinction de masse et à des inégalités crasses. Suivre les pas de Flore, la lire, regarder ses films, c'est faire aussi nous-mêmes ce chemin.

Une fille dans la ville

Flore grandit à Annecy, les skis aux pieds, avec trois histoires que les marketeux de son temps lui racontent si habilement qu'ils deviennent son histoire : « *Enjoy », « Just do it »,* « Parce que tu le vaux bien[127] ». Passionnée de snowboard, Flore surfe grâce à des horaires aménagés à Sciences Po Grenoble – deux jours de cours pour cinq passés dans sa montagne –, avant de s'envoler pour Paris, où l'attend la prestigieuse école supérieure de commerce HEC.

Fraîchement diplômée, Flore est embauchée par un groupe de luxe international. Elle s'installe à New York deux ans plus tard, en 1999 et lance, à vingt-quatre ans, sa start-up d'intelligence économique, spécialisée dans le repérage des tendances sociétales pour les grosses boîtes. « Bon produit du capitalisme mondial », elle réussit à sa façon l'*american dream* dans la Grosse Pomme quand les attentats du 11 septembre ravagent l'Amérique.

L'inanité de sa vie lui explose à la figure[128]. « J'ai vingt-huit ans, j'habite à New York, j'ai une start-up, des clients, des investisseurs, des employés. Mais je n'ai pas de famille, pas d'amis, aucune conscience politique. [...] Je voulais être riche, je suis de plus en plus triste. Je voulais être dans le vent, sauf qu'être dans le vent, c'est l'ambition d'une feuille morte, dit le poète[129]. »

Une question lancinante commence à envahir son esprit, après la déflagration : *« Qui gouverne ? ».* Flore ferme sa start-up et rentre en France. Elle ne lâche pas le marketing pour autant, mais commence à écrire. Elle imagine un manuel « pour changer le monde » qui dézingue l'univers dont elle réussit à s'extirper. Elle fait le tour des éditeurs parisiens. Essuie des refus plus ou moins polis, sur fond de remarques machistes.

127. Flore Vasseur, « Ne pas faire l'histoire, mais la permettre », TEDxVaugirardRoad, 2017.
128. Flore Vasseur, TEDx, *op. cit.*
129. « Vivre dans le vent est un destin de feuille morte », Milan Kundera.

Jusqu'à sa rencontre avec un éditeur, Olivier Frébourg, des éditions des Équateurs, qui lui dit ses quatre vérités[130]. Son truc, c'est une bombe à déflagration. Il la convainc de choisir plutôt la forme du roman pour partager son expérience et son analyse acérée. Ça sera son premier livre : *Une fille dans la ville*[131], son premier accouchement, avant de devenir maman d'une petite fille, l'année suivante.

Qui gouverne ?

Son interrogation radicale sur ce qui nous tient transforme son regard et devient sa boussole. Sa plume, son arme redoutable. Elle se demande où est passée l'intelligence, dans ce monde où les illusions de la croissance infinie ne sont jamais remises en cause. Son deuxième roman, *Comment j'ai liquidé le siècle*[132], autopsie l'oligarchie financière, prisonnière de sa sophistication, de ses dogmes morbides, qui va dévaster le monde. Flore fait la chronique d'une explosion définitive préfigurant la prochaine étape du capitalisme.

Elle devient maman pour la deuxième fois, d'un petit garçon. Autrice, elle devient aussi réalisatrice. Chaque nouvelle idée, si elle tient, devient un article, un livre, un film.

Sommes-nous toujours en démocratie ? Que vaut la réussite dans un monde condamné à sa perte ? Son troisième roman, *En bande organisée*[133], est le fruit de son enquête menée autour des

130. Siham Jibril, « Flore Vasseur, ne pas aller d'un point A à un point B », *Génération XX,* n° 58, 2018.
131. Flore Vasseur, *Une fille dans la ville, New York, Paris, Kaboul, etc*, Équateurs, 2006.
132. Flore Vasseur, *Comment j'ai liquidé le siècle*, Équateurs, 2010.
133. Flore Vasseur, *En bande organisée*, Équateurs, 2013.

manipulations de certains pays de la zone euro pour accéder à la monnaie unique. Avec ce thriller économique et politique, Flore se rapproche un peu plus du cœur du réacteur. Son analyse-coup de poing est d'autant plus saisissante qu'elle prend les atours de la fiction. Sa liberté a un prix – une forme d'isolement, de précarité – mais elle n'a pas de prix[134].

En 2013, une rencontre bouleverse sa vie, un jour de novembre glacé, dans la gare d'Avignon TGV. Par hasard, elle se retrouve au même endroit, au même moment que Lawrence « Larry » Lessig. Ce professeur de droit et d'éthique à Harvard, qu'elle admire, est un pionnier de l'Internet libre, grand dénonciateur de la corruption en politique. Flore prétexte une interview bidon, l'interroge dans le wagon-bar. Au bout de quarante minutes, Larry s'effondre en larmes à l'évocation du suicide de « son ami, son maître, son disciple, son fils » Aaron Swartz, quelques mois auparavant.

Flore ne le sait pas encore, mais « fou de rage, de colère, de chagrin, Larry va arracher son costume de grand professeur[135] » et prendre son bâton de pèlerin, pour Aaron, pour nous tous. Et Flore va le suivre et le filmer[136].

Fix democracy first

Larry se lance à corps perdu dans une tentative de réparation de la démocratie américaine. Il en est sûr : aucune réforme importante (climat, finance, armes…) ne passera sans s'attaquer à la corruption qui gangrène le système politique des États-Unis.

134. *Génération XX*, *op. cit.*
135. Flore Vasseur, TEDx, *op. cit.*
136. Flore Vasseur, *TED Stories, La rébellion du professeur de Harvard*, 2015.

Il entreprend une grande marche dans le New Hampshire, un État déterminant pour tous les candidats à la Maison-Blanche. Rejoint par des militants de plus en plus nombreux, il se lance même dans la course à la primaire démocrate, avant d'être écarté par le parti. On veut le faire taire, ne pas le laisser faire.

Au même moment, l'activiste poétesse Birgitta Jonsdottir se débat avec la corruption dans son pays, l'Islande. Élue députée en 2010, cofondatrice du parti Pirate en 2013, elle se retrouve prisonnière d'un système qui ne compte pas non plus lui laisser le champ libre ni permettre aux « simples » citoyens de faire porter leurs voix. Larry et Birgitta se connaissent, se serrent les coudes tant qu'ils le peuvent. Ils apportent aussi leur soutien à un lanceur d'alerte américain, Edward Snowden.

Larry et Birgitta sur la touche, Flore veut faire quelque chose. Mais quoi ? Son stylo redevient sa meilleure arme. Elle se lance dans une nouvelle aventure : *Meeting Snowden*.

***

Meeting *Snowden*

Flore Vasseur propose à Larry, Birgitta et Edward de se rencontrer à Moscou, où s'est réfugié l'ancien sous-contractant de la NSA (les services de renseignement américains) après avoir révélé l'ampleur de la surveillance de masse des États-Unis sur sa population et celles de ses alliés[137].

137. Voir notamment le poignant documentaire d'une des journalistes à qui Snowden a confié les documents qu'il détenait : Laura Poitras, *Citizenfour*, 2014.

Contre toute attente, ils acceptent. Rendez-vous pris, visas en poche, c'est plutôt Flore qui panique, à l'approche de ce rendez-vous historique. Puis c'est le grand moment. Dans *Meeting Snowden*[138], Flore nous montre les coulisses de cette interview pas comme les autres, à la rencontre de trois défenseurs de la démocratie, empêchés de parler librement, dans des sociétés gouvernées par la peur.

Larry est brisé mais toujours debout. Birgitta pas encore tout à fait découragée mais lucide sur la corruption qui veut l'éjecter du jeu politique islandais. Edward, philosophe reclus, décrypte quant à lui sans concession notre politesse généralisée, notre difficulté à renoncer au confort et nous exhorte à « nous coordonner, travailler ensemble, construire des liens de fraternité, de cœur à cœur. Des liens plus forts que tous les gouvernements. Une communauté de valeurs aveugle aux classes et consciente de notre humanité. »

Le film est une claque, à la hauteur de l'enjeu que Flore explore, toujours plus près du précipice.

***

Interviews, récits, films… Flore raconte des variations de la même histoire : le combat de quelques figures de résistance, des hommes, des femmes, même des enfants, qui se mettent en péril pour nous alerter. « Ils pavent un chemin de dignité. Et peut-être que ça compte[139]… » Faire ça, c'est une manière pour Flore de s'apaiser, même si elle garde en mémoire cette phrase de Larry pendant un tournage : « *There's no peace*[140] ». « Quand

138. D'abord diffusé sur Arte en 2017, *Meeting Snowden* est désormais en accès libre et gratuit sur Imago.TV.
139. *Génération XX*, *op. cit.* et interview, 2020.
140. Vasseur, *TED Stories : Larry Lessig, op. cit.*

je ne le fais pas, je panique et j'ai peur. L'enjeu, c'est de me sentir vivante. » Profondément en colère, Flore est déjà dans le combat d'après, dans la continuité des précédents.

Ce qu'il reste de nos rêves

L'histoire d'après à raconter, c'est celle d'Aaron Swartz. Très marquée par l'annonce de sa mort, Flore l'est ensuite de la peine et du courage de Larry. Dans *Ce qu'il reste de nos rêves*[141], elle rend hommage à Aaron avec un roman-récit, une enquête sur sa courte vie et sa mort trop précoce et, à travers elles, une histoire de l'Internet.

Surdoué, Aaron apprend à lire tout seul à trois ans. Code ses premières lignes à huit ans. Crée un ancêtre de Wikipédia, à douze ans, avant de rencontrer Larry, avec qui il met au point la licence Creative Commons, alternative aux licences du droit d'auteur standard, fer de lance d'un Internet libre et émancipateur. À quatorze ans, il codéveloppe le célèbre flux RSS, permettant la syndication de contenus web. À dix-neuf ans, il devient millionnaire en revendant le forum de discussion Reddit qu'il a coconstruit. Très respecté des pionniers de l'Internet, Aaron profite de cet argent pour continuer à militer pour la diffusion libre et gratuite du savoir. Il devient un grand contributeur de Wikipédia, et cofonde le collectif Demand Progress[142].

141. Flore Vasseur, *Ce qu'il reste de nos rêves*, Équateurs, 2019.
142. Spécialisée dans la lutte contre la censure d'Internet, l'organisation américaine Demand Progress a notamment joué un rôle important dans la défaite de deux textes de loi sur le sujet, le Stop Online Piracy Act (SOPA) et le PROTECT IP Act (Wikipédia).

En 2008, il télécharge 2,7 millions de documents du système judiciaire fédéral américain. Il ne sera pas poursuivi, mais il est dans le collimateur du FBI. En 2011, il télécharge des millions de documents d'un serveur du MIT. C'est l'affaire de trop. La procureure des États-Unis Carmen Ortiz engage des poursuites contre lui. Condamné à trente-cinq ans de prison et à une déchéance à vie de ses droits civiques, ruiné par les procédures judiciaires, le génie de l'Internet libre sent que l'étau se resserre et se pend juste avant son procès.

« Qu'avait fait Aaron ? se demandait Flore dans son TEDx. Avait-il pillé, pollué, assassiné, trahi des secrets d'État ? Non. Aaron avait téléchargé en masse des publications académiques sur le serveur en accès libre du MIT, son paradis. Aaron était dangereux pour les autorités américaines parce qu'il nous voulait forts. Quoi ? L'Amérique vomit l'intelligence et assassine ses enfants ? »

Mort, Aaron est le message. *Ce qu'il reste de nos rêves*, c'est la chronique de cet enterrement de première classe : celui de la liberté. Et la quête de l'unique parade : l'amour, à en mourir, de la vie et de la dignité.

Bigger than us

Cette unique parade, c'est l'un des fils rouges de Flore. Depuis 2016, un autre projet de grande envergure germe dans son cerveau arborescent, à la suite de plusieurs discussions avec ses enfants. *Bigger than us* est un film documentaire, à la rencontre d'une génération prête à en découdre pour défendre ce qui lui paraît important et non négociable. Pour l'occasion, Flore devient productrice et crée sa propre maison : Big Mother

Productions. Elle cherche des alliés qui l'aident à faire éclore ce projet trop grand pour elle.

En 2018, elle trouve enfin ses deux coproducteurs : Denis Carot et Marion Cotillard. Quelques mois et une campagne de crowdfunding plus tard, elle embarque Melati, dix-huit ans, en guerre contre la pollution liée aux plastiques dans son pays, l'Indonésie, à la rencontre de ses six personnages, dans six pays.

Après plusieurs années à essayer de convaincre les adultes de changer, Flore se consacre désormais à « cette jeunesse qui va se cogner le nettoyage et la réparation de ce que nous avons fait ». Son « qui gouverne ? » est pourtant présent partout. « C'est presque un film sur la suprématie blanche, incarnée par une fille métisse. On parle de corruption, de capitalisme, de colonialisme… » Mais sa question de fond change, à mesure que ses enfants grandissent : « Comment vont-ils vivre ? Dans quels espaces ? Comment être vivant dans ce monde qui a choisi la mort ? »

Chargée de tout ce chemin, plein de chausse-trappes et de magie, Flore s'apprête à partager avec le monde son dernier bébé dès que les salles obscures rouvriront. Je finis ma plongée dans son univers fébrile, soulagée, reconnaissante. Comme si j'avais enfin pris la mesure que ce que j'entreprends avec ce livre est bien plus grand que moi.

Les mains dans le cambouis démocratique – Mathilde Imer et François Codine

Répondre au populisme, c'est savoir réinventer la démocratie.

Pierre Rosanvallon

« Comment réparer la démocratie ? » L'obsession de Flore Vasseur et de Larry Lessig, on la retrouve chevillée au corps chez Mathilde Imer et François Codine. Ils ont chacun leurs objectifs et leurs moyens d'action. Ils ont en commun une énorme force de travail et une grande détermination. J'ai voulu mêler leurs parcours et leurs réflexions pour donner à entendre, dans un même souffle, leurs deux voix aux variations enthousiasmantes.

J'ai connu Mathilde pendant la COP21 : elle faisait partie du cabinet de Laurence Tubiana, l'ambassadrice chargée des négociations sur le climat auprès du ministre des Affaires étrangères, Laurent Fabius, et animait des réseaux de jeunes engagés pour le climat. François est une rencontre plus récente, mais pas moins forte ! Il était stagiaire en même temps que moi du cours de design en permaculture que je coanime désormais, dans la commune dont il est devenu maire.

Ils affrontent chacun à leur échelle le fonctionnement concret de la démocratie et tracent leur route dans les méandres de notre cher monde politique, corrompu et lobbyfié. Moi qui suis devenue abstentionniste alors que je considérais le vote comme mon premier devoir de citoyenne, ils me redonneraient presque la foi… Peut-être qu'à vous aussi ?

François le combattant

Vous avez sans doute dans votre entourage une force de la nature, du genre qui a affronté les pires vicissitudes de la vie, aurait pu être démoli à mille occasions et s'est sans cesse relevé ? Alors, vous avez une idée de la niaque de François ! Faisons d'abord un saut dans son enfance.

À onze ans, on lui diagnostique une ostéochondrite de la hanche droite. À l'hôpital, on le prépare à ne plus jamais pouvoir remarcher correctement et à faire une croix sur le judo qu'il pratique depuis quatre ans. Sa mère, qui l'élève seule, veut trouver d'autres sons de cloche. Un spécialiste de cette pathologie préconise finalement de laisser François allongé sur un lit, avec des poids aux jambes en traction pour éviter que l'os de la hanche n'entre en contact avec le bassin. Quelques mois plus tard, une radio de contrôle les rassure. François peut passer à l'étape « fauteuil roulant » et garder ses jambes en traction la nuit. Il se prend des claques derrière la tête et les quolibets des freluquets. Qu'importe, la revanche arrivera…

Trois ans après le diagnostic, François est prêt à remarcher, mais il doit d'abord remuscler sa jambe et réapprendre la marche. Pour ça, il se lance un défi : apprendre la valse pour faire honneur à sa grande sœur qui se marie bientôt. C'est le début d'une grande aventure. François fera même de la compétition de danse de salon, avant de laisser tomber quand sa partenaire refusera de charbonner davantage.

Fin du collège. François peut aller en seconde générale, mais il passe les concours du lycée hôtelier et ceux d'Airbus, plus grand pourvoyeur d'emplois dans son coin, près de l'aéroport de Blagnac-Toulouse. Il choisit Airbus, sans bien savoir pourquoi, et parmi les métiers possibles, celui de chaudronnier-soudeur, qui lui paraît « le plus artistique et le plus sympathique ». À dix-sept ans, il commence à travailler et se prépare à s'acheter un appartement. Il se remet aussi aux arts martiaux, qu'il n'arrêtera plus jamais.

Grâce aux arts martiaux et à la danse qu'il continue de pratiquer, ses « points faibles deviennent des points forts ». Sa jambe malade devient sa jambe forte. Surtout, la force mentale qu'il développe grâce à sa maladie, il la déploie aussi dans son corps meurtri, qu'il se réapproprie.

Chez Airbus, il grimpe les échelons de l'atelier. Il se syndique, devient délégué du personnel mais n'y reste pas longtemps car il « n'aime pas être en conflit avec les gens ». Approché pour prendre des responsabilités dans une mutuelle d'entreprise, il devient, au fil des formations qu'il suit, administrateur, secrétaire général, trésorier. « Moi qui n'avais pas mon bac, je me suis retrouvé sur les bancs de la Sorbonne pour une licence de droit mutualiste, puis de l'ESSEC, pour une prépa commerciale. » En 2017, François est élu président de la mutuelle.

Mathilde la verte voit rouge

On ne remontera pas si loin pour Mathilde. Scolarité brillante en banlieue parisienne cossue, études remarquables : elle arrive sans encombre (mais pas sans travail !) en haut des marches de la méritocratie française. Sauf qu'elle comprend très vite que les mécanismes sont grippés et que la maison brûle.

Souvent en colère, même si elle ne l'exprime pas toujours, elle se lève la peur au ventre en même temps qu'elle se réjouit du monde qui pourrait advenir sur les ruines de ce vieux système décrépit. Alors elle essaie de prendre la question par plein de bouts différents...

Encore étudiante, Mathilde s'engage contre le changement climatique, partout où elle le peut. Au carrefour de nombreux mouvements, elle s'implique dans CliMates, dont elle sera vice-présidente, cofonde le mouvement international WARN ! (We Are Ready Now), qui réunit des étudiants du monde entier. Tout juste diplômée d'un double cursus mêlant sciences sociales (à Sciences Po Paris) et sciences « dures » (à l'université Pierre-et-Marie-Curie), Mathilde rejoint le cabinet de son ex-professeure, nommée ambassadrice chargée des négociations de l'accord de Paris sur le climat, Laurence Tubiana.

Une expérience très formatrice et douce-amère pour Mathilde. Contente d'avoir contribué à mettre en place cet accord – « le meilleur qu'on pouvait obtenir dans le contexte tel qu'il était » – Mathilde est aussi très lucide sur la réalité de la situation. « On sait que ça nous met en route vers un monde à + 3 °C, et que ça n'a de sens que si les États tiennent leurs engagements et même les rehaussent au fil du temps. » Or, elle fait vite le constat que nos démocraties ne sont pas outillées pour gérer les enjeux de long terme et les grands défis environnementaux, car elles n'ont pas été pensées à une époque où ces enjeux existaient.

Mathilde vient de trouver une deuxième jambe sur laquelle marcher : la démocratie. Avec plusieurs amies impliquées dans les négociations de la COP21, elle se lance dans une nouvelle aventure : Escapademos. En Amérique du Sud et en France, elles explorent les innovations démocratiques qui accélèrent la transition écologique à différentes échelles, du niveau ultra-local à celui de villes immenses comme Mexico. Rentrée riche de tout ça, Mathilde en est désormais convaincue : « Le climat et la démocratie se sauveront ou périront ensemble. »

Mathilde sent que c'est par là qu'il faut agir et expérimenter. Elle atterrit à Démocratie ouverte (DO), une association qui cherche à réinventer notre démocratie. En parallèle de son travail chez *Sparknews* et du journalisme « de solution », elle est même élue coprésidente de DO en 2017 avec cette ligne, plutôt nouvelle dans l'écosystème : « La démocratie n'est pas une fin en soi mais un moyen d'accélérer la transition écologique. »

Il était un maire

Impliqué dans la vie de sa commune, Montaigut-sur-Save, François est élu conseiller municipal. Il constate avec d'autres citoyens et élus une certaine forme d'opacité dans la gestion municipale. Le temps passe, le maire ne dit pas tout, la frustration monte. Les prochaines élections approchent et avec elles, le spectre d'un nouveau coup d'épée dans l'eau pour les Montaigutois.

Jusqu'à ce qu'une amie de François lui dise : « Écoute, si tu n'y vas pas, qui ira ? » Président de mutuelle, papa de deux enfants en bas âge, enfant du pays et employé d'un des principaux secteurs de son coin, professeur d'arts martiaux depuis près de vingt ans sur la commune… Il cumule pas mal d'atouts qui le rendent convaincant pour ses futurs administrés.

Quand je le rencontre, il n'a pas encore déposé officiellement sa candidature, mais il est déjà remonté comme un coucou ! Il porte une mandature résolument sociale et écologiste, mais sans brusquer les intérêts des uns et des autres. François est un pragmatique. Il ne s'exprime jamais vraiment sans avoir compris à qui il s'adresse, ni d'où les gens parlent.

Sa liste est élue à plus de 67 % dès le premier tour (avec un taux d'abstention moins fort que partout en France !). Avec son équipe municipale, François se met au boulot. Il crée notamment des groupes de travail pour tenir les engagements forts de sa profession de foi sur deux sujets-clés : les écoles (faut-il les agrandir ou les délocaliser ?) et les gros points noirs de la circulation (comment améliorer la sécurité routière et l'accessibilité ?), pour trouver les meilleures options avec les usagers et habitants concernés.

Il ouvre toutes les commissions municipales aux non-élus. « La commission écologie, par exemple, est en train de s'employer à réduire notre facture énergétique et notamment la part énorme de l'éclairage public. Ingénieurs, élus, habitants : l'intelligence collective qu'ils déploient est dingue ! » Il décide aussi de l'installation de toilettes sèches dans les écoles ou encore de laisser la salle municipale à disposition des associations en plein Covid-19. Il en est convaincu : pour faire avancer l'écologie concrètement, il faut déconstruire les idées reçues, montrer que c'est possible et que c'est d'abord une question de culture et de normes à transformer.

Il se lance ainsi dans un sacré chantier : créer une régie agricole pour Montaigut, chargée dans un premier temps d'approvisionner la cantine scolaire (230 repas environ). Et quand Mathieu et moi revenons en 2020 pour un nouveau cours de design en permaculture, alors qu'il est aux manettes depuis quelques mois seulement, nous décidons avec lui de faire plancher nos stagiaires sur le design permaculturel des terrains municipaux[143]. C'est un succès, à tous les niveaux. Se confronter ensuite à la mise en œuvre, c'est une autre paire de manches, mais François a de la suite dans les idées. Diplomate, il sait très bien aller chercher les financements là où ils sont, pour les projets d'envergure qu'il a pour sa commune.

Il obtient de quoi financer la majeure partie de l'étude de faisabilité de sa régie agricole et obtient un accord de mutualisation de matériel avec la Communauté de communes. Cet été, le maraîcher choisi pour le projet a préparé la terre, pour pouvoir lancer les semis et les plantations au printemps prochain. « Je préfère être une locomotive qu'un wagon. Si j'avais attendu que toutes les parties prenantes soient d'accord pour lancer une régie en commun, elle n'aurait sans doute pas vu le jour avant la fin de mon mandat. »

« La commune, c'est la meilleure échelle selon moi pour faire bouger les choses concrètement. Et je suis bien décidé à poursuivre ce que j'ai entamé avec mon équipe. » Si le contexte y est favorable, que sa femme et ses enfants sont partants, François remettra son titre en lice pour un deuxième mandat.

Des Gilets citoyens et une Convention

Se retrousser les manches pour faire et aider d'autres à faire, Mathilde fait aussi ça très bien. Ses actions partent souvent d'une indignation. C'est ce qui arrive en 2019, quand elle lance avec d'autres les Gilets citoyens. « Le gouvernement a fait une première erreur : opposer les Gilets jaunes et les militants

143. Flora Clodic-Tanguy, « Des permaculteurs en herbe se réunissent pour rendre une commune plus autonome », *La Relève et la Peste*, 27 octobre 2020.

écolos, la fin du mois et la fin du monde. Une deuxième en prenant comme un simple coup de com' notre action avec l'Affaire du Siècle, montée par quatre ONG que nous avons soutenues en réalisant une vidéo avec de nombreux youtubeurs et personnalités pour attaquer l'État pour son inaction contre le dérèglement climatique[144]. »

Avec Démocratie ouverte et le collectif de youtubeurs On Est Prêt, Mathilde rencontre de plus en plus de Gilets jaunes qui refusent les étiquettes anti-écolos qu'on leur colle sur le dos. Elle est particulièrement touchée par une femme, Agnès, qui fond en larmes pendant une soirée normande, en lui disant qu'elle aimerait bien pouvoir donner autre chose que « du poulet dégueulasse à ses enfants » mais qu'elle n'en a pas les moyens…

Mathilde cogite. La mascarade du Grand Débat organisé par le gouvernement lui donne l'idée de lancer les Gilets citoyens, une coalition qui rassemblerait Gilets jaunes, militants écolo et acteurs de l'innovation démocratique. Elle propose donc à Priscillia Ludosky, une des figures des Gilets jaunes, ainsi qu'au réalisateur et écrivain Cyril Dion de la rejoindre dans ce collectif. Ensemble, ils écrivent une lettre ouverte à Emmanuel Macron, où ils réclament une Assemblée citoyenne sur le climat, le Référendum d'initiative citoyenne (RIC) et la justice fiscale. « Évidemment, on ne s'attendait pas à ce qu'il nous réponde… »

Le RIC et la justice fiscale sont écartés, et la Convention citoyenne pour le climat naît quelques mois plus tard. Cent

144. La pétition est finalement signée par plus de deux millions de citoyens et une première victoire est obtenue par Notre Affaire à Tous, Greenpeace France, la Fondation pour la Nature et l'Homme, et Oxfam France le 3 février 2021.

cinquante citoyens sont tirés au sort pour élaborer ensemble des propositions qu'Emmanuel Macron s'engage à reprendre « sans filtre ». Cyril, Mathilde et Laurence Tubiana – qu'elle embarque dans l'affaire – se portent garants du processus et accompagnent avec d'autres acteurs de la participation démocratique les citoyens dans leurs explorations et dans la formulation des propositions.

Les critiques viennent d'abord du camp écolo… Qu'importe. Le Covid-19 passe par là, chamboule les séances prévues, mais le travail des cent cinquante continue autour de cinq grandes thématiques : se loger, se déplacer, consommer, se nourrir, produire et travailler.

Il devient de plus en plus clair que le Président ne reprendra pas « sans filtre » leurs propositions. Mieux ils comprennent les enjeux, plus ils sont déterminés à se faire entendre. D'ailleurs, quelques mois plus tard après la fin de la Convention, rassemblés pour noter la reprise des propositions par le gouvernement, ils lui adressent un petit 3,3 sur 10. Réunis en association pour continuer de suivre leurs propositions, les cent cinquante comptent bien peser sur le débat national…

« On n'était pas naïfs, raconte Mathilde, on savait bien que ça risquait de se terminer comme ça… Si on a poussé l'idée de la Convention citoyenne, c'était pour construire un rapport de force sur le climat et faire la démonstration qu'écologie et justice sociale peuvent très bien marcher ensemble. ». Au lieu de se reposer, après cette année où elle a travaillé comme jamais, Mathilde continue d'agir en réunissant tous ceux qui partagent ses causes, en les mettant autour de la table et en tissant des liens. La Rencontre des Justices rassemble ainsi quatre cents jeunes activistes et entrepreneurs de toutes les causes autour d'un seul message : « faire gagner l'écologie et la solidarité dans la décennie à venir, à commencer par 2022[145] ». Ensemble, ils définissent les victoires qu'ils veulent obtenir et s'organisent pour les gagner.

Ils mandatent une structure pour déployer leur vision : 2022 ou jamais, dont Mathilde assure la coprésidence. Pour elle, c'est juste la suite logique d'un cycle. « Macron n'a pas tenu ses engagements. Je ferai tout ce que je peux pour que les propositions des cent cinquante soient mises en œuvre et que les objectifs des Justices soient portés au pouvoir. Peut-être que c'est une cause perdue, mais j'aurais au moins essayé… »

Préparez-vous à trouver Mathilde, « aussi à l'aise devant un ministre que dans une action de désobéissance civile[146] », sur le front de 2022 pour « mettre en place un processus démocratique qui permette aux citoyens et aux citoyennes de faire émerger une candidature gagnante, alternative au match Macron-Le Pen, sur la base d'un projet écolo, démocratique et social ». Rien que ça !

On pourrait résumer la vision de François et Mathilde d'un mantra : « T'es dégoûté de la politique à la papa ? Fais-la toi-même ! » Moi, ça me donne envie d'être là !

---

145. Vous pouvez retrouver sur leur site « Nous voulons respirer », l'ordre du jour de la décennie, les trente objectifs des Justices, ainsi que « La méthode pour gagner : trois scénarios méthodologiques pour créer un espace commun ».
146. « Ils vont déconfiner 2021 : Mathilde Imer par Laurence Tubiana », *L'Obs*, 29 décembre 2020.

Une adaptation radicale en commun – Julien Lecaille

We have met the enemy and he's us !
« Nous avons rencontré l'ennemi et c'est nous ! »

Walt Kelly, *Pogo*

La tripartition du monde

Vincent Mignerot m'a envoyé Julien Lecaille, un peu comme on indiquerait la localisation d'un trésor… Il pensait que Julien apporterait des pistes de réponse à mes questionnements obsessionnels. Bien lui en a pris ! Julien est devenu un ami, un maïeuticien, accoucheur de ma pensée – même sans échange direct pendant de longs moments.

La lucidité de Julien perce tant l'ego qu'elle renvoie aux chemins – individuels et collectifs – à emprunter pour traverser les effondrements à venir. Il est persuadé qu'une exacerbation de ce qu'il appelle « la tripartition du monde » nous attend dans les prochaines années et décennies. Une véritable redistribution politique.

Premier pôle, qui se matérialise à droite de l'échiquier politique, voire à son extrême : la défense à tout prix du *business as usual* et de la modernité. « C'est la position de ceux qui sont attachés à ce que la vie continue telle qu'ils l'avaient imaginée quand ils étaient jeunes », détaille-t-il. Deuxième position, qu'on retrouve au centre de chacun des deux bords : la croyance en la croissance verte ou en l'écomodernité. « On la retrouve chez ceux qui pensent qu'on peut concilier l'économie et l'écologie, en faisant vivre toutes nos infrastructures humaines sans (trop) dépouiller la nature. » La troisième voie est celle de la simplicité radicale : « On se passe radicalement des choses. On les bazarde. »

Pour Julien, l'effondrement aura lieu quand nous passerons rapidement d'une position de *business as usual* ou d'écomodernité à la simplicité radicale. « Il y aura sans doute des aller-retour entre ces trois états, qui vont coexister et créer de la souffrance sociale. Chacun devra sans cesse se situer, clarifier ce qu'il attend de la société en termes de services et son rapport à l'environnement. »

Face au chaos annoncé, Julien dévore la littérature scientifique sur les sujets systémiques qui l'animent. Veilleur hors pair, l'écolo-pragmatique lillois cherche aussi partout les outils qui permettraient aux humains d'« éviter la recherche de boucs émissaires, la montée de la haine et des logiques totalitaires ».

C'est comme ça qu'il découvre les travaux de l'Anglais Jem Bendell, en 2018. Ce professeur de développement durable, fondateur de l'Institut de leadership et de développement durable (IFLAS) vient en effet de publier un article refusé par de nombreuses revues scientifiques : *Deep Adaptation, a map for navigating climate tragedy*[147], traduit en français par *L'Adaptation radicale : un guide pour naviguer dans la tragédie*

147. Jem Bendell, *Deep Adaptation, a map for navigating climate tragedy*, IFLAS, 2018 ; ses articles ont aussi été réunis dans un livre paru en 2020 aux Liens qui Libèrent.

climatique. Téléchargée des centaines de milliers de fois, l'analyse de Jem Bendell résonne tellement avec celle de Julien qu'il contribue à la faire traduire en français et à développer la branche francophone du mouvement, qui s'étend rapidement partout dans le monde[148].

L'Adaptation radicale

Face à l'ampleur et à la rapidité des bouleversements du climat, Jem Bendell part de la certitude qu'on ne peut pas échapper à l'effondrement et pointe l'échec des programmes d'adaptation, qui ne peuvent fonctionner que dans la continuité de la normalité. « Or, on le voit tous les jours à travers les événements de plus en plus extrêmes, rappelle Julien, la rupture de cette normalité devient incontournable. »

Il faudrait donc ajouter une adaptation radicale aux deux niveaux d'adaptation actuels – la mitigation (la réduction des impacts de nos actions sur les ressources de la planète) et l'adaptation sociotechnique (l'ajustement de nos modes de vie notamment par la technique). Une transformation en profondeur, qui remette vraiment en cause les fondements de notre société.

« Il manquerait quelque chose si l'on s'arrêtait là ! poursuit Julien. Ce qui est en train d'arriver nous demande aussi une capacité d'adaptation existentielle, pour apprendre à gérer la négativité qui survient. Développer des espaces et trouver des personnes capables de nous aider à absorber, tout ça est devenu un enjeu politique majeur. »

---

148. Lire notamment le dossier « Adaptation radicale », *Yggdrasil,* n° 6, 2020.

***

Les 4 R de l'Adaptation radicale

Ce qui plaît à Julien dans cette grille de lecture pratique, c'est l'articulation d'une grande simplicité et d'une énorme complexité. « Jem Bendell donne un cap. Quatre questions – "les 4 R" – peuvent ainsi nous guider dans nos conversations et dans nos initiatives[149]. »

⁂ Résilience : que valorisons-nous le plus, que voulons-nous garder et comment ?

Montée en flèche depuis les réflexions sur le pic pétrolier et la société post-carbone, c'est la question la plus centrale et évidente pour Julien. « Nous devons nous demander comment affronter tous les types de crises dont les possibles se sont ouverts et ce que nous trouvons vraiment important de préserver. »

⁂ Renoncement : que pourrions-nous lâcher pour ne pas empirer les choses ?

Évoquer le renoncement, c'est faire écho à nos nombreuses dissonances cognitives. « Ayons le courage d'affronter nos addictions (au pétrole, à l'argent, au numérique…) et de démêler lesquelles nous pouvons abandonner de manière volontaire. »

⁂ Restauration : que pourrions-nous ramener pour nous aider à traverser cette période difficile ?

Ce point sensible réactive les caricatures, parfois proches de la vérité, sur les écolos qui souhaiteraient un retour en arrière… « Sans

---

149. « L'Adaptation radicale (Deep Adaptation), c'est quoi ? », PAD les Communs. https://pad.lescommuns.org/s/qJ8xChOqI

la béquille de la modernité, il nous faudra pourtant retrouver d'anciennes pratiques et références, notamment des communautés paysannes. Cela pose aussi la question du ré-ensauvagement et de la renaturation d'un certain nombre d'espaces pour laisser revenir les espèces sauvages. »

⁂ Réconciliation : avec quoi et avec qui allons-nous faire la paix en nous éveillant à notre mortalité mutuelle ?

On reboucle donc avec notre première analyse sur la visée réconciliatrice et créatrice de liens de Julien. Pour lui, ce « R »-là, c'est le nerf de la guerre pacifiste. Dès maintenant, au présent, et demain, dans l'incertain.

***

« Nous allons devoir prendre une nouvelle direction civilisationnelle qui réintègre la notion des communs[150], balayée au profit d'autres directions (essor du capitalisme, développement de l'État-providence…) plus confortables, pertinentes ou efficaces à d'autres moments de notre histoire. » L'« objectif suprême » de Julien, c'est ainsi de contribuer à reconstruire des outils de société à partir du lien communautaire.

C'est encore plus vrai après ces deux années de repli dans nos bulles : notre plus grand défi, c'est bien de (ré)apprendre à vivre avec les autres, surtout si on n'est pas d'accord… « La rencontre physique est le seul moyen de gérer quelque chose en commun – un jardin partagé, un projet – qui a de la valeur à nos yeux… Le virtuel ne peut pas suffire ; il ne permet pas

150. La politologue Elinor Ostrom a notamment popularisé la réflexion sur les biens communs, critiquée et prolongée par de nombreux penseurs et activistes.

de sentir pleinement la présence de l'autre, le besoin qu'il a de nous ni ce qu'il peut nous apporter. »

Un monde en commun

Trois valeurs chères à Julien (et devenues denrées rares !) accompagnent le processus d'adaptation radicale d'un groupe ou d'une société et lui permettent de tisser des liens de qualité : la compassion, la curiosité et le respect.

Julien imagine qu'il sera encore plus difficile de se faire une idée commune du monde dans un contexte dégradé. « Il me semble essentiel d'apprendre à être un peu moins un individu au sens moderne pour être davantage dans une logique d'écoute et de compassion. »

La curiosité aide à remettre en cause les privilèges, les a priori et à sortir de notre zone de confort. « Il n'y a pas de véritable dialogue sans la volonté de s'aventurer dans d'autres espaces et univers mentaux, intellectuels et pratiques. Elle permet la jonction, la connexion, la rencontre. »

Le respect permet un horizon de compréhension en commun. La communauté francophone de l'adaptation radicale cherche ainsi à créer un espace inclusif, dans lequel les membres assurent un soutien mutuel, dans la plus grande ouverture et diversité possible.

« Plus nous développerons de pratiques, de réflexions, d'éléments de compréhension de ce lien communautaire, insiste Julien, plus nous serons capables de le restaurer rapidement d'une manière pertinente face aux crises qu'on va connaître. » Il essaie de trouver sur son territoire des espaces dans lesquels insuffler ou encourager cette possibilité de gestion collective.

Aux logiques partisanes, il préfère la logique écosystémique. « L'approche partisane, souvent fermée, repose sur une très forte solidarité à l'intérieur du parti et une défense contre l'extérieur. L'approche écosystémique, biomimétique, considère plutôt l'organisme ou l'organisation dans son environnement global et consiste à penser les interactions. » La notion de membrane permet de définir la porosité entre l'intérieur et l'extérieur. Cette approche permet aussi de repenser les actions des organisations : « Sommes-nous en train de pomper les ressources qui nous entourent ou au contraire de régénérer notre environnement ? »

Dans les projets dans lesquels il s'implique – l'Adaptation radicale, la nouvelle association de Pablo Servigne, Horizons, la politique de la métropole lilloise, etc., Julien applique cette vision, dans une logique de contribution. « Je vois où sont les besoins, où je peux apporter de la valeur et j'y vais ! »

Dompter l'angoisse

Dans le flux de ces grandes questions existentielles, la grande intelligence et l'extrême humilité de Julien Lecaille s'accompagnent d'angoisses vertigineuses, proportionnelles à la puissance de ses engagements.

« Je me demande en permanence si je fais bien, assez, si je suis suffisamment cohérent, confie-t-il. Je crois que plus on est exigeant, plus la dissonance cognitive est grande… Et il n'y a que deux manières de la réduire : changer ses actes, les mettre davantage en conformité avec les constats qu'on pose, ou faire évoluer ses croyances. »

Il n'a pas peur de la pauvreté ou de l'inconfort. Ce qu'il trouve vraiment difficile, c'est la dimension existentielle : la souffrance psychologique qui accompagne cette plongée dans les effondrements, les émotions fortes qui le submergent. Il essaie de gérer ses angoisses et sa tendance sévère à l'évitement par tous les biais possibles – les médicaments, la respiration, la méditation, etc. Mais le plus important pour lui, c'est de s'investir dans des projets qui font sens et lui permettent d'agir tout en conservant son estime de lui.

Se prêter au jeu de mon interview-portrait lui a demandé un grand effort. « J'ai beaucoup de mal à accepter d'être un individu, de projeter une image qui peut m'échapper… », me confie-t-il. Pourtant, communiquer sur ses besoins, ses difficultés, ses fragilités est aussi un moyen pour lui de faire société. Ne pas cacher ses failles n'est pas seulement une vulnérabilité, c'est aussi une grande force. Une extimité assumée et inspirante.

Comment je suis devenue anarchiste – Isabelle Attard

Il ne s'agit pas de faire l'anarchie aujourd'hui,
demain ou dans dix siècles, mais d'avancer vers l'anarchie,
aujourd'hui, demain, toujours.

Errico Malatesta

D'Isabelle Attard, j'appréciais les prises de position, mêlant retours critiques sur son expérience de femme politique et d'élue, analyse de l'effondrement et réhabilitation de l'anarchisme. Quand, en 2019, j'ai coorganisé le festival Sans Transition avec une petite équipe de bénévoles, nous l'avons naturellement invitée à se joindre à nos intervenants.

Avant de la rencontrer, j'aime déjà cette femme. Elle me paraît capable de moucher n'importe qui, plus vite que l'éclair. Ce week-end de festival, la connexion est immédiate. Je lui parle de mon projet de livre et on se recontacte pour que je fasse son portrait. Nos discussions sont arborescentes, fractales, drôles, authentiques, féministes, anarchistes. C'est cette image d'elle, sémillante et multicolore, que j'aimerais transmettre.

Une championne lapone archéozoologue

Isabelle Attard naît à la fin des années 1960, dans une famille écolo. Elle se passionne pour la course d'orientation, entre en sport-étude et devient même championne de France junior en 1986. C'est sa première leçon d'écologie concrète[151]. À la fin du lycée, elle ne sait pas très bien ce qu'elle veut faire de sa vie. Elle se lance dans des études de sciences économiques puis d'histoire ; et écrit en tant que pigiste pour *La République du Centre.*

À vingt ans, elle part vivre avec son mari en Suède, à Göteborg, obtient sa licence d'histoire à distance. En 1992, départ à Kiruna, en Laponie, où naît son premier fils. Elle devient consultante pour développer le tourisme à destination des francophones, en parallèle d'un diplôme d'archéologie nordique, qu'elle obtient en 1996. Ses deuxième et troisième fils naissent aussi là-bas, avant que la famille ne rentre de ses sept ans de baroud suédois.

Apprendre, comprendre, creuser, Isabelle aime ça ! Au retour, elle s'inscrit donc dans un DEA d'archéologie environnementale[152], qu'elle décroche en 1999. Vacataire au Muséum national d'histoire naturelle, Isabelle part ensuite en Afrique du Sud comme chercheuse sur le site de Duinefontein alors qu'elle prépare sa thèse. Entre-temps, naît son quatrième garçon. Pfiou !

En 2005, grâce au concours d'attachée de conservation du patrimoine, la voilà nommée directrice d'une véritable institution du Calvados : le musée de la Tapisserie de Bayeux. Encartée

---

151. Isabelle Attard, *Comment je suis devenue anarchiste,* Seuil-Reporterre, 2019, p. 28.
152. L'archéologie environnementale a pour objet l'étude de l'environnement passé : faune, flore, fonge, microbes, écosystèmes, paysages, climat, etc. (Wikipédia).

chez Les Verts depuis plusieurs années, elle se fait discrète pour mener à bien cette mission. Elle veut rendre le fonctionnement du musée moins pyramidal, mais la bonne volonté ne suffit pas à changer les pratiques managériales, encore moins des institutions publiques. En 2010, elle en a marre, elle se barre !

Elle prend la direction du musée du Débarquement d'Utah Beach et devient docteure en archéologie environnementale-archéozoologie[153], après avoir soutenu sa thèse. Elle reprend aussi sa carte chez Europe Écologie-Les-Verts. Et comme elle aime les nouveaux défis, la voilà en route pour devenir… députée.

Députée par erreur

Bien sûr, ça n'arrive pas par hasard ! Isabelle veut s'impliquer dans la vie locale et pourquoi pas, se lancer dans la course à la mairie de Bayeux. Mais, inexpérimentée en politique, inconnue au bataillon, femme, il lui faut un galop d'essai. Elle profite d'une opportunité : se présenter aux élections législatives dans la cinquième circonscription du Calvados, avec EELV, mais au sein de la majorité présidentielle de François Hollande[154]. Arrive un truc qu'elle n'avait pas vraiment prévu : elle est élue.

Elle découvre que le sexisme en politique n'est pas une légende, à Paris ou en circonscription, à tous les échelons « dans ce milieu créé et façonné par et pour des hommes, cumulards de préférence[155]. » Surprise : le sexisme vient aussi des femmes…

153. L'archéozoologie vise à reconstituer l'histoire des relations naturelles et culturelles entre l'homme et l'animal (Wikipédia).

154. C'est d'ailleurs surprenant de relire sa profession de foi, marquée du sceau majoritaire, quand on connaît la suite ! Voir archives en ligne de l'Assemblée nationale, consultées le 14 janvier 2020.

155. Attard, *op. cit.,* p. 38.

Elle déchante vite sur les possibilités réelles des députés écologistes de « verdir » l'action du gouvernement, pourtant composé de plusieurs ministres écolos… En décembre 2013, elle claque la porte d'EELV et rejoint le tout nouveau parti Nouvelle Donne (ND), dont elle devient rapidement coprésidente, avec son fondateur Pierre Larrouturou. Elle y rencontre aussi Willy, son compagnon.

Libérée des consignes de vote, elle peut prendre position en conscience dans l'hémicycle. Elle fait ainsi partie des six députés à voter contre la prolongation de l'état d'urgence en France, au lendemain des attentats du Bataclan. Elle vote aussi contre la prolongation des frappes aériennes en Syrie. Il est bien clair qu'elle fait désormais partie de l'opposition.

Elle se rend vite compte que le fonctionnement horizontal qu'on lui fait miroiter à ND n'est qu'une « publicité mensongère ». Le 21 juin 2015, elle publie, avec soixante autres membres du parti, une lettre annonçant leur départ. Isabelle, toujours députée, n'a plus d'étiquette et n'est pas pressée de s'en recoller une.

Si les coulisses de la vie politique la révoltent, elle trouve passionnant tout ce temps passé auprès des Français. Ils lui ouvrent des perspectives et lui donnent le courage de se battre, pour eux, pour une véritable égalité. Elle fait de son mandat une expérimentation, implique au maximum ses collaborateurs, organise un jury citoyen pour distribuer sa réserve parlementaire… Elle entreprend même une longue marche à la rencontre de ses administrés. Ça ne plaît pas à tout le monde mais elle tient bon.

À la fin de son mandat, elle se représente même, alors que le virus libertaire l'a déjà contaminée. Soutenue par un ensemble de partis de gauche, elle est pourtant battue au premier tour. Rideau.

Ingérable !

Petit retour en arrière. Juillet 2015. En plein mandat, Isabelle déjeune avec Edwy Plenel et Mathieu Magnaudeix, rédacteur en chef et journaliste du site d'information en ligne *Mediapart*. Au moment de partir, elle leur lâche : « Et il faudrait aussi que vous vous occupiez de Denis Baupin. » Elle ne le sait pas encore mais elle vient de lancer ce qu'on appellera « l'Affaire Baupin ».

L'année suivante, *Mediapart* et France Inter publient en effet les témoignages de quatre femmes : Sandrine Rousseau, Annie Lahmer, Elen Debost et Isabelle. Quelques jours plus tard, nouvel article, nouveaux témoignages… Au total, quatorze femmes se déclarent, à la Brigade de répression de la délinquance à la personne, victimes de harcèlement ou d'agression sexuelle de la part de Denis Baupin[156].

« Après plusieurs mois d'une enquête éprouvante, le procureur de Paris déclara le 8 mars 2017 qu'il y avait prescription, mais que de nombreux "faits corroborés" pouvaient "être qualifiés pénalement". » Le même jour, *Mediapart*, France Inter et, par ricochet, les six femmes ayant parlé à visage découvert reçoivent la plainte en diffamation de Denis Baupin. « Notre procès se tint en février 2019. Deux mois plus tard, et quasiment quatre ans après ce fameux déjeuner près de l'Assemblée, Denis Baupin était condamné pour procédure abusive à verser 500 euros à chacune. Somme dérisoire mais symbolique. Comme tout ce procès[157]. »

Deux ans plus tard, Isabelle ne regrette rien[158]. « J'ai compris que je m'étais engagée en politique pour défendre les femmes sans m'autoriser à l'exprimer. Je croyais avoir été privilégiée ;

156. *Ibid.*
157. *Ibid.*
158. Interview, 2020.

j'avais en fait mis énormément de comportements et de mots déplacés sous le tapis. » D'un point de vue collectif, elle aurait aimé que l'affaire soit utile. « J'ai pourtant un gros doute... Dans les partis, à l'Assemblée, rien n'a changé. L'omerta existe toujours, comme la censure de celles qui ont souffert. »

En 2020, Annie, Elen, Sandrine et Isabelle publient « Nous sommes les ingérables », une tribune sur *Mediapart*, pour dénoncer l'inaction, même au sein d'EELV. « Nous refusons de nous taire, quitte à passer pour des chieuses, complète Isabelle. Notre parole est trop libre et dérange toujours, malgré #metoo. »

Dans l'hémicycle comme avec l'affaire Baupin, Isabelle tend un miroir très désagréable à ceux qui ne veulent pas voir, n'ont pas le courage de parler et de dénoncer : « Nous aurons passé un vrai cap quand les hommes se lèveront et se casseront aussi. »

Une anarchiste sans adjectif

Fin de son mandat, échec aux législatives, affaire Baupin... En 2017, délestée de ses illusions, Isabelle entame une mue politique. Son compagnon lui a déjà mis dans les mains plusieurs livres importants de la pensée anarchiste, notamment sur l'écologie sociale de Murray Bookchin[159], alors

159. L'écologie sociale est une théorie philosophique, sociale et politique sur l'écologie, élaborée par l'Américain Murray Bookchin dans les années 1960. Elle présente les problèmes écologiques comme déroulant principalement de problèmes sociaux, notamment des différentes formes de hiérarchie et de domination, et cherche à les régler à travers le modèle d'une société adaptée au développement humain et à la biosphère. Cette théorie de l'écologie politique radicale, basée sur le communalisme, s'oppose au système capitaliste actuel de production et de consommation. (Wikipédia) Lire par exemple Vincent Gerber, Floréal Romero, *Murray Bookchin : pour une écologie sociale et radicale,* Le Passager clandestin, 2014.

qu'elle se plonge aussi dans la collapsologie. Ils regardent de nombreux documentaires, qui lui font remettre en question jusqu'à sa formation d'historienne… Willy lui offre aussi *Entropia*[160], une utopie concrète insulaire passionnante. Une critique acerbe de notre civilisation et une inspiration sans cesse renouvelée pour Isabelle, qui voit dans *Entropia* la réalisation pratique de principes anarchistes qu'elle entend suivre dans le nouveau lieu de vie qu'elle partage avec son compagnon.

« Je ne m'étais jamais considérée comme une anarchiste. Aujourd'hui, j'ai compris que je l'avais toujours été[161]. » Pour Isabelle, l'anarchisme, c'est l'ordre sans LES pouvoirS. « C'est une pensée systémique, une philosophie de vie qui lutte contre toutes les formes de dominations. Il est donc aussi intrinsèquement écologiste, féministe, anti-raciste… » Comme Voltairine de Cleyre, elle se revendique « anarchiste sans adjectif » : « Nous n'avons pas besoin de hiérarchiser les causes, elles sont toutes liées. Cette recherche de cohérence se vit aussi bien au jardin que sur son lieu de travail, avec ses enfants qu'avec son compagnon ou sa compagne. » On est bien loin du chaos, du désordre, ou de l'image de violence trop souvent renvoyée par le discours politique et médiatique dominant…

Isabelle reprend à son compte la célèbre formule de l'historien Howard Zinn[162] : « Tant que les anarchistes n'auront pas d'historiens, l'histoire sera écrite par les capitalistes. » Elle veut d'ailleurs creuser cette piste, en tant qu'archéologue, de sociétés

---

160. Samuel Alexander, *Entropia*, Libre & Solidaire, 2017.
161. Pierrot Pantel, Manon Commaret, *L'Effondrement de l'empire humain,* Rue de l'Échiquier, 2020, p. 174.
162. « Tant que les lapins n'auront pas d'historiens, l'histoire sera racontée par les chasseurs. », Howard Zinn, *Une histoire populaire des États-Unis,* Agone, 2003.

plus égalitaires et sans hiérarchie. Elle revisite aussi l'histoire. Rend aux anarchistes les avancées qu'ils ont permises dans le droit du travail, comme la journée de huit heures. Étudie la révolution sociale espagnole de 1936.

« La démocratie ne se résume pas au vote. Elle doit permettre à tout le monde de prendre part aux décisions qui les concernent, comme dans les assemblées locales du municipalisme libertaire de Murray Bookchin[163], appliqué malgré les difficultés chez les zapatistes du Chiapas (Mexique) et les Kurdes du Rojava (Syrie). »

Omniprésentes dans ces révolutions, les femmes se réapproprient une démocratie qui les écarte, dans des sociétés qui les invisibilisent. Elles reprennent le pouvoir sur elles-mêmes, refusant tout à la fois le patriarcat, le capitalisme et l'illusion de démocratie qui les accompagnent.

Pour une éducation populaire politique

Pour passer du constat de ce qui déraille à la construction concrète d'un autre monde, Isabelle identifie un double besoin. D'abord, se sécuriser elle-même. Entre les effondrements en cours et le contexte liberticide, elle ressent dans ses tripes le besoin urgent de se sentir en sécurité, dans un endroit d'où on ne peut pas l'expulser, où elle peut travailler avec Willy à leur autonomie en tout genre…

Les amoureux ont trouvé une maison et un terrain qui répondent à leurs attentes, en Bretagne, où ils vivent déjà depuis quelques années. Cela leur permet aussi pour l'instant

163. Lire notamment Murray Bookchin, *Pour un municipalisme libertaire*, Atelier Création libertaire, 2018.

de garder chacun leur travail : elle comme directrice du musée de l'école de Bothoa, lui comme assistant d'éducation dans un lycée.

L'autre besoin vital d'Isabelle et Willy, c'est d'œuvrer pour une éducation populaire politique. Ils nous encouragent à nous former tout au long de la vie, à déconstruire, à douter. À nous inspirer des pédagogues anarchistes Francisco Ferrer et Célestin Freinet. À regarder des films en famille, entre amis, dans son village, dans son quartier. À pratiquer tous les jours le discernement. Ils veulent faire avancer leur idéal de société plus libre et plus égalitaire à travers ce qu'ils aiment : transmettre – partout, tout le temps – organiser des débats, faire en sorte que les gens se posent des questions. Raconter des histoires vraies, vécues, de personnes qui se sont battues et ont réussi leur combat. S'intégrer à un réseau et faire vivre les liens.

Isabelle n'imagine pas une révolution, mais plutôt de multiples bouleversements sociétaux – coordonnés ou pas, en domino ou pas, peu importe : un foisonnement, une prolifération d'initiatives et de lieux de réflexion. « À l'heure où l'on peut être fiché pour de simples opinions politiques, mieux vaut préférer la discrétion, la création de ce réseau souterrain d'entraide, ce mycélium fertile qui permettra un jour à tous les champignons de pousser en même temps. »

Et Isabelle de conclure : « La philosophie anarchiste est la seule qui me donne l'espoir de nous en sortir et de vivre enfin libres et égaux. » Je me dis qu'on est tellement dans la merde que ça vaut bien le coup d'essayer… aujourd'hui, demain, toujours.

***

Filmographie express

5 documentaires pour une première plongée dans la déconstruction anarchiste.

✲ Tancrède Ramonet, *Ni dieu ni maître. Une histoire de l'anarchisme*, Arte, 2017.

✲ Olivier Azam, Daniel Mermet, Howard Zinn. *Une histoire populaire américaine*, Les Mutins de Pangée, 2015.

✲ Juan Gamero, Mitzi Kotnik, Francesc Rios, Mariona Roca, *Vivre l'utopie*, TVE Catalunya, 1997.

✲ Mylène Sauloy, Kurdistan, *la guerre des filles*, Arte France et Magnéto Presse, 2016.

✲ Henri Poulain, *Démocratie(s) ? Le Film*, DataGueule, 2018.

***

Cueillir, c'est résister – Thierry Thévenin

Que serait l'homme sur une terre nue sans arbres sans oiseaux sans fleurs ? Le monde entier est sa plus profonde mémoire. Sauver la nature aujourd'hui, jusqu'à la moindre plante solitaire, c'est combattre une amnésie commençante sans autre issue que le dessèchement du cœur.

Pierre Lieuthagi

Le druide

Dans son village, on l'appelle « le druide ». Ça lui va bien, Thierry Thévenin, lui qui semble tout droit sorti d'un autre temps, surtout s'il a sur la tête son chapeau improbable, offert par un ami lors d'un voyage en pays lointain. Son amour des plantes est contagieux. Comme s'il était fait pour transmettre ce savoir ancestral qu'on aurait bien failli perdre, sans des passionnés comme lui et leur bâton de pèlerin. Il est de tous les combats, pour sauver une station de rose par-ci, une zone humide à la flore protégée par-là.

Il écrit dans *Yggdrasil* depuis le premier numéro, pour sensibiliser les lecteurs effondristes à la beauté et aux usages oubliés des plantes médicinales. Je le rencontre lors de l'événement qu'on organise au Bouchot pour remercier les contributeurs de notre campagne.

On a prévu une balade botanique autour du Zôme, le dôme géodésique qui trône dans le deuxième jardin-mandala de cet éco-lieu dans lequel j'aime tant déambuler. En une heure, on bouge d'à peine… un mètre carré. La richesse de ce qu'il nous apprend nous scotche. Ce que les plantes disent des hommes et de leur mode de vie est un puits sans fond. Il me parle de ses stages d'herboristerie. Je sais que je dois y aller. Je m'inscris le jour-même.

Je sens bien qu'un homme-plante comme lui, ça s'apprivoise… La notoriété, la gloriole, il n'aime pas trop ça. Pourtant, des herboristes de sa trempe qui se frottent aussi bien aux lobbys pharmaceutiques qu'aux médias grand public, il n'y en a pas beaucoup dans le paysage francophone. Ses connaissances érudites, sa grande douceur et l'humilité que je perçois m'impressionnent un peu mais je sens qu'il faut que j'approfondisse.

Excitée que notre stage se maintienne et ne fasse pas les frais du virus, je débarque dans sa ferme-école de la Creuse après le confinement. Gamosépale, infundibulé, urcéolé : c'est comme une langue étrangère que je découvre, mais en français. De nouveaux mots, de nouveaux noms, de nouveaux outils. Ça pourrait être rebutant, ça me passionne. Un monde s'ouvre à moi. Je me laisse porter. J'ai envie de tout savoir, de tout cueillir, de tout sentir.

J'ai envie de mieux comprendre Thierry et ses plantes magiques. Je prétexte un article pour la revue en ligne *La Relève et la Peste*[164] et lui demande une interview pour mon livre. J'ai envie de partager sa vision des plantes, éminemment politique.

---

164. Flora Clodic-Tanguy, « Plantes médicinales : cueillir, c'est résister face au monopole pharmaceutique », *La Relève et la Peste*, juin 2020.

Premières amours

Pour lui, cueillir est une nécessité qui s'est imposée à lui tout petit, dans sa campagne creusoise où sa famille lui transmet ce qu'il reste de sa culture des plantes. « Je suis né dans un milieu rural, où on allait à pied dans la forêt. Ma famille m'a transmis l'essentiel : l'amour et la confiance, en les plantes et en moi. »

La vraie révélation viendra à la vingtaine. Après une fac d'histoire à Tours, dans laquelle il s'ennuie sacrément, il veut s'établir au Maroc mais tombe gravement malade. Soigné grâce aux plantes, il rentre convaincu que c'est ce qu'il veut faire. Connaître, cueillir, soigner.

Sa grand-mère lui transmet ses derniers petits secrets : « J'ai vraiment eu l'impression de rattraper quelque chose de précieux en train de foutre le camp. » À cette époque, le métier d'herboriste n'existe plus depuis un moment déjà ; les plantes sont ringardisées et on ne peut pas vraiment espérer gagner sa vie avec elles… sauf à cueillir beaucoup et à les vendre aux grandes firmes pharmaceutiques ou cosmétiques.

Il se forme avec les moyens du bord. Découragé au bout de deux ans de cueillette quasi industrielle, il se dit qu'il doit pouvoir faire autrement. Il s'inscrit à une formation spécialisée à Nyons, dans la Drôme, qui existe toujours, d'ailleurs, et dans laquelle désormais, c'est lui qui dispense les cours. « Ça m'a complètement remotivé. J'y ai visité de belles herboristeries, en Suisse ou dans les Cévennes. J'ai su que c'était ça que je devais faire : rattraper le nœud de la ficelle pour continuer l'histoire. »

Il se lance sur les marchés de Clermont avec ses tisanes. Essuie ricanements et propos désobligeants sur les « pisse-mémé », les potions miracles qui « font bander ». Il s'en fout. Pour lui, c'est une évidence qu'il a trouvé sa place et qu'il ne voudrait la lâcher pour rien au monde. « Cueillir les plantes et en faire des tisanes pour soigner les gens, c'est beau, intelligent et utile. Et cela me procure un grand plaisir d'être dehors et un vrai sentiment de liberté. »

Pourtant, les plantes font peur, notamment parce que leurs effets ne sont pas démontrés par des études scientifiques comme le sont ceux des molécules isolées. « Une plante, c'est un cocktail de soixante à deux cents molécules, explique le paysan-herboriste, dont on ignore précisément comment il marche. On la craint et elle nous fascine à la fois. » C'est ce qui se passe notamment avec *Artemisia annua*, l'armoise annuelle aussi appelée absinthe chinoise. « Ses usages sont connus des phytothérapeutes et des médecins qui soignent leurs patients par les plantes. Elle agit notamment contre le paludisme, la maladie de Lyme, le Covid-19, etc. »

Thierry la cultive dans son jardin. Il lui arrive d'en donner, en prévention ou en curatif, à des personnes qui ressentent des symptômes légers du Covid-19. Le paradoxe hypocrite, c'est qu'il n'en a pas le droit. Ceux qui cueillent et cultivent les plantes ne sont pas autorisés à vendre de nombreuses espèces, sous monopole pharmaceutique, et encore moins à dispenser les conseils qui vont avec. *Cueilleurs en résistance*, un film documentaire de Julien Desprès est sorti en 2020, offrant la part belle à Thierry et à ses pairs herboristes.

Les simples, un enjeu de pouvoir

Les plantes médicinales sont un enjeu de pouvoir depuis la nuit des temps. Les souverains des premières métropoles étaient des rois-médecins[165]. Chez de nombreux peuples, le/la chamane ou le/la médecin sont dépositaires du pouvoir de la tribu.

La querelle qui oppose les pharmaciens et les herboristes remonte à 1258, date à laquelle le monopole des apothicaires est, pour la première fois, affirmé dans le droit français. S'ensuivent de longs siècles pendant lesquels ceux qui soignent par les plantes sont régulièrement arrêtés, jugés, condamnés. Plus tard, les femmes qu'on brûle pour sorcellerie sont aussi accusées de connaissance malfaisante des plantes. Elles aident pourtant à donner la vie et soulagent les douleurs.

Une trêve permet aux herboristes d'exercer en France sans être inquiétés de 1803 à 1941, mais la situation se tend gravement en 1941, quand le gouvernement du maréchal Pétain supprime le diplôme d'herboriste. Depuis, les herboristes n'ont plus d'existence officielle et les pharmaciens restent seuls habilités légalement à conseiller les usages des plantes.

Une situation qui révolte Thierry, qui utilise désormais le fameux gros mot pour se définir. « J'ai mis quinze ans à me laisser traiter d'herboriste, confie-t-il en souriant. Mais c'est aussi une provocation pour que les choses changent. »

Dans le combat pour leur réhabilitation, les herboristes comptent quelques alliés de poids, comme le sénateur Joël Labbé, qui a conduit en 2017 une mission d'information. « Trente-neuf recommandations ont été adoptées pour restituer un peu plus de place aux plantes dans la société, au sein des écoles et d'autres institutions sociales. La seule qui n'est pas passée, c'est celle qui redonne une existence légale aux

165. Voir à ce propos le Code d'Hammurabi, les premières traces écrites qui mentionnent la médecine. Et le livre passionnant de Thierry, *Plaidoyer pour l'herboristerie*, Actes Sud, 2013.

herboristes… » Étrange coïncidence : de nombreux sénateurs membres de cette mission se trouvent être… pharmaciens.

Transmettre

Thierry ne veut pas être le dernier des Mohicans ni se battre, seul, contre des moulins à vent. Alors il organise, facilite, forme. Il est notamment porte-parole du syndicat des Simples. Les producteurs membres s'engagent à respecter un cahier des charges beaucoup plus exigeant que le label bio européen. Ils sensibilisent surtout leurs clients à la diversité des plantes et au respect de ressources régulièrement menacées par une industrie qui a désormais le vent en poupe.

Comme d'autres cueilleurs, Thierry va plus loin : il transmet. « Quand on commence à plonger dans l'univers des plantes, c'est comme si on avait un trésor autour de soi et dans la maison. On se rend compte qu'on n'a même plus assez de toute sa vie pour en profiter et pour l'explorer. C'est tellement riche qu'on a envie de partager. »

Dans les stages de son association, on peut apprendre les rudiments de la botanique et de l'herboristerie, la transformation des plantes en hydrolats, baumes et autres macérats, mais aussi les secrets des plantes tinctoriales (celles qui teignent les tissus), de la cuisine sauvage et autres réjouissances naturelles.

Il observe, un peu effaré, le développement de la formation en ligne. « On peut se réjouir que le savoir se démocratise. Mais pour moi, garder le cap des stages en présentiel, dans la vraie vie, c'est une manière de résister à la désincarnation à laquelle on assiste… J'ai refusé la cueillette industrielle. Ça n'est pas pour verser dans la formation industrielle. »

L'écriture de livres vient aussi compléter sa panoplie de courroie de transmission. « Écrire matérialise ce que tu as à l'intérieur de toi. » Il se prend au jeu avec une obsession : écrire pour ceux qui n'y connaissent rien. Un peu comme les balades qu'il fait régulièrement avec des petits groupes, il aime que ses lecteurs puissent sortir de chez eux, prendre la première plante venue et découvrir un monde, sans exotisme ni mysticisme.

Cueillette politique

Thierry veut changer le regard que l'on porte sur « le monde en train de se faire massacrer ». « C'est quand tu as besoin des plantes que tu les laisses vivre. » Découvrir les plantes, c'est révéler leur préciosité, à rebours de la vision de certains agriculteurs ou jardiniers amateurs qui les voient comme des emmerdements maximaux. « Je suis un médiateur. J'aime voir l'émerveillement des gens, leurs yeux briller quand ils comprennent cette préciosité-là. C'est aussi un peu égoïste comme partage : ça me fait du bien et ça me rend heureux. »

S'intéresser aux plantes et les intégrer dans sa vie, cela permet énormément de choses, presque à l'infini, pour augmenter notre autonomie sur de nombreux plans. On peut cueillir des plantes sauvages pour se nourrir, bien sûr. Elles constituent un très bon complément à notre alimentation habituelle. « On peut aussi reprendre le pouvoir sur notre santé, en prendre davantage soin – prévenir plutôt que guérir – pour ne pas se bourrer de médicaments ni enrichir l'industrie pharmaceutique. » Cela a une autre portée : en cueillant et préparant soi-même, on ne cautionne pas les conditions de vie parfois terribles de ceux qui récoltent les plantes pour pas cher, notamment pour produire les huiles essentielles.

Cela permet surtout de garder les pieds sur terre. « Quand on va cueillir, on est dans la réalité, on ne fait pas un clic pour acheter des produits. La gestion du temps est aussi très différente. C'est long, c'est lent. Ça ralentit et permet de garder le rythme de la vie normale, pas celui d'une excitation permanente… »

Son engagement n'est pas de tout repos. Il a même failli lui coûter très cher. En 2012, il a été condamné en première instance pour exercice illégal de la pharmacie, à cause d'une tisane de prêle… « Je ne faisais pas le malin et je serrais les fesses… » Finalement relaxé, Thierry n'a pas peur – en tout cas, il ne s'y arrête pas.

Il continue de faire « selon son cœur » ce qui lui paraît juste. « Je ne mets personne en danger. Je suis toujours prudent et conseille évidemment de consulter quand la vie même est menacée. Et j'ai une conviction : plus nous serons nombreux à faire comme moi, moins on pourra nous en empêcher. »

Un dernier message avant d'emprunter à nouveau le Chemin des Herbes ? « Faire confiance aux plantes et les laisser pousser. Laisser aussi pousser nos cœurs, nos envies, nos désirs. » Avec le druide des temps modernes, j'apprends à cueillir pour résister. Je pense même à en faire une activité plus présente dans ma vie. Humblement. Par amour du vivant.

Pratiquer la pleine-conscience PUNK !
Entretenir son yoga
Eveiller le pouvoir du dedans
Rencontrer son ombre
Danser pour guérir
Suivre sa boussole !
Fresque : Etienne APPERT.

V
Tisser notre résilience intérieure

Âme de sorcière – Odile Chabrillac

Nous sommes une magie, nous-mêmes. La magie la plus vraie de ce monde est en nous. Elle est dans nos mouvements et dans ce que nous disons et sentons.

Susan Fletcher, *Un bûcher sous la neige*

Tremblez, les sorcières reviennent sur le devant de la scène ! Bien plus qu'une mode, c'est un véritable phénomène politique. Partout dans le monde, des femmes de tous les âges réaffirment leur puissance – le fameux « pouvoir-du-dedans » de Starhawk – et luttent contre le patriarcat qui les écrase depuis des siècles. En se reliant à elles-mêmes et les unes aux autres, en pratiquant des rituels puissants, elles se réapproprient les cultures magiques, d'autres manières d'être et de faire, pour tisser une toile en commun. Elles rendent hommage à ces femmes, d'hier et d'aujourd'hui, qu'on a brûlées et qu'on continue de chasser parce qu'elles sont trop libres.

Odile Chabrillac leur offre une nouvelle visibilité, bien au-delà du folklore sorcier sur lequel surfe le marché capitaliste. Notre point de rencontre, c'était le mouvement #MAVOIX et la volonté de permettre aux citoyens de construire une nouvelle « chose publique » *(res publica)* commune. Convaincue que les sorcières (et les sorciers !) ont un rôle politique à jouer dans le passage que nous traversons, elle fait vibrer très fort le triple lien que j'explore dans ces pages. Avec joie, malice et détermination.

S'émanciper

Ne cherchez pas son âge, vous le trouverez difficilement ! Pas par coquetterie, elle assume de mieux en mieux les jolies rides qui soulignent son visage. Disons pour planter le décor que les cercles de femmes et les rituels magiques, Odile les pratique depuis près de trente ans.

Depuis qu'elle est petite, elle se sent connectée aux animaux, aux plantes, à l'invisible. Dans les contes de fées, elle trouve les princesses « mièvres et un peu neuneus » et leur préfère les vilaines sorcières, tellement plus intéressantes ! « J'ai longtemps eu une attirance-répulsion pour ce mot de “sorcière”, et la peur de devenir folle à mesure que mes perceptions de phénomènes paranormaux s'aiguisaient[166]. » Dans son monde hypernormé, Odile fait figure de jeune fantasque et se juge privilégiée d'avoir pu choisir une autre voie.

Elle délaisse la classe préparatoire de commerce qui l'attend pour les planches. Amoureuse des mots, elle joue, met en scène. Comme elle s'ennuie à faire trop longtemps la même chose, elle devient journaliste beauté et bien-être. Et conserve cette manière bien particulière de poser ou de porter sa voix.

À mesure qu'elle rencontre des praticiens des médecines alternatives, frustrée de ne pas pouvoir plus creuser ses sujets, elle décide de se former à la naturopathie, l'ensemble des alternatives de santé – de l'alimentation à la psychologie, des techniques manuelles

166. Interview, 2020.

aux pratiques énergétiques. D'abord pour être une meilleure journaliste. Ensuite parce qu'elle se prend au jeu et s'enthousiasme de ces savoirs kaléidoscopiques qu'elle apprend à mieux connaître. Elle sort son premier livre, *C'est décidé, je pense à moi*[167].

Elle se forme aussi à la psychologie analytique de Carl Jung, qui cherche à illuminer les zones obscures de notre psyché pour favoriser l'épanouissement personnel. Jung a développé des concepts clés comme « l'inconscient collectif », « les archétypes » ou « les synchronicités ». Il analyse aussi l'existence d'instances psychiques autonomes – l'*animus* pour la femme, l'*anima* pour l'homme ; la *persona* ou l'ombre, communes aux deux sexes[168]. Cette thérapeutique influence largement Odile, qui l'intègre à sa boîte à outils de « défricheuse de joie de vivre[169] ». Elle se l'approprie en affirmant que nous portons chacun en nous l'*animus* et l'*anima*, le féminin et le masculin.

À la suite d'un différend avec un de ses employeurs, elle entame un procès qui va durer près de dix ans. Elle sait qu'elle sera blacklistée – dans le petit monde de la presse, on n'aime pas trop les fortes têtes… « J'ai coutume de dire que je n'ai pas quitté la presse écrite, c'est elle qui m'a quittée[170]. » Une amie lui propose de partager son cabinet pour des consultations de naturopathie. Elle a besoin de travailler et y voit un signe qu'il est peut-être temps de se lancer.

Devenue naturopathe, Odile ne quitte pas totalement les médias pour autant. Régulièrement invitée dans une émission de télévision sur le bien-être, elle revient aussi sur les plateaux pour promouvoir les livres qu'elle publie.

---

167. Odile Chabrillac, *C'est décidé, je pense à moi, soin de soi et souci de soi*, Plon, 2007.
168. Article « Psychologie analytique », Wikipédia, consulté en février 2021.
169. « Odile Chabrillac, l'équilibre féminin en question », dossier « Le féminin au cœur du changement », hors-série *Kaizen* n° 11.
170. Site de Lili Barbery, interview avec Odile Chabrillac, 2018.

Et l'âme agit

En 2015, Odile, marcheuse aguerrie et passionnée, s'offre d'arpenter seule le chemin de Saint-Jacques de Compostelle[171]. Sa grande traversée l'amène souvent dans les bois, où elle se sent si bien. Elle y déniche une intuition : elle veut écrire un livre sur les sorcières, ces femmes des bois et d'ailleurs. D'abord sceptique, son éditrice met finalement tout en œuvre pour ce nouveau livre et lui trouve un titre qui fera date : *Âme de sorcière*[172].

Odile y brosse pour commencer une rapide histoire des sorcières. Elle analyse la manière dont la puissance des femmes a été réprimée, pendant les décennies de la chasse qu'elles ont subie, mais aussi la façon dont cette volonté de domination et de répression se perpétue aujourd'hui. Elle nous fait ensuite plonger dans les valeurs des sorcières : la liberté, le retour au corps, la puissance de l'intuition, les énergies, la richesse de la solitude, la sororité… Elle donne enfin huit clés pour mettre un peu plus de magie dans sa vie, avec des rituels de purification, de ressourcement, de vibration, d'ancrage, de développement de l'intuition, etc.

Âme de sorcière sort mi-octobre 2017, juste après le début de #MeToo et juste avant la publication de l'ouvrage de Mona Chollet[173] qui contribue aussi à réhabiliter trois figures de la sorcière (la femme indépendante, la femme sans enfant et la femme âgée). Odile a tellement bien senti l'air du temps que son livre s'écoule à plus de cinquante mille exemplaires en quatre ans, en grand format et en poche.

---

171. Expérience qu'elle raconte, avec d'autres, dans son livre *Marcher pour se (re)trouver*, Leduc, 2017.
172. Odile Chabrillac, *Âme de sorcière ou la magie du féminin*, Harmonie, Solar, 2017.
173. Mona Chollet, *Sorcières, la puissance invaincue des femmes*, Zones, La Découverte, 2018.

Comment en explique-t-elle le succès ? C'est d'abord l'un de ses livres les plus personnels, avec *Le Commencement de la fin*, un roman sur l'effondrement paru en 2004 (!). Elle estime aussi que le contexte s'est aligné avec elle, qui y a mis tout son cœur… Au-delà de #MeToo, d'autres féminismes sont en effet en train de s'inviter dans la danse.

Le mouvement écoféministe se développe plus largement[174] et Odile s'y reconnaît. « Il reflète le besoin de reconnexion à la nature, à la terre. Une prise de conscience de notre vulnérabilité collective en tant qu'humanité, qui relève de la fragilité, de l'accueil de la vulnérabilité et d'une part de mystère. » C'est tout ça qui s'exprime dans son livre fluide et puissant.

Une naturopathe holistique

Retour à la naturo. Odile est un peu blasée du peu d'heures de cours dont elle dispose pour enseigner, notamment la psychothérapie, elle qui adore transmettre… Hop ! Une nouvelle illumination lui montre la voie, alors qu'elle est avec ses enfants au milieu d'un lac en Birmanie. « Au lieu de râler, tu n'as qu'à créer ta propre école », lui dit sa petite voix. Ni une ni deux, elle embarque ses enfants, appelle à la rescousse deux amies naturopathes et crée l'Institut de naturopathie humaniste dont elle devient directrice, juste avant la sortie d'*Âme de sorcière.*

Elle y met tout ce qu'elle aime et qui lui paraît important. Elle veut incarner avec ses élèves une approche

174. Lire notamment Émilie Hache, *Reclaim, recueil de textes écoféministes*, Cambourakis, 2016 ; Jeanne Burgat-Goutal, *Être écoféministe, théories et pratiques*, L'Échappée, 2020 ; Solène Ducretot, Alice Jehan (dir), *Après la pluie, horizons écoféministes*, Tana, 2020.

holistique sur mesure de la naturopathie, bien loin des recommandations qui imposent d'enlever le gluten par-ci, le lactose par-là, sans considération pour le terrain et l'histoire émotionnelle spécifique et unique de la personne qui consulte.

Psychologie, cueillette et cuisine sauvage, herboristerie, etc. : Odile et de ses amies font aussi de leur école un joyeux chaudron de savoirs magiques. Elles réapprennent aux femmes – plus nombreuses que les hommes à frapper à leur porte – à se ré-empuissanter[175] avant de transmettre elles-mêmes l'éveil à ce pouvoir-du-dedans.

Elles proposent deux formations, remplies depuis leur lancement, la première permet de découvrir les bases de la naturopathie et de conseiller les produits naturels. La seconde, plus complète, forme des naturopathes holisitiques. L'institut est devenu la colonne vertébrale des engagements d'Odile « pour au moins les quinze prochaines années ».

Thérapeute, naturopathe, journaliste, autrice, elle trouve aussi dans le yoga une inspiration et une discipline qu'elle pratique depuis longtemps. En 2018, elle découvre le Kundalini yoga grâce à son amie Lili Barbery[176]. Puissant, ce yoga de l'énergie lui plaît tant qu'elle finit par l'enseigner. Elle initie ainsi des femmes et des hommes à cette pratique de méditation qui a pour objectif d'utiliser le groupe pour faire monter sa vibration énergétique. Elle lance aussi des rituels réguliers de « kunda-magie » en ligne.

---

175. Traduction du verbe anglais *empower*.
176. Écouter notamment « Les conversations du tigre », saison 2, épisode 5, avec Odile Chabrillac, juin 2020.

Sortir des bois

À côté de toutes ses activités, Odile a toujours un livre dans les tuyaux. Après le succès d'*Âme de sorcière*, qu'avait-elle à dire d'important ? Si son best-seller était une invitation à trouver la puissance en nous, *Sortir des bois*[177] est une exhortation à mettre cette puissance au service du collectif. Un livre commencé avant le confinement, entièrement réécrit pour mieux coller à ce contexte marquant pour les individus comme pour les groupes.

Odile en est sûre : nous sommes en train de clore une époque de l'Histoire, mise en place au moment de la Renaissance. Cette clôture s'accompagne d'un requestionnement collectif sur les valeurs que nous voulons porter, à rebours du progrès, du capitalisme, du patriarcat, du colonialisme ; bref, de tout ce qui fait l'identité de l'Occident depuis des siècles. Pour elle, la crise du Covid-19 et ce qu'elle révèle de nos sociétés précipitent le passage.

« Dans les périodes de ce genre, rappelle-t-elle, il y a des zones de crispation, de cristallisation, de quête, de perte de sens. Les questions qui pourraient nous guider sont : "Comment ne pas trop en souffrir ? À quoi peut-on s'attacher ? Qu'est-ce qui a de la valeur pour moi ?" Ça peut foutre la trouille, moi, je trouve ça jubilatoire. » La sorcière et toutes les reconnexions qu'elle propose – à son corps, à la nature, au collectif et à la spiritualité – nous donnent des pistes de réponses et des points d'ancrage nécessaires.

Odile rappelle l'importance de nourrir nos multi-liens par des rituels, pas seulement pour nous épanouir mais pour

---

177. Odile Chabrillac, *Sortir des bois – Manifeste d'une sorcière d'aujourd'hui*, Tana, 2020.

reconstruire du sens ensemble. Il ne s'agit pas de lutter contre nos ombres mais de renforcer nos zones de lumière. Il s'agit de nous repolitiser, de nous engager partout où c'est possible, de sortir des visions binaires encore trop souvent répandues (bien/mal, féminin/masculin…).

Je souris en réécoutant mes échanges avec elle. Elle m'explique avoir trouvé la paix – réduisant le stress à un indicateur très bref de ce qui est en train d'arriver – et un équilibre entre toutes ses activités, devenues un tout cohérent, dans lequel chaque partie a un sens. Je suis touchée aussi de ce qu'elle me raconte de ses programmes pour aider les femmes à mieux appréhender la question de l'argent et à s'autoriser l'abondance[178]. Toutes ces années à s'empêcher de tout, c'est si dur à déconstruire ! Je sens sa malice, sa joie, son courage, sa liberté, sa colère saine aussi, dans chacun des mots qu'elle prononce et je trouve ça beau.

Sortir des bois, pour Odile, c'est aussi trouver son bois. Elle vient d'investir un repère de sorcières dans le Lot, tout près de l'éco-lieu TERA. Un projet personnel, familial et politique – elle compte bien y organiser rituels et stages. Un lieu précieux pour renforcer cette certitude que l'âme agit.

178. Voir son programme CAP, Choisir l'abondance et la prospérité.

Méditer, c'est se rebeller – Betsy Parayil-Pezard

Lis ton destin, vois ce qui est devant toi
et marche vers l'avenir.

Henry David Thoreau, *Walden ou la vie dans les bois*

Les pépites de Betsy Parayil-Pezard me sont parvenues par mon amie Aleksandra Jezewski. « Il faut absolument que tu lises son livre[179] ! » m'avait-elle dit. Des mois plus tard, le livre de Betsy m'est revenu en tête. Je l'ai lu, trouvé passionnant. J'ai rencontré Betsy quelques fois à Paris.

La dernière fois que je l'ai vue, je venais de déménager à Bruxelles et me demandais bien ce que j'allais faire... « Je ne vais pas aller vivre chez un homme que je connais à peine, en pleine campagne ? ». J'étais à la fois enflammée et tendue. Elle m'avait répondu en souriant de faire ce que je sentais au fond de moi. Quelques semaines après, je déménageais...

---

179. Betsy Parayil-Pezard, *Méditer, c'est se rebeller. Déployez dans votre vie la pratique de la punk mindfulness*, Marabout, 2018.

Désobéir

Betsy est née aux États-Unis, de parents indiens. Elle grandit dans une famille évangéliste ultra-croyante, où elle apprend chaque dimanche la méditation christique en se tenant bien droite. Elle s'ennuie mais se conforme, pour ne pas heurter ses parents qu'elle aime tant. Au lycée, ses envies de désobéissance civile sont délicatement réprimées. Pourtant, la rébellion pousse en Betsy, par tous les pores de son corps.

Toujours pour faire plaisir (et d'une certaine manière, consciente de sa chance !), elle intègre une école chrétienne d'études supérieures, où vivent deux mille cinq cents évangéliques ultra-conservateurs et fondamentalistes. « Les graines de la désobéissance ont poussé dans le cadre académique rigoureux de la faculté », écrit-elle[180]. Elle remet en question son éducation religieuse, se coupe les cheveux et décide d'étudier la littérature et l'écriture créative.

À dix-neuf ans, Betsy accompagne son père à une convention de médecins américains au Costa Rica. Invitée par d'autres jeunes venus rejoindre leurs parents, elle se retrouve en boîte de nuit et croise le regard d'un surfeur blond. Après un long voyage pour apprendre à surfer, Nils est en service civique payé par le gouvernement norvégien pour accompagner des personnes dépendantes à l'héroïne après leur cure de désintoxication.

« Je suis tombée amoureuse, autant de Nils que de son engagement social et, en découvrant son pays, je suis tombée amoureuse de la Norvège puis de l'Europe[181]. » Deux ans plus tard, la voilà diplômée, remplie de tous ces auteurs américains,

180. Édition poche du précédent : *Réveiller sa vie par la méditation de pleine conscience*, Poche Marabout, 2020, p. 77.
181. *Ibid.*, p. 80.

de Walt Whitman à Emily Dickinson en passant par Henry David Thoreau. Deux semaines après la cérémonie, elle s'envole pour Oslo pour une quête personnelle de curiosité pour le monde. C'en est fini de sa vie américaine.

C'est le début d'une rencontre avec elle-même. « Seule dans le monde, jetée dans un territoire inconnu, loin de ma famille, mes amis et ma culture, j'allais forger mon chemin en explorant, en oubliant, puis en reprenant les idées, et en en trouvant d'autres[182]. » Elle dégote un poste de travailleuse sociale, vit entourée d'amis anarchistes. Après une visite en France, elle décide d'apprendre le français, rencontre un Normand, quitte Oslo pour s'installer à Lille, où elle trouve un poste de lectrice.

Elle commence à « se ranger », poursuit ses études en maîtrise de lettres américaines où elle explore sa culture « à travers le regard des étrangers ». Désormais parisienne, elle s'inscrit en master de lettres anglophones, tout en étant vacataire dans des facultés parisiennes.

Le silence est d'or

Rapidement, ça ne lui suffit plus. Après un premier poste dans l'administration d'un groupe d'écoles privées, la voilà en route pour des postes de direction, la réussite sociale, le salaire qui va bien. Elle qui n'a aucune formation commerciale se débrouille comme un chef ! Son atout : connaître et aimer les gens… Dix ans durant, elle va développer, reprendre, fusionner, acquérir des entreprises diverses et variées.

182. *Ibid.*, p. 84.

Pendant tout ce parcours, jalonné de tâtonnements et de réalisations professionnels, Betsy a beau rejeter le dogmatisme religieux de son enfance, il lui a légué le goût de méditer. Elle tient un journal créatif, explore la méditation bouddhiste, s'interroge sur l'intelligence collective. Elle pratique de plus en plus la pleine conscience *(mindfulness)*, « un état de conscience résultant du fait de porter son attention, intentionnellement et sans jugement, sur l'expérience du moment présent[183] ».

Elle l'intègre dans toutes les dimensions de sa vie, y compris professionnelle, mais c'est un événement intime qui la force à tout remettre en question. Enceinte de son deuxième enfant, sommée de se reposer, elle entend une petite voix à l'intérieur d'elle lui murmurer « *Teach others to be still* » (« Apprends aux autres à s'arrêter dans le calme et dans le silence »). Elle a peur, elle n'est pas sûre, mais elle fait confiance. Elle écoute. De plus en plus souvent, elle médite. En silence.

Sa fille naît en bonne santé, mais quelque chose a changé pour Betsy. Elle cherche un moyen de suivre cette voie/voix. Ce sera le coaching. Elle se forme, et la *mindfulness* et son *alter ego* – le silence – sont toujours là, en filigrane. Betsy en déploie une vision bien à elle : la *punk mindfulness*. Bien sûr, la pleine conscience nous permet de réduire le stress et de lutter contre la dépression, mais ce qui remplit Betsy, c'est sa dimension subversive.

Dans notre monde trop bruyant, chargé de messages publicitaires et d'injonctions paradoxales, faire silence à l'intérieur de soi, même quelques minutes, peut nous mener à de véritables révolutions, en nous poussant à prendre la responsabilité de nos actes. C'est ce qu'elle pratique pour elle-même et apprend à ses élèves, dans le cabinet de coaching et de formation qu'elle crée.

183. Définition de la *mindfulness* par Jon Kabat-Zinn.

Pour Betsy, la *mindfulness* est aussi la porte d'entrée du *leadership*, cette capacité à mener pleinement sa vie et ses projets et même à faire « un bras d'honneur à la réussite conventionnelle ». Non, le *leadership* n'est pas seulement un gros mot de la novlangue néolibérale[184]. C'est surtout une qualité qui nous permet de faire ce qu'on aime, ce qui a du sens pour nous, sans attendre que le train de l'existence passe et nous dépasse.

Transformer les organisations

Elle continue sa route et accompagne des professionnels et des entreprises, conscients qu'il va falloir changer pour affronter le monde qui déraille, dans leur quête de transformation et de sens. Elle sent monter une insatisfaction : si les coachs n'ont pas leur place à la table stratégique, ils arrivent après la bataille, c'est-à-dire dans des organisations dont les salariés sont perdus, essorés, parfois même violentés…

De son côté, Patrick Hoffstetter, haut dirigeant bien connu du monde numérique, veut résoudre une énigme à laquelle il est de plus en plus confronté. Les entreprises ont beau dépenser des sommes faramineuses dans leurs processus de transformation, le résultat est souvent décevant. À eux deux, ils vont trouver des pistes de réponse… Il manque une chose essentielle dans les dynamiques engagées : de l'attention aux humains qui composent l'organisation, à tous les niveaux.

Betsy et Patrick élaborent ensemble des accompagnements d'un genre nouveau, pour l'un et pour l'autre, comme pour les entreprises dans lesquelles ils œuvrent. Ils travaillent en binôme.

184. Relire *Happycratie, op. cit.* et *Contre le développement personnel, op. cit.*

Une coach spécialiste, parmi d'autres choses, de la *mindfulness* et un expert en business. Ce modèle fonctionne si bien que le petit cabinet qu'ils ont cofondé en 2019, Connection Leadership, est passé d'une poignée de coachs et de consultants à une cinquantaine de professionnels qui cocréent avec eux des programmes sur mesure.

« Nous arrivons dans chaque organisation sans dogmatisme ni idée prédéfinie de ce qu'on va faire, m'explique Betsy. Nous travaillons toujours en binôme, à l'intérieur duquel nous pratiquons autant que nous le pouvons le courage relationnel que nous préconisons. » Les deux consultants partagent ce qu'ils observent, ce qu'ils sentent, et sont toujours tous les deux présents aux rendez-vous avec le client.

En deux ans, Connection Leadership a mené plus de mille interventions (ateliers, formations, coaching, conseil…), formé plus de cinq cents salariés à la méditation de pleine conscience, monté une formation pour les leaders en entreprise – la Ninja School – et en a lancé une autre pour former les coachs et les consultants – The Mountain – à cette transformation holistique qu'ils expérimentent. En parallèle de cette activité de conseil, elle continue d'accompagner les dirigeants, cadres et particuliers à travers des séances de coaching. « Peu importe ce qui adviendra pour eux dans quelques mois ou dans quelques années, ce cadeau de la *mindfulness*, personne ne pourra leur prendre… »

Mindfulness solidaire

Ce cadeau-là, Betsy ne veut pas le faire seulement aux dirigeants du CAC 40 ou de PME rutilantes. Sensible depuis toujours aux injustices, elle a cofondé en 2017 l'association

Mindfulness Solidaire. « Nous faisons ce même travail de connexion à soi, aux autres, à sa capacité à prendre en main sa vie, même quelques instants, avec des détenus, des personnes en grande précarité, des travailleurs sociaux. »

Pour Betsy, il n'y a pas une activité plus importante que l'autre. Et c'est bien son statut et sa rémunération de chef d'entreprise qui lui permettent de consacrer du temps à son association… « En prison, on fait un travail essentiel et disruptif pour les détenus qui ont trop de temps pour réfléchir, sont isolés et n'ont aucun confort… » La société renvoie sans cesse à ces hommes et ces femmes qu'ils ne sont personne, qu'ils n'ont pas de valeur. La *mindfulness* les invite à explorer qu'au contraire, leur valeur d'être humain n'a été touchée en rien par ce qu'ils ont fait et ce qui leur est arrivé.

Ce qu'elle apprend aux autres, Betsy continue de l'expérimenter tous les jours, y compris avec ses deux enfants. « Je leur demande de m'écouter et de me faire confiance, mais je leur montre que moi aussi, je grandis grâce à nos moments de connexion qui sont plus importants que tout le reste. »

Pratiquer tous les jours ce retour en soi en silence lui offre aussi de mieux accepter le déséquilibre permanent de sa vie, qui est le lot de ceux qui veulent transformer le monde et défendent de grandes causes. La *mindfulness punk* et solidaire commence par soi-même, pourrait-elle dire.

Danser sous la pluie – Bolewa Sabourin

Ubuntu : Je suis parce que nous sommes[185].

La première fois que j'ai vu Bolewa Sabourin, j'ai été frappée par sa rage de vivre et sa beauté, intimement liées. Il venait raconter sur la scène de TEDxChampsElyséesSalon[186] son histoire, sa niaque, sa persévérance et la façon dont il avait trouvé sa voie dans les méandres de son chaos. J'avais voulu en savoir plus et proposé un article sur ses engagements à un média auquel je contribuais[187].

Depuis lors, nous avons fait chacun un bon bout de chemin… En relisant son portrait sous ma plume, je perçois à quel point ses mots me paraissent encore justes, à quel point mon obsession de comprendre la résilience était déjà là, à quel point j'étais déjà sensible aux mille petites et grandes choses qui nous tiennent debout, malgré les tempêtes.

Je n'avais pas encore reconnu ni fait grandir la tisserande en moi ; elle était pourtant déjà là. Et Bolewa a été un accélérateur, un amplificateur du sens que tout cela prenait pour moi. J'ai

185. Traduction de Bolewa Sabourin.
186. Bolewa Sabourin, « La rage de vivre », TEDxChampsElyseesSalon, 2017.
187. Flora Clodic-Tanguy, « Bolewa Sabourin : la danse au service de la cité », *L'Optimisme*, 2017.

donc décidé de reprendre largement des morceaux de sa vérité que j'avais alors tenté de capter avec mes éclats de mots et de les amplifier de mes lectures et de nos échanges.

Noir et blanc

Bolewa l'exprime par le discours autant qu'il l'incarne par son corps : la danse est sa « rage de vivre[188] », son « premier langage ». « C'est le fil conducteur de ma vie, mon médicament, ma solution, me raconte-t-il. Grâce à elle, j'ai pu travailler mes anticorps. » Contre quoi ? La douleur, la maladie, la folie, la dépression…

Né à Paris d'un père danseur congolais et d'une mère rochelaise, Bolewa est arraché bébé aux bras maternels et confié à sa famille paternelle au Congo[189] (ex-Zaïre). Alors qu'il a six ans, son père le ramène en France. Il apprend à vitesse grand V le français qu'il ne parle pas du tout. Bringuebalé chez une conquête paternelle ou chez l'autre, du très sélect 5e arrondissement de Paris aux bancs du populaire Saint-Denis, Bolewa se construit entre deux cultures sans toujours savoir où sont ses racines. Renvoyé d'un côté et de l'autre à sa couleur de peau, il est trop blanc pour les Noirs et trop noir pour les Blancs.

Dès l'âge de neuf ans, il danse tout ce qu'il peut et devient notamment l'élève de Mutshi Mayé, un ami de son père, danseur-soliste au ballet national du Zaïre. À onze ans, il part vivre en Martinique, chez sa mère, Colette, qui vient de refaire surface. Il rencontre ses trois plus jeunes frères dont seul le

188. Bolewa Sabourin, Balla Fofana, *La Rage de vivre*, Faces cachées, 2018.
189. Écouter notamment Laura-Jane Gautier, « Supplément d'âme », podcast avec Bolewa Sabourin, 2019.

dernier, Yohann, vit sous le toit maternel. La déchéance de Colette le meurtrit.

Deux ans plus tard, Bolewa revient passer une partie de son adolescence dans les beaux quartiers parisiens. Il rate deux fois son bac Sciences et techniques industrielles (STI). Il en a honte, le cache, pipeaute. Il se retrouve à la rue sans tout de suite s'en rendre compte et continue de danser. Il compense le manque (de stabilité de son père, de présence de sa mère) par un attachement viscéral aux tribus qu'il constitue partout où il passe. Au fil des années, il trouve « ses gens », une famille aux contours multiples qui l'encourage, l'accompagne autant qu'il est présent pour elle.

Bolewa dégote un boulot qui lui va comme un gant : animateur de centre de loisirs. À vingt et un ans, il complète son BAFA par un diplôme de directeur. Il y trouve du sens et une utilité sociale qui lui sont chers et l'enthousiasment quelques années, sans pour autant lui offrir un toit. En 2007, il crée aussi avec son ami William Njaboum l'association LOBA (« exprime-toi », en lingala), un espace d'artivisime pour mettre « l'art au service de la Cité ».

À vingt-trois ans, le ciel lui tombe à nouveau sur la tête. Colette lui apprend la mort de Yohann, à quinze ans. Bolewa digère très mal la nouvelle et prend un avion pour la Martinique. Il s'apprête à commettre un matricide avant d'attenter à sa vie. Un autre de ses frères l'en empêche. Il rentre en métropole avec une rage de vivre décuplée, celle de « récupérer son dû ». « Je n'ai rien promis au monde, mais il m'a promis des rêves. Qu'il soit assuré que je ne lui laisserai aucune trêve jusqu'à ce qu'il me rembourse tout ce que j'ai souffert[190]. »

---

190. Sabourin, *op. cit.,* p. 87.

Des passeports pour l'avenir

Malgré les difficultés – peut-être même grâce à elles –, Bolewa s'engage. Il prend des responsabilités dans le Mouvement des jeunes socialistes, y cocrée Cité en mouvement, participe aux collectifs Stop le contrôle au faciès et Jeudi noir, devient collaborateur d'élu. Il est, comme il le dit, « le SDF le plus busy du monde[191] ». Après l'élection de François Hollande, en 2012, il décide de s'éclipser de la scène politique. Son cerveau fume, il lui faut des (longues) vacances.

Vingt ans après l'avoir quitté, Bolewa décide de retourner au Congo. « J'en avais marre qu'on me renvoie sans cesse à l'Afrique, dont je n'avais que des souvenirs, lointains et vagues, même si je me sens profondément africain. Je me suis éjecté de la France comme je me suis éjecté de moi-même. » Il prévoit de rester plusieurs mois, près de sa grand-mère, qu'il retrouve. Mais la pression est forte autour de celui qui donne à cette famille congolaise l'illusion de la réussite matérielle.

Le voilà donc reparti sur les routes après seulement quinze petits jours, pour remonter vers la France, en passant par dix pays d'Afrique. Un voyage qui forge sa jeunesse et le confronte à des questionnements existentiels : « Livré à toi-même, tu ne peux pas y échapper. Ce que tu n'as pas le temps de traiter au quotidien te revient en tête. » Il consigne par écrit ses aventures et ses réflexions. Sur l'île sénégalaise de Gorée, il se prend une claque en redécouvrant le passé esclavagiste de La Rochelle matérialisé par une réplique de bateau. « J'étais

191. *Ibid.*

donc à la fois nègre et négrier, esclave et esclavagiste[192]. » Il veut comprendre.

Il rentre d'Afrique motivé pour reprendre des études, persuadé qu'il lui manque encore des concepts et des références théoriques pour renforcer le pouvoir d'agir qu'il a déjà au sein des organisations dans lesquelles il s'engage. Il s'inscrit en master de sciences politiques à la Sorbonne grâce à la validation des acquis de l'expérience. Il étudie en même temps qu'il développe au sein de l'association Passeport Avenir[193] le programme de réussite « Different Leaders », qui accompagne des jeunes de quartiers populaires dans leur découverte des grandes écoles et du monde de l'entreprise.

Fidèle à sa devise, il sculpte son corps et aiguise son esprit : il dévore des livres aux thématiques variées ; il danse (hip-hop, danse congolaise) et s'entraîne (yoga, crossfit). Il supprime aussi toute substance qui peut « altérer son jugement ». Il arrête de fumer et ne boit plus – même une goutte – d'alcool. Il fait sienne cette phrase d'Albert Schweitzer qui irrigue les « Different Leaders » : « L'exemplarité n'est pas une façon d'influencer, c'est la seule. »

ReCréation by LOBA

Bolewa obtient son diplôme, mais quitte Passeport Avenir peu de temps après le décès de son maître de danse Mutshi Mayé, début 2016. Sa décision coïncide aussi avec la rencontre de Denis Mukwege, un gynécologue qui soigne gratuitement les femmes victimes de violences sexuelles au Congo, dont l'action

192. « Supplément d'âme » et *L'Optimisme*, *op. cit.*
193. Passeport Avenir a depuis fusionné avec Fratelli pour devenir Article 1.

a été rendue publique par le documentaire *L'homme qui répare les femmes*[194] et qui a reçu en 2018 le prix Nobel de la paix.

Bolewa veut faire pour les autres ce qui a marché pour lui : utiliser la danse comme « une médecine alternative, une manière de réparer les esprits », plus adaptée que les psychothérapies occidentales qui ne prennent pas en compte les spécificités des cultures africaines. En parallèle des cours et des ateliers de danse qu'il développe avec ses complices de LOBA, il se consacre à la construction d'un projet, en lien avec la fondation Panzi du docteur Mukwege.

En 2018, il publie un livre pour raconter son histoire[195]. Il part surtout plusieurs mois au Congo, avec une amie photographe. Accompagnés d'une autre acolyte journaliste, ils travaillent main dans la main pour aider les femmes soignées par la Fondation à se reconstruire grâce à la danse. L'objectif : monter un spectacle avec celles qui y seront prêtes et contribuer ainsi à leur rendre leur estime d'elles-mêmes. Le programme ReCréation by LOBA est né.

De retour en France, Bolewa et son équipe mettent au point un protocole, qu'ils ne cessent de peaufiner, pour accompagner les femmes victimes de violence : une cothérapie, avec un danseur et un thérapeute. LOBA développe ainsi des partenariats avec l'hôpital Avicenne et tant d'autres. L'équipe qui s'agrandit lance aussi des ateliers de sensibilisation et de mobilisation dans les lycées, notamment de Seine-Saint-Denis. La compagnie de danse de LOBA produit un spectacle-débat, LArmes, qui met en mots et en mouvements la souffrance de

---

194. Thierry Michel, *L'homme qui répare les femmes, la colère d'Hippocrate*, 2015.
195. Sabourin, Fofana, *op. cit.*

ces femmes victimes et emmène Bolewa et sa troupe jusqu'aux scènes des États-Unis.

Après plusieurs années d'expérience, LOBA lance en 2021 un protocole de recherche-action qui va durer trois ans. Accueillie au sein de la Cité audacieuse, un espace parisien de la Fondation des Femmes dédié au rayonnement des droits des femmes, l'association est désormais largement reconnue pour ses actions « artivistes » auprès des femmes en situation de vulnérabilité.

À mesure qu'il aide les autres à se réparer, Bolewa se re-crée aussi. Il prend conscience de ce qui lui permet de ne pas chavirer : il a appris à danser sous la pluie, à mettre son corps en mouvement pour aider son esprit à traverser l'averse passagère aussi bien que la grosse tempête. À sublimer la peine.

« La pluie et tout son environnement (le vent, les nuages, les éclairs…), c'est ce que tu subis. La danse, c'est ta capacité à rester en mouvement. Si tu restes au sol sans bouger, tu es mort ou tu es un mort-vivant[196]. » Bolewa rappelle une vérité souvent oubliée dans nos sociétés hors-sol et hyperconnectées : le corps entraîne l'esprit et l'esprit entraîne le corps. Ils sont interdépendants et n'existent pas l'un sans l'autre. Et danser sous la pluie nous rend plus solide quand elle s'arrête enfin de tomber…

Homme puissant, papa poule

Grâce à ses retrouvailles avec sa mère, il pacifie un autre pan de sa vie : son rapport aux femmes, qui l'empêchait de vivre une

196. Interview, 2020.

relation amoureuse épanouissante. En 2020, Bolewa est devenu un papa poule totalement revendiqué. Bien sûr, cette paternité nouvelle réveille quelques blessures. Bien sûr, il n'y a pas de mode d'emploi. Mais il exulte et cueille chaque jour comme il vient.

Bolewa et William développent une nouvelle activité au sein de LOBA : des ateliers de concertation destinés aux hommes. Autodidacte, Bolewa n'apprend jamais aussi bien qu'avec ses pairs et pense que sur ce sujet crucial, c'est une piste précieuse. Pour lui, le féminisme est avant tout un problème d'hommes, qui doivent « déconstruire leurs représentations, retrouver leurs singularités, se penser en tant que groupe social et non plus en figure de l'universel ». Tant que les hommes resteront sur leur piédestal, qu'ils n'auront pas pris conscience de ce qu'ils sont, de ce qu'ils font et de ce que ça engendre comme conséquences, toutes les tentatives de transformations – écologiques, économiques, sociales – resteront vaines.

Une activité qui fait écho, comme d'autres, à la philosophie de Bolewa : l'ubuntu, souvent traduit par « Je suis parce que nous sommes[197]. » Popularisé par Nelson Mandela et Desmond Tutu en Afrique du Sud au moment de l'apartheid, on retrouve ce mot dans toutes les langues bantoues du Sud de l'Afrique, au-dessous de l'Équateur. À l'opposé de la conception individualiste prédominante en Occident, « l'ubuntu propose donc trois choses : de penser l'individu à partir de ses relations avec autrui, de le concevoir comme appartenant à ce monde, et comme responsable dans le temps de ses actes. Cette philosophie ouvre ainsi des pistes pour penser l'écologie, la justice et le

197. Aussi traduit par : « Je suis car j'appartiens. »

capitalisme à visage humain[198]. » Cette conception le pétrit et se retrouve dans toutes les sphères de sa vie.

Bolewa assume sa popularité grandissante, encore élargie par sa participation au spectacle d'Abd-al-Malik, *Le Jeune Noir à l'épée*, et l'utilise même pour promouvoir les sujets qui lui tiennent à cœur.

Il le dit volontiers : la danse, c'est sa résilience, ce processus de guérison jamais vraiment fini. « Ma vie est un chaos harmonieux dont je ferai une œuvre », affirmait-il sur la scène de TEDx. En l'écoutant à nouveau, cette phrase que j'aime tant du philosophe Friedrich Nietzsche continue de résonner dans ma tête : « Il faut avoir du chaos en soi pour accoucher d'une étoile qui danse. » Danse, Bolewa, danse !

---

198. Elsa Bansard-Maréchal, « Je suis parce que nous sommes », *Mediapart*, mai 2020.

Retrouver sa boussole intérieure – Nathalie Babouraj

Fais du bien à ton corps pour que ton âme ait envie d'y rester.

Proverbe indien

Je rencontre Nathalie Geetha Babouraj à l'éco-centre du Bouchot, où elle coanime un long week-end « Ayurveda et intelligence collective » avec Olivier Maurel, facilitateur et organisateur des séjours Co-Gîtons[199]. Curieuse du mélange détonnant qu'ils proposent, je m'inscris quelques semaines après mon retour de Lisbonne à Paris, le moral un peu dans les chaussettes. Nous sommes une douzaine, des projets plein nos valises, à des stades différents. L'approche combinée d'Olivier – qui cible plutôt la tête – et de Nathalie – plutôt le corps –, nous transforme au fil des jours.

Nous comprenons par l'expérience à quel point ces deux parties de nous sont déconnectées dans nos vies quotidiennes. Nous redécouvrons aussi de vieilles douleurs, qui se réactivent

199. Je raconte cette rencontre et fais le portrait de Nathalie dans un article publié en 2019 dans le magazine *Terra Incognita* n° 5 : « Nathalie Babouraj : et si nous retrouvions notre boussole intérieure ? », dont je reprends de larges parties dans ce chapitre, tout en l'augmentant et le mettant à jour de nouvelles réjouissantes.

quand on leur fait de la place. J'aime la douceur et la finesse de Nathalie. Son écoute manifeste. Elle ne se contente pas de nous faire découvrir la santé intégrative à travers des points théoriques sur nos différents corps[200], les chakras[201], les principes de base de l'ayurveda – cette sagesse indienne millénaire... Elle les dépoussière et les met à notre portée.

Trois ans plus tard, mon projet s'est profondément transformé : face à l'épidémie de Covid-19, les enseignements de Nathalie sont plus que jamais d'actualité. Je la relis, la réécoute et je suis étonnée (et émue !) de voir à quel point ce qu'elle m'avait transmis alors s'est frayé un chemin dans ma vie, combiné à d'autres expériences, réflexions, émotions, pour arriver au résultat que je vous livre aujourd'hui.

L'appel de la médecine

Nathalie est médecin. D'origine indienne, elle est née et a grandi en France, avant d'aller vivre à l'âge de dix ans avec ses parents à Pondichéry, en Inde. Après avoir été élevée dans une culture française dans laquelle les femmes sont (relativement !) libres, elle n'a qu'un souhait : revenir en France pour y faire des études et gagner son indépendance. Son père lui promet

200. La tradition ayurvédique distingue cinq corps à l'intérieur de nous : le corps physique (nos cellules, nos organes, nos tissus), énergétique (les émotions, la respiration, le système nerveux sensitif et sensoriel), mental (les pensées), expérimental (nos ressources, notre quête de sens, notre capacité à imaginer, à créer, à rêver), le corps d'unité (cet état où nous sommes conscients que quelque chose de plus grand que nous orchestre le grand tout) et en bonus, l'environnement dans lequel nous vivons et qui fait partie intégrante de notre physiologie.

201. Pour les hindous, les chakras (« roues » en sanskrit) sont nos centres énergétiques. Ils sont à la base de la médecine ayurvédique.

que si elle obtient son bac avec mention, il lui paiera son billet d'avion et les études universitaires de son choix. Ça ne tombe pas dans l'oreille d'une sourde… Quelques mois plus tard, notre passionnée du corps humain est en route pour la fac de médecine, à Montpellier.

Très vite, elle comprend que la façon dont on lui enseigne la médecine ne lui convient pas. Elle ne se retrouve pas dans une approche fondée uniquement sur la maladie, les signes cliniques, le diagnostic et les traitements curatifs. « On plongeait seulement dans ce qui n'allait pas ! Je vois plutôt la santé comme le retour à la plénitude, la recherche de l'optimal. Une vision préventive et systémique, qui conçoit l'individu dans son ensemble : la santé intégrative. »

Mais n'allons pas trop vite ! Toujours étudiante, Nathalie replonge dans ses souvenirs. Elle se souvient du yoga de son grand-père, de la cuisine et des rituels ayurvédiques de ses grands-mères. Et elle se passionne aussi pour la danse, pour LES danses. Les soirs et les week-ends, elle fait partie d'une troupe. « *A posteriori*, ce qui m'a permis de traverser les périodes difficiles, c'est de trouver un équilibre entre la danse et les connaissances hyper poussées de la médecine. » Là où la médecine lui offre d'être précise, claire, analytique, la danse lui apporte plus d'intuition, une vision plus ouverte et plus holistique.

Arrivée au bout de ses études, elle devient médecin de prévention auprès des sapeurs-pompiers de Paris, le jour, et danseuse de Bollywood la nuit. En tant que médecin militaire, elle intègre un groupe de recherche de l'OTAN sur la santé intégrative. Cette approche de la santé vise à allier le meilleur des technologies modernes de la médecine conventionnelle et les sagesses anciennes qui se transmettent de génération en génération, partout dans le monde.

Pour une santé intégrative

Entre la vie de caserne et la danse nocturne, Nathalie voyage et rencontre donc de nombreux praticiens de cette approche de la santé largement reconnue dans les pays anglo-saxons, notamment aux États-Unis. Elle décide de ne pas renouveler son contrat chez les pompiers. Elle repart caméra au poing filmer d'autres spécialistes, publie ses interviews sur un blog, se forme à la santé intégrative et à l'ayurveda, en particulier dans le centre de soins fondé par Deepak Chopra en Californie (États-Unis), mais aussi au yoga et à la méditation.

Elle se décide à rentrer en France pour y développer cette approche qui lui plaît tant. En 2014, elle lance l'Institut de santé intégrative (ISI), avec lequel elle organise des formations et des séminaires, des Bulles pendant lesquelles les participants se réapproprient leur santé et se reconnectent à leurs richesses intérieures, comme celle que j'ai vécue au Bouchot.

Le credo de Nathalie, très inspiré des principes ayurvédiques : la personne a en elle la connaissance, l'expérience de son corps et de ses différentes dimensions. Il suffit de restaurer notre sensorialité et de nous reconnecter à l'intelligence de la nature, en nous et autour de nous.

***

Quelques principes de l'ayurveda

Médecine holistique et préventive, l'ayurveda favorise l'harmonie entre le corps et l'esprit par des soins, des rituels et des techniques de massage. Elle propose aussi de réadapter son mode de vie pour être en meilleure santé. Elle offre de nombreux bienfaits comme la réduction du stress, l'élimination des toxines ou l'amélioration de la circulation[202].

La théorie des cinq éléments est essentielle en ayurveda et repose sur les correspondances établies dans la physiologie moderne :

- la Terre : les os, les articulations ;
- l'Eau : les fluides corporels (plasma, lymphe, liquide synovial et céphalorachidien, etc.) ;
- le Feu : les systèmes digestifs (enzymes, flore intestinale, émotionnel, etc.) ;
- l'Air : les systèmes circulatoires (le système nerveux, la respiration…) ;
- l'Espace : l'élément qui accueille les quatre autres.

Les cinq éléments se combinent pour donner naissance à trois grandes forces vitales qui créent le corps, le font fonctionner et le détruisent. Ces trois humeurs biologiques sont appelées les doshas – Vatta, Pitta et Kapha. La constitution ayurvédique de chaque personne résulte d'une combinaison propre de ces trois doshas. Des dysfonctionnements et des maladies apparaissent quand les doshas se déséquilibrent.

Les soins ayurvédiques aident alors à rétablir leur équilibre à l'intérieur de nous et à maintenir l'état de santé optimal de l'organisme. L'ayurveda permet ainsi une lecture quantique du vivant : tout dans le vivant est information et énergie qui circulent. C'est notre état de conscience qui créerait notre réalité, d'où la place essentielle de la méditation pour sortir de la réponse au stress et du développement de l'intuition, pour retrouver cette fameuse boussole intérieure.

***

202. Lire notamment Nathalie Geetha Babouraj, *Ma Détox ayurvédique colorée*, Le Courrier du Livre, 2017.

Les gens qui viennent à ses formations sont à la recherche de personnes qui les aident à (re)découvrir les talents uniques qu'ils ont à offrir au monde, à relier toutes leurs forces, à intégrer leurs contradictions et à accueillir leurs opposés. Nathalie puise dans son expérience de médecin, de l'ayurveda, du yoga, de la méditation, de la danse… Tout ce qui ouvre à une fibre créative. Elle emprunte aussi beaucoup aux pédagogies alternatives, qui considèrent que l'enfant a les ressources en lui pour apprendre.

« Je ne suis pas l'experte qui donne la solution, mais la pédagogue qui accompagne, fournit un cadre de repérage, des approches et des outils pour que la personne expérimente. » Plutôt que d'être « acteurs » de notre santé, qui renvoie à une forme de contrôle et de maîtrise, Nathalie nous propose de devenir les « artistes » de nos vies.

Alors que tout dans notre société nous enjoint à chercher à l'extérieur de nous-mêmes de quoi nourrir nos besoins, elle nous invite à revenir à l'intérieur de nous, à connecter un symptôme à un état émotionnel ou énergétique, à des pensées et des ressources. « Cette cartographie nous aide à trouver l'espace où le problème devient la solution. » Le symptôme devient allié pour transformer une croyance, un comportement, une non-écoute d'une valeur profonde.

Tiens, tiens ! Nathalie serait-elle une permacultrice de la santé ? Son mantra « le Et à la place du Ou » fait en tout cas sacrément écho au principe permacole : « Intégrer plutôt que séparer » !

DocLaLuna, puissante et en colère

Nathalie transmet sa vision intégrative de la santé dans son livre *Ma Détox ayurvédique colorée*, qui nous permet d'expérimenter les bienfaits de l'ayurvéda grâce à une cure de sept jours ou de sept semaines, mais aussi *via* sa chaîne Youtube, et ses réseaux sociaux, sous le nom de DocLaLuna.

Elle s'éclate, mais frôle le burn-out. Elle explore les travaux de l'Anglaise Miranda Gray et comprend qu'à force de faire la combattante, elle a mis de côté des qualités qu'on pourrait appeler « du féminin » : se poser, écouter, être dans l'empathie, ralentir, ne pas vouloir trouver des solutions à tout... Elle prend conscience qu'elles sont nombreuses autour d'elles à ressentir ça, comme certains hommes qui surinvestissent leur masculin.

Elle lance plusieurs master classes, des espaces de discussion, des vidéos, surtout à destination des femmes qui veulent (re)découvrir leurs différentes temporalités et leurs cycles naturels. En 2018, une première promotion de cinquante personnes – dont quatre hommes – suit un programme de neuf mois – neuf lunes – pour apprendre à développer un langage sensoriel et mieux comprendre leur système nerveux sensoriel et sensitif. D'autres promotions ont depuis fait l'expérience de cette « Tribe Empowerment school », la « première école d'empowerment créée pour les femmes ».

DocLaLuna part vivre en Guadeloupe avec son cher et tendre, mais fait toujours des aller-retour en métropole et en Inde. Depuis le début de l'épidémie de Covid-19, je la vois aussi gonfler de colère...

« Il ne s'agit pas de nier la maladie ni la peine de tous ces gens qui ont perdu des proches à cause du Covid-19. Mais les décisions politiques sont insupportables ; les conséquences du confinement sur la santé physique et mentale sont largement sous-estimées ; et les médecins qui portent des voix dissonantes sont inaudibles, censurés, décrédibilisés. » Entre les discours qui jouent sur la peur et les épouvantails complotistes, Nathalie aimerait que les médecins puissent rappeler librement des gestes simples et que renforcer nos défenses immunitaires permettrait de limiter le développement de virus comme celui-là.

« Nous gagnerions à développer deux qualités pour danser avec le chaos – la curiosité et le discernement – et à ne pas oublier deux ingrédients essentiels – l'amour et la compassion. » Je me demandais pourquoi j'avais gardé le portrait de Nathalie pour la toute fin de l'écriture. Maintenant, je le sais : ma démarche est intégrative. Je veux réunir ceux qui tentent, chacun dans leur champ, de réintroduire de la complexité et de construire un autre monde, encore en expansion.

Épilogue

Votre vie trouvera ses propres chemins, et je vous souhaite plus que je ne saurais le dire que ces chemins soient vastes, riches et bons.

Rainer Maria Rilke, *Lettres à un jeune poète*

Retour à soi

Par la force du hasard, je n'ai pas réussi à finir d'écrire à la date prévue. Je suis donc partie à la rencontre d'Abdennour Bidar, Inès Weber et des autres habitants des Candelles en plein marathon avant le sprint final.

Il fallait venir en Provence avec une question-racine, du genre de celles dont découlent toutes les autres. J'ai mis un moment à la trouver : « Après ces six années de quête, alors que j'arrive à la conclusion de mon livre, comment ai-je envie de nourrir de manière concrète et effective le triple lien dans ma vie ? » Je suis évidemment au bon endroit, puisque c'est à la fois l'intention du lieu et de la retraite…

Premier jour. Exploration du mythe de la caverne de Platon. Une banalité affligeante m'éclate à la figure : le plus urgent, le plus essentiel, c'est de soigner mon lien à moi-même. Ces derniers mois, j'explore les violences que j'ai subies, adolescente puis jeune femme, que j'ai longtemps prolongées contre moi. Aux Candelles, elles me reviennent comme une évidence douloureuse, avec cette phrase : « Le premier tissu déchiré que je dois m'atteler à réparer, c'est le mien… » Je suis émue. En colère, triste et soulagée. J'accueille. Une fois seule, je pleure de grosses larmes chaudes.

Quelques jours plus tard, enfin capable de mettre mon cerveau en pause, je vis un moment magique autour d'un concert méditatif de chants sacrés du Sud de l'Inde. À contre-courant de ces émotions belles et enveloppantes, une discussion à table me met profondément en colère. Elle me permet de comprendre que mon féminisme n'est pas une posture. Il m'imprègne et me constitue tant désormais que le sexisme « ordinaire » et les petites phrases d'apparence anodines m'insupportent.

Le dernier jour, je le formule devant les autres : je ne veux pas attendre, je veux pousser. Pour l'écologie et la justice sociale, pour le féminisme et contre toutes les formes de domination. Ma direction, mon intention, c'est de mettre mes forces, mes talents, tout ce que je peux, au service de ces déconstructions. En commençant par moi. Convaincue que l'intime est politique comme le dit si bien Victoire Tuaillon avec son podcast « Le Cœur sur la table[203] », je veux utiliser mes mots pour le dire. Pour l'écrire.

Commencer à vivre

Je rentre de là-bas pleine de résonances avec mon long périple. Après toutes ces rencontres et les métamorphoses

203. Victoire Tuaillon, « Le Cœur sur la table », Binge Audio.

incessantes, je suis convaincue que si nous éveillions davantage notre soif de mieux nous connaître, de mieux nous aimer, d'apprendre ou de réapprendre à mieux vivre ensemble et avec les autres êtres vivants, nous ne pourrions plus continuer sans conscience à agir comme nous le faisons, à nous autodétruire et à anéantir toutes les autres formes de vie.

J'ai longtemps eu peur d'être jugée en exprimant ça, aussi simplement. Qu'on puisse se dire que j'étais naïve, manichéenne, stupide. Aujourd'hui, j'assume mieux de parler de mon « je ». J'ai fait mienne cette jolie formule de l'écrivain-voyageur Édouard Cortès : « Exister sans se soucier de ce que les autres pensent est la meilleure manière de commencer à vivre[204]. »

Ma résilience n'est ni aboutie ni certaine. J'apprends à aimer ses mailles sautées, qui me fondent et me déploient. Gorgée d'amitiés folles, de romances tues, de désillusions crues, d'inspirations fugaces ou vivaces, elle se nourrit de ceux qui peuplent ces pages et de ceux qui n'y sont finalement pas présents. Elle s'irrigue aussi de tous les livres engloutis, devenus eux aussi des personnages, tout en n'oubliant pas qu'ils ne suffisent pas à faire la vie.

Petit traité de l'abandon

J'avais depuis longtemps une intuition obsessionnelle : pour l'épilogue, il me fallait relire *Petit Traité de l'abandon*[205]. Micro-livre, grande portée : ce texte du philosophe Alexandre Jollien, offert par un ami avant que je n'aille vivre à Lisbonne, a accompagné mes errements joyeux, mes nostalgies, mes effondralgies.

204. Édouard Cortès, *Par la force des arbres*, Équateurs, 2020, p. 96.
205. Alexandre Jollien, *Petit Traité de l'abandon*, Points, 2015.

Il est encore là au moment du point final, qui ouvre sans doute des horizons insoupçonnés.

La première fois que je l'ai lu, il m'a fait l'effet d'une petite bombe de sagesse. Alexandre Jollien nous y transmet en effet sa longue pratique de l'abandon, à l'épreuve de son corps lourdement handicapé. Ce qu'il écrit me paraît d'une simplicité désarmante et d'une grande profondeur. S'abandonner, ce n'est pas renoncer à agir. C'est une invitation à accueillir la vie telle qu'elle se propose. À revenir à ce mantra quand notre mental se cristallise : « Ce n'est pas compliqué. » À s'entourer d'« amis de bien » et à être soi-même ce genre d'ami, bienveillant, attentif, présent.

Alexandre Jollien m'a aussi initiée au sutra du diamant, un célèbre texte bouddhiste sur la vacuité et l'impermanence. Le relire plusieurs années après me permet de mesurer le chemin parcouru et celui qu'il me reste à accomplir : « Mon chemin n'est pas mon chemin, c'est pourquoi je l'appelle mon chemin. » J'ai l'impression d'avoir beaucoup appris, compris, déconstruit. Apprivoisé des vieux fantômes, abandonné de nombreuses peurs. Je n'ai en revanche pas réussi à m'affranchir de celle de la mort, pourtant si omniprésente quand on parle d'effondrements et de résiliences…

Alors que je rédigeais les ultimes morceaux manquants de mon puzzle livresque, j'ai appris qu'un des hommes dont je fais le portrait était gravement malade. J'étais sidérée. Ça va si vite… Il est si jeune. Je l'aime tant, même sans avoir eu le temps d'apprendre auprès de lui le quart du tiers de sa grande sagesse. Puisse la vie le laisser encore parmi nous !

Je repense à notre conversation, la dernière fois que je l'ai vu. Nous évoquions le contexte sanitaire, économique, social, politique… Je lui demandais ce que nous pouvions faire. « Mais ce qu'on fait déjà, Flora. Être des lumignons, ces petites lumières qui éclairent faiblement mais sûrement. » Nous étions restés côte à côte en silence quelques minutes. Sa petite phrase avait résonné longuement.

Mes réponses aux questions existentielles de Laure Noualhat changeront sans doute. Peu importe. Aujourd'hui, je peux dire : « Qui je veux être ? – Un lumignon qui prend soin d'elle-même, de ses relations aux autres, de sa connexion au monde qui l'entoure » ; « Qu'est-ce que je peux faire ? – Relier les lumignons dans la pénombre et sous le vent, avec amour et rage. »

Et vous ? Qui voulez-vous être et que pouvez-vous faire ?

Reconnaissance de dettes

Pour commencer, une reconnaissance de dette pour celle qui a préféré cette jolie formule aux traditionnels « remerciements » : Sandrine Roudaut. Ton courage me porte, pour faire exister les utopies qui m'animent.

Gratitude à Florent Massot, Léa Lesaffre et toute l'équipe de Massot Éditions, ainsi qu'à Étienne Appert pour sa confiance et la pertinence sensible de son trait de crayon.

Plein d'amour à mes parents, Joëlle et Thierry, et à « mes Cailloux », Charlotte et Ali. Vous m'avez toujours encouragée à faire ce qui me plaisait, ce que je sentais, même quand vous ne compreniez pas. Ce livre est une victoire pour nous, après toutes ces années compliquées.

Pudeur mais cœur d'amour pour Mathieu, qui m'a fait de la place dans sa vie et accueillie dans ce merveilleux lieu cantalou. Merci de m'avoir supportée, même attachiante, dans mon accouchement livresque.

Une pensée émue pour Sandrine Cosson, présente à mes côtés quand j'en avais tellement besoin. De la tristesse et un sourire pour la si pédagogue Isabelle Cornet, partie trop tôt. Ses graines de mots ont germé en moi et vivent un peu dans ces pages. Reconnaissance de dette aussi envers ces autres professeurs qui, au-delà des connaissances transmises, m'ont appris à penser par moi-même : Emmanuel Lincot, Thomas Troadec, Corinne Valasik, Sophie Rouay-Lambert, Isabel Nottaris.

Des brassées de baisers pour les incroyables personnes rencontrées pendant toutes ces années d'en-quête. Présents ou non dans ces pages, nos échanges sont ma plus grande richesse. Merci encore pour votre confiance et votre authenticité. Remerciements pour les découvertes et les prises de conscience multiples rendues possibles par les communautés innovantes des 100Barbares, d'Offy ou de #MAVOIX. Souvenirs attendris des week-end barbares, points de départ de nombreuses ramifications dans le bel arbre de ma vie.

Merci à toutes les personnalités du monde de la douance qui ont répondu à mes questions, surtout les premières années de ma recherche : Jeanne Siaud-Facchin, Nicolas Gauvrit, Monique de Kermadec, Cécile Bost, Matthieu Lassagne, Carlos Tinoco, Gabriel Wahl, Léonard Vannetzel... Vos éclairages ont été très précieux pour comprendre que mon sujet était ailleurs.

De fauvesques attentions à mes sœurs, même lointaines, en écologie et en justice sociale : Sandrine (encore !), Pauline, Nathalie, Louise, Mathilde, Odile, Quitterie, Valérie, Judith, Pascale... Vos luttes m'encouragent à aiguiser davantage mes armes : ma plume et mes mots. Nous avons besoin que vous soyez plus visibles. Audibles. Investies.

Enfin, foultitude de baisers reconnaissants aux contributeurs de ma campagne de crowdfunding, sans qui sans doute je n'aurais pas persévéré : Albert De Pétigny, Aleksandra, AM-Chronicles, Amélie Deloffre, An-Gaëlle Benedic, Annick Jakobowicz, Antoine De Chambost, Ariane Vitalis, Arnaud Vens, Association Escape Frame, Audrey Bou-Albani, Aurèle, Aurélie Gastineau, Aurélie Hampel, Aurélie Lombard, Aurélien Fache, Aurore Bimont, Aymeric Poulain-Maubant, Aymeril

Hoang, Bénédicte Berche, Benjamin Ball, BenjamPréjent, Boris Aubel, Camille Lombardot, Carole, Cécile Poignant, Cécile Walschaerts, Céline Lauze, Charlie, Charlotte Sarrat, Christelle Patriarca, Claire Tournebize, Colette Tostivint, Corinne Saltzmann, Cyril Tobot, Damien Petre, Damien Van Achter, Daniela Wendy, David De Belleville, Delphine B., Delphine Foucaud, Didier Point, Duc Ha Duong, Eléonore Seité-Robin, Elise Duriez, Elodie Moreau, Emmanuel De Lutzel, Emmanuelle Hoss, Erwann, Esra Tat, Estelle Richards, Etienne Ponsonnaille, Eve Demange, Eve Moustier, Fabienne Olivier, Florence Huet, Francis Chabouis, François Albert, Frédéric Ratouit, Gaëlle Didier, Gayané Adourian, Gisèle Martin, Gregory Lepere, Guillaume Maison, Helder De Oliveira, Hélène Baeten, Hélène Micheau, Hélène Pouille, Hervé Ferro, Himbeere, Hind Elidrissi, Hugo Bauguil, Isabel Nottaris, Isabelle Pares, Isabelle De Goüyon Matignon, Jean Karinthi, Jean-Pierre Goux, Jeanne Bretécher, Jérémie Fortin, Joselito Tirados, Julie Schwarz, Julien Lecaille, Julien Loyer, Julien Supervia, Kako Dubs, Karine Le Metayer, Kellya Clanzig, Laetitia Vitaud, Lalalia, Laure Marchal, Lionel Faucher, Loïc Annecy, Luc Pfeiffer, Lucie Pinzano, Ludovic Bu, Magalie Halley, Mai-Lan, Maïthé Thouvard, Mamy Viane, Marc Canel, Marie Geffroy, Marie-Claire Ferreira, Marie-Claire Renneson, Marine Vernier de Byans, Marine JO, MMDP, Matthieu Guignard, Maxime Louys, Monique Malnou, Mouna Bouslouk, Nathalie Coulon, Nathalie De Cock, Nathanaël Ackerman, Nicolas Dévé, Nicolas Delahaye, Nicolas Loubet, Nirina Ralantoaritsimba, Olivia Maio, Olivier Marbot, Olivier Szkulnik, Pascale Hermel, Patrick Barrabé, Paul Duan, Philippe Honigman, Pierre Clause, Pierre Gaudemer-Houzard, Pierre Klucik, Pierre-Antoine, Pierre-Michael Micaletti, Renaud Attal, Rita Sinaceur, Sabine Pataschnik, Sébastien Denis,

Sébastien Ravut, Sébastien Soriano, Solenn Thomas, Stéphane Gabbay, Stéphanie Rivier, Sylvaine Pettens, Thibaud Gangloff, Thibaut Caby, Thomas Landrain, Valentin Pringuay, Vincent Capa, Vincent Schachter, Yannick Roudaut, Yohann Reverdy, Yor Pfeiffer, Yves Le Bray.

À bientôt pour la suite.

Massot Éditions s'engage en imprimant ce livre en France.

Composition : L'Atelier des Glyphes
Fabrication : Catherine Labrousse
Relecture : Magali Bertrand
Suivi éditorial : Léa Lesaffre